DER ERLÖSER

PSYCHOTHRILLER

von

AKIF TURAN

Herstellung und Verlag:
BoD - Books on Demand, Norderstedt
ISBN 978-3-7494-9705-8

Manche Menschen sind so kaputt im Kopf,
dass sie fest davon überzeugt sind, sie würden das
Richtige tun.
Doch in Wahrheit, sind sie das größte Übel auf der Welt.

Akif Turan

VORWORT

Bevor wir mit unserer Geschichte beginnen, möchte ich mich bei Ihnen bedanken, dass Sie sich für mein Buch entschieden haben.

Ich hoffe doch sehr, dass Sie großes Gefallen darin finden werden und das Lesen Ihnen den Spaß bescheren wird, den Sie sich erhoffen.

Wie Sie ja wissen, passiert uns viel im Leben. Wir erleben viel Gutes, aber auch viel Schlechtes. Viele Erfolge, aber auch viele Niederlagen. Wir müssen die verschiedensten Erfahrungen im Leben machen, damit wir eine Lehre daraus ziehen können. Wer nicht dumm ist und aufpasst, erkennt das auch. Das Leben selbst ist nur eine einzige große Prüfung, das viele kleine Prüfungen für uns alle bereit hält. Einige von uns meistern diese Prüfungen mit Bravur und andere wiederum scheitern an ihnen. Doch in Wahrheit, scheitert man nur dann erst, wenn man aufgegeben hat. Denn ganz egal, wie sehr man im Leben scheitert, wie viele Prüfungen man auch nicht bestehen kann, man darf niemals aufgeben. Man muss es erneut versuchen. Man muss weitermachen. Man muss sich andere Wege, andere Optionen überlegen um voran zu kommen um am Ende doch noch den Durchbruch zu erlangen.

Wie Martin Luther King Jr. einst sagte, Wenn du nicht fliegen kannst, dann renne. Wenn du nicht rennen kannst, dann gehe. Wenn du nicht gehen kannst, dann krabble. Aber was auch immer du tust, du musst weitermachen.

Im Leben sollte man niemals Schwäche zeigen. Man muss stark und standhaft bleiben, ganz egal welche Schicksalsschläge man im Leben auch hinnehmen muss. Das gehört alles zu unseren Prüfungen. Auch wenn uns das nicht logisch erscheint und wir es nicht verstehen können, es passiert alles so, wie es passieren soll. Wir werden alle geprüft. Manche oft, manche wenig, manche schwer, manche leicht, aber keiner von uns bleibt verschont. Man darf sich einfach nicht in die Knie zwingen lassen. Von nichts und niemandem. Denn wer schwach ist, geht meist den Weg des Bösen. Er wählt den falschen Weg und landet am Ende im Dunklen. Er versucht es mit schmutzigen Tricks um es in der Welt zu schaffen. Er wird kontrolliert und beeinflusst. Er verliert jegliches Selbstvertrauen. Er lässt sich von der dunklen Seite führen und ehe es ihm klar geworden ist, findet er sich in der absoluten Dunkelheit wieder.

Natürlich meine ich nicht damit, wenn ich sage, Sie sollen stark bleiben, dass Sie eine eiskalte und gefühllose Person werden sollen. Sie sollten sich sehr wohl Ihren Gefühlen hingeben, wenn sie einen großen Verlust erleiden sollten. Als Mensch ist das vollkommen natürlich. Sie sollten sich nur nicht von diesem Verlust, von den davon erzeugten Gefühlen nicht kontrollieren lassen. Sie sollten trauern, solange es nötig ist und sich dann, wenn es soweit ist, aufrappeln und weitermachen. Sie sollen nicht am Boden bleiben, wenn Sie fallen. Sie sollen aufstehen und weiterkämpfen. Denn Sie allein entscheiden im Ring wie der Kampf ausgeht. Entweder werfen Sie das Handtuch oder sie beißen alle Zähne zusammen und schlagen sich weiterhin Runde um Runde durch, solange bis Sie am Ende den alles entscheidenden K.o.-schlag verpassen können.

Versuchen Sie immer einen kühlen Kopf zu bewahren und kluge Entscheidungen zu treffen. Versuchen Sie das Falsche vom Richtigen zu unterscheiden. Versuchen Sie logisch zu handeln. Lassen Sie nicht zu, dass schlechte Gefühle Sie beeinflussen und kontrollieren. Kontrollieren Sie Ihre Gefühle.

Versuchen Sie stets Herr über die Lage zu werden. Es mag in manchen Fällen schwer sein, aber es ist nicht unmöglich.

Leider hat sich unsere Hauptfigur um die es in diesem Buch geht, von seinem schweren Schicksalsschlag beeinflussen lassen und den dunklen Weg gewählt. Vielleicht wusste er es, aufgrund seines jungen Alters, nicht besser. Vielleicht wusste er nicht, dass ihm schon so früh solch eine große und schwere Prüfung bevorstand.
Vielleicht wusste er nicht, wie er mit solch einer Situation umzugehen hat. Hatte er denn überhaupt eine Wahl? Hätte er überhaupt, in so einem jungen Alter, unterscheiden können, was Richtig und was Falsch ist? War er überhaupt in der Lage zu erkennen, was und wieso er das tut? Könnte man seine Taten nachvollziehen? Wer oder was war Schuld an seinem Handeln? War es seine Familie oder war es seine schwache und unerfahrene Persönlichkeit, weil er ja noch so jung war? Ist er selbst Schuld daran? Hätte er sich auch besser entwickeln können? Wie sollte man so einen Menschen beurteilen? Wie sollte man mit so einem Menschen umgehen? Wie sollte man überhaupt jemandem wie ihm helfen können, wenn man nicht rechtzeitig erkennen kann, was in seinem Kopf vor sich geht? Kann man so jemandem mit Verständnis und Mitleid entgegenkommen? Ist er vielleicht auch nur ein Opfer?
Diese und viele weitere Fragen, die in Ihrem Kopf entstehen werden, während Sie das Buch lesen, werden wohl nur Sie selbst beantworten können. Machen Sie sich selbst ein Urteil über diese Person. Versuchen Sie sich auch mal in seine Lage zu versetzen. Versuchen Sie ihn zu verstehen und entscheiden Sie dann, ob er den richtigen oder den falschen Weg gewählt hat.
Ist er eine starke oder eine schwache Person in Ihren

6

Gedanken? Wie würden Sie wohl handeln, wenn Sie solch eine Erfahrung machen bzw. dieser Art von Prüfung antreten müssten? Würden Sie es genauso machen oder würden Sie vollkommen anders mit dieser Situation umgehen?
Ich wünsche Ihnen viel Spaß beim Lesen!

Und nicht vergessen....

....bleiben Sie immer stark und halten Sie sich stets fern vom Weg des Bösen!

TEIL 1

KAPITEL 1

ES IST NICHT IMMER LEICHT EIN KIND ZU SEIN

Es war ein schöner sonniger Frühlingstag im Jahr 1995. Eine Zeit in Wien, in der die Menschen viel glücklicher waren als heute, weil ja noch der Schilling als Währung galt. Mit nur einem Hunderterschein, war es möglich den Einkaufswagen bis zum Überlaufen voll aufzufüllen. Die Menschen waren glücklicher und hatten das ganze Monat über ihr Gehalt noch in den Taschen. Man konnte sich einfach viel mehr leisten als heute und nur wenige hatten finanzielle Probleme. Meist diejenigen, die Arbeitslos waren. Wie der Vater von Kenan. Kenan Kaya war acht Jahre alt. Kenan war ein Einzelgänger. Er hatte weder Geschwister noch Freunde. Obwohl er ohne Geschwister aufwuchs wurde er nicht zu einem verwöhnten Kind. Ganz im Gegenteil. Er war jemand, der kaum nach draußen ging um mit anderen Kindern zu spielen. Er war ein in sich verschlossener und stiller Junge. Er redete nur, wenn man ihn etwas fragte. Auch in der Schule hielt er eher Abstand zu seinen Klassenkameraden, aber passte dafür umso besser im Unterricht auf und arbeitete fleißig mit. Eines der Punkte, wieso er Abstand hielt, war zum Einen, dass er einfach bis dahin niemanden finden konnte, die oder der mit ihm die selben Interessen teilte, zum Anderen lag es daran, dass die anderen Kinder überhaupt nicht verstanden, wovon er redete, wenn er mal anfing über die Welt und das gesamte Universum zu erzählen. Er war ein Außenseiter und das machte ihm persönlich gar nichts aus. Kenan bevorzugte es lieber viel mehr Zeit in seinem Zimmer zu verbringen. Denn da hatte er eigentlich alles, was er brauchte um seine Freizeit zu gestalten. Er konnte in aller Ruhe seine Hausaufgaben machen und sich

auf seine Referate und Vorträge für die Schule vorbereiten, mit denen er sogar seine geliebte Frau Lehrerin jedes Mal beeindruckte. Dann spielte er sehr gerne mit seinen Actionfiguren, die großteils aus Spiderman bestanden, oder aber er schnappte sich ein Buch von seinem Bücherregal, fing an sie zu lesen und tauchte mit voller Konzentration hinein. Sowie gerade eben. Er saß auf seinem Bett und las ganz alleine ein wissenschaftliches Buch. Dieses Buch hatte er erst vor zwei Monaten von seiner Lehrerin geschenkt bekommen. Da er vor Kurzem erst einen Vortrag über das Periodensystem vorgetragen hatte, den sowieso niemand aus der Klasse, bis auf seine Lehrerin, verstanden hatte, dachte sie, sie nimmt eines ihrer Bücher von zu Hause mit und macht ihm damit eine nette Geste. Er hatte sich irrsinnig darüber gefreut und mochte seine Lehrerin umso mehr. Kenan interessierte sich sehr für sowohl Kunst als auch für die Wissenschaft. Auch die kreativen Stunden im Bastelunterricht genoss er sehr. Er hatte schon immer seine ganz eigene Art und Weise Kunst auszudrücken. Er kam auf die faszinierendsten Ideen und konnte für sein Alter recht gut zeichnen. Sein Zimmer war immer ordentlich aufgeräumt und sauber gewesen. Neben seinen vielen Actionfiguren, befanden sich auch viele verschiedene Bücher, ein Mikroskop, ein Globus, eine kleine Büste von sich selbst, die er in der Bastelstunde aus Ton gemacht hatte, Preise und Auszeichnungen von der Schule, die er bei verschiedenen Wettbewerben gewonnen hatte und eine Model-Rakete, die er zu seinem siebten Geburtstag von seiner Mutter bekommen und selbst zusammen gebaut hatte. Er gab der Rakete sogar den Namen seiner Mutter. SINEM STARBREAKER. Umgeben von all diesen Dingen fühlt er sich am wohlsten.
Jedes Mal, wenn er sein Zimmer betrat, war es so, als würde er vollkommen eine andere, fast magische, Welt betreten, in die

er sich von der realen Welt zurückziehen konnte. Und seit einigen Monaten, hatte er das viel öfter tun müssen als gewöhnlich. Doch leider wurde er jedes Mal von dieser Magie heraus gerissen, sobald seine Eltern anfingen wieder zu streiten. Das konnte man nicht mal mehr einen Streit nennen. Das war ein richtiger Kampf, ein Krieg zwischen den Beiden, in den er meist hinein gezogen wurde. Immer wenn dieser Krieg auf's Neue ausbrach, überkam ihn ein Gefühl als würde man ihn fest zupacken und mit aller Gewalt von seiner Welt herausziehen. Und ganz egal, wie sehr er sich auch dagegen wehrte, wie sehr er seine Augen zudrückte und seine Ohren zuhielt, versagte er am Ende und ehe er sich versah, befand er sich wieder in der Realität und somit Mitten im Gefecht. Und einmal zurück, schaffte er es nicht mehr in seine eigene Welt wieder einzutauchen. Außerhalb seines Zimmers konnte er deutlich hören, wie seine Eltern ein weiteres Mal stritten. Er konnte hören, wie sein betrunkener Vater mit seiner Mutter schimpfte. In letzter Zeit, verwendete sein Vater sehr oft Kraftausdrücke, die er niemals zuvor gehört hatte. Manchmal dachte er sich, dass sein Vater diese Ausdrücke selbst erfunden haben muss. Sie waren einfach seinem Wortschatz nicht geläufig gewesen. >>*Du mieses Miststück! Was denkst du denn, was ich mache?*<< Die Mutter gab weinend und schluchzend eine Antwort. >>*Bitte hör doch jetzt auf!*<< Kenan machte eine sehr schwere Kindheit durch. Falls man das überhaupt noch als Kindheit bezeichnen konnte. Sein aggressiver und sehr strenger Vater hatte erst vor Kurzem seinen Job als Kebap-Verkäufer verloren, weil er mit einem Kunden gestritten hatte, der sich darüber beschwert hatte, dass sich viel zu wenig Fleisch in seinem Döner-Sandwich befand. Kurz darauf bewarf er den Kunden mit jede Menge Dönerfleisch und beschimpfte ihn auf eine üble Art und Weise. Dieses unangemessene Verhalten, brachte ihm die sofortige Kündigung ein. Ganz egal, wie oft er sich seitdem beworben hatte und zu wie vielen Vorstellungsgesprächen er auch gegangen war, er bekam einfach keine fixen Jobzusagen. Es schien so, als hätte jeder von seinem Wutausbruch erfahren und wollten ihn deswegen nicht einstellen. Auch das Arbeitsmarktservice konnte ihn bislang nicht erfolgreich vermitteln. Er gehörte zu den schwierigen Jobsuchenden. Irgendwann reichte es ihm und er verlor, vor lauter Arbeitslosigkeit und den damit entstandenen finanziellen Problemen, den Verstand und dachte sich seine Sorgen in Alkohol ertränken zu können. So begann er Kistenweise Bier zu trinken und hin und wieder trank er sogar ganz alleine eine Flasche Raki aus und war schnell außer Gefecht gesetzt. So konnten sich wenigstens Kenan und seine Mutter für ein paar Stunden erholen. Seine Aggression wurde von Tag zu Tag schlimmer. Seit der Entlassung seines Vaters musste Kenan immer wieder mit erleben, wie sein Vater seine Mutter und ihn erniedrigte, beschimpfte und schlug. Seine Mutter hatte sogar so sehr Angst vor ihrem Ehemann, dass sie sich gar nicht traute, eine Beschwerde bei der Polizei oder sonst irgendwo einzureichen. Noch dazu lebten sie in einem Teil des zehnten Wiener Gemeindebezirkes, genannt Favoriten, in der sich ständig Familiendramen abspielten und Streitereien ereigneten. Noch vor wenigen Monaten hatte ein Mann auf der gegenüberliegenden Straßenseite zuerst seine Ehefrau und danach sich selbst mit einem Messer umgebracht, weil er erfahren hatte, dass seine Frau ihn mit einem anderen Mann betrogen hatte.

Die Nachbarn waren also daran gewöhnt gewesen und scherten sich nicht darum. Die Menschen hatten schon genug eigene Probleme. Kenan konnte sehr deutlich hören, wie sein betrunkener Vater seine Mutter, nicht nur anschrie, sondern auch schlug. Bei jedem Schlag, den sein Vater seiner Mutter austeilte, zuckte Kenan zusammen. Es war fast so, als ob bei jedem Schlag den seine Mutter verpasst bekam auch er die Schläge am eigenen Körper spüren konnte. Er kniff sich seine Augen fest zu und zitterte am ganzen Leib. Innerlich dachte er sich die gesamte Zeit über, dass dieser Krach endlich so schnell wie möglich aufhören solle. Er murmelte immer wieder dasselbe vor sich hin. >>*Bitte, mach das es aufhört! Bitte, mach das es aufhört!*<< Nachdem letzten Schlag verließ der Vater die Wohnung und knallte die Tür hinter sich so fest zu, dass eines der Actionfiguren in Kenan's Zimmer umfiel. Vor Schreck gab Kenan ein kleines Laut von sich. Zurück blieb die, vor lauter Schlägen blutende, deren Arme und Hals blau angelaufene, und bitter weinende Mutter mit teilweise geschwollenem Gesicht im Wohnzimmer.

Kenan richtete die Actionfigur wieder auf und machte langsam seine Zimmertür auf. Durch den kleinen Spalt streckte er zuerst seinen Kopf hinaus und sah sich rechts und links um. Danach machte er sich mit langsamen Schritten auf den Weg in das Wohnzimmer zu seiner Mutter. Er blieb stehen und beobachtete seine, auf dem Sofa, leicht verkrümmt, sitzende und weinende, Mutter. Sie hatte ihr Gesicht in ihre Hände gedrückt und das dadurch entstehende Geräusch ihres Wimmerns hallte im ganzen Raum. Als sie mit ihren zitternden Händen durch ihre verfilzten Haare strich, konnte Kenan erkennen, dass ihr Mund blutete und sie sonstige Schwellungen und blaue Flecken im Gesicht hatte. Langsam näherte er sich zu ihr und setzte sich, ohne etwas zu sagen, neben ihr hin. Er legte ganz langsam seine Hand auf die Schulter seiner Mutter. Sie zuckte für einen Moment zusammen. >>*Was? ... Ach Kenan.*<< Sie wischte sich die Tränen mit ihrer Hand vom

Gesicht ab. Danach schlug sie die Hand von Kenan zurück und wurde wütend. >>*Fass mich nicht an!*<<

Kenan sah seine Mutter verwirrt an. Er dachte, er könnte sie so trösten. Er dachte, er könnte ihr so klar machen, dass sie nicht alleine ist. Er dachte, dass sie erkennen würde, dass wenigstens er sie noch lieb hat und stets an ihrer Seite ist. Er dachte, dass würde man so machen, wenn jemand traurig ist. Doch sie stand plötzlich auf und verließ das Wohnzimmer ohne ihrem Sohn, der versucht hatte sie zu trösten, etwas zu sagen. Kenan saß still und alleine da und sah seiner Mutter hinter her bis sie langsam in das Badezimmer verschwand und die Tür hinter sich abschloss. Kenan tat es weh seine Mutter so zu sehen. Er vermisste die Frau, die sie einmal gewesen war. Wo war sie bloß hin verschwunden? Würde sie je wieder zurück kommen? Würde sie ihn je wieder fragen, wie sein Tag in der Schule war? Würde sie je wieder fragen, ob er Hilfe bei seinen Hausaufgaben benötige, obwohl sie jedes Mal ganz genau wusste, dass er in der Lage war, seine Aufgaben alleine zu meistern? Würde sie ihn je wieder um Hilfe bitten, wenn sie mit ihrem Kreuzworträtsel nicht weiter kam? Würde sie denn überhaupt je wieder Kreuzworträtsel lösen? Er wünschte, er könnte irgendetwas machen, damit sie wieder ganz die alte werden konnte. Er wünschte, sie wären wieder eine glückliche Familie wie sie früher einmal gewesen waren. Er wünschte sich so vieles.

Später am selben Abend befand sich Kenan erneut in seinem Zimmer und las ein Sachbuch über Wölfe. Er war immer fasziniert darüber, wie organisiert diese Tiere waren. Kenan fand sie großartig. Er hatte sich mittlerweile von dem, was er Stunden zuvor erlebt hatte, erholt und war erneut in seine Welt abgetaucht gewesen. Voller Konzentration und Stille las er in seinem Buch und speicherte all die Informationen, die er daraus erhielt, in seinem Gehirn ab. Seine Mutter war in der Küche und bereitete das Abendessen zu. Sie hatte ihre Wunden geschickt mit Make-Up versteckt. Hatte sich geduscht und frisch gekleidet. Mit einem kleinen kreisförmigen Pflaster hatte sie ihre Wunde, hinter ihrem linken Ohr, zu geklebt. Der Esstisch war bereits für drei Personen zugedeckt gewesen und im Hintergrund lief der Fernseher im Wohnzimmer. Als eine Hausfrau und Mutter hatte sie es bisher ohnehin schon nicht einfach und jetzt noch als Gattin von einem aggressiven, arbeitslosen Mann, der mittlerweile auch Alkoholiker geworden war, hatte sie ein noch härteres Leben als je zuvor. Jetzt wo ihr Ehemann auch nichts mehr verdiente und er keine guten Aussichten für eine neue Stelle hatte, hatte sie jegliche Hoffnungen auf ein besseres und glückliches Leben verloren. Es schien alles gut zu laufen, es war alles in Ordnung. Sie waren einst eine glückliche und zufriedene Familie gewesen, die auch viel miteinander unternommen hatten. Doch jetzt, seitdem ihr Ehemann seinen Job vor sieben Monaten verloren hatte, hatte sich alles schlagartig zum schlechten gewendet. Als Langzeit Arbeitsloser wurde er zu einem vollkommen anderen Menschen. Er fing an zu trinken, fing an seine Ehefrau und sein Kind anzuschreien und am Ende auch zu schlagen. Er führte teilweise Selbstgespräche und ging nur selten aus der Wohnung hinaus. Fast jedes Mal, als sie oder Kenan ihn ansprachen, wies er sie auf eine unangenehme Art und Weise ab. Sie hätte sich das alles nie erdenken können. Sie hätte sich nie gedacht, dass ihr einst so liebevolle Ehemann, der zugleich auch ein sehr guter Vater gewesen war, sich dermaßen ändern könnte. Es war fast so, als wäre dieser Mann, den sie aus Liebe geheiratet hatte, plötzlich verschwunden und durch einen anderen, nein, durch etwas Böses ersetzt worden war. Er war einfach nicht mehr der Selbe. Er konnte es einfach nicht sein. Wie sehr wünschte sie sich, dass er wieder der Alte werden würde. Wie sehr wünschte sie sich, dass die guten alten Tage wieder zurückkehren würden. Doch es schien so, als würden sie diese Tage nie wieder erleben. Als würden sie nie wieder eine kleine und glückliche Familie werden können. Sie vermisste diese Zeiten wirklich sehr. Und so sehr es ihr auch weh tat, daran glauben zu müssen, sie wusste, dass es nie mehr so werden würde wie früher. Allein dieser schrecklicher Gedanke tat ihr mehr weh als die Schläge ihres Ehemannes, die er ihr bei jedem Streit austeilte. Sie war nicht nur körperlich verletzt gewesen, sie war auch seelisch verletzt worden. Nichts und niemand hätte sie wieder gesund pflegen können. Sie war einfach nur noch kaputt. Eine leere Hülle, die nur noch Angst empfand.

Plötzlich knallte die Wohnungstür auf und der Vater stürmte hinein. Die Mutter zuckte in der Küche zusammen und ließ die Schüssel aus ihrer Hand fallen in die sie soeben die Suppe eingießen wollte. Die Schüssel fiel zu Boden und zerbrach in ihre Einzelteile. Kenan's Vater schien noch verärgerter zu sein als ein paar Stunden zuvor. Denn sowie er in die Wohnung gestürmt war, so begann er auch gleich mit seiner Schreierei an. >>*Wo bist du, du verdammte Schlampe!*<< Die Mutter antwortete aus Angst sehr rasch und mit zitternden Lippen. >>*In....In der K...Küche!*<< Schnell beugte sie sich hinterher zum Boden und sammelte die kaputten Teile vom Schüssel auf. In der Eile, schnitt sie sich am rechten Zeigefinger, doch vor lauter Angst spürte sie keinen Schmerz. Ihr Ehemann stürmte in die Küche hinein und begann sofort auf sie zu schimpfen. >>*Na toll! Hast du wieder was kaputt gemacht du unnötiges Weib. Du bist einfach so ungeschickt.*<< Er schimpfte und schrie so sehr, dass man seine Spucke, die dabei aus seinem

Mund austrat, deutlich erkennen konnte. Die Mutter stand sofort mit den aufgesammelten Teilen auf und erkannte, dass ihr Ehemann einen fremden Mann mitgenommen hatte. Zuerst dachte sie sich, er sei vielleicht ein ehemaliger Kollege von ihrem Ehemann gewesen, aber sie kannte alle Kollegen von ihm und dieser Fremder, der jetzt mit in der Küche dicht neben ihm stand, war ihr unbekannt gewesen. Sie hatte ihn bisher noch nie gesehen. Er war ihr noch nie zuvor aufgefallen. Er war auch keiner von den Nachbarn. Wer sollte dieser Mann sein, fragte sie sich. Während ihr die verschiedensten Gedanken über diesen fremden Mann durch den Kopf gingen, legte sie die kaputten Teile, die noch Sekunden zuvor ein Suppenschüssel gewesen waren, in das Waschbecken und drehte sich zu ihrem Ehemann und dem fremden Mann, der direkt neben ihm steht, um. Ganz verwirrt fragte sie ihren Ehemann. >>Du....du hast nicht gesagt, dass wir Besuch bekommen werden.<< Kenan's Vater antwortete mit wütender Stimme und diesmal spuckte er umso mehr. >>Ich muss dir wohl jeden Scheiß berichten was? Bist du der Herr des Hauses oder ich?<<
Die Mutter zitterte am ganzen Leib, versuchte aber, vor dem unerwarteten Besuch, sich nichts anmerken zu lassen. Der Vater redete im selben wütenden Ton weiter. >>Du meckerst doch immer darüber, dass ich keinen Job mehr habe und ich euch nicht genug versorgen kann, weil wir kein Geld haben.<< Die Mutter wurde noch verwirrter und wusste nicht, was ihr Mann damit sagen wolle. Kenan machte langsam seine Zimmertür auf um besser lauschen zu können. Sein Vater redete weiter. >>Nun,......das ändert sich ab heute.<< Die Mutter war immer noch verwirrt gewesen und sah die beiden Männer weiterhin schweigend an. In ihrem Kopf waren lauter Fragezeichen. Und das sah man ihrem Gesichtsausdruck nach

zu urteilen an. Kenan's Vater klärte nun seine Mutter auf. *>>Das ist mein Kumpel aus der Kneipe. Sein Name ist Anton.<<* Er griff dabei Anton auf die Schulter. Kenan's Mutter begriff immer noch nicht, was er damit sagen wollte. *>>Ich verstehe nicht ganz. Habt ihr vor gemeinsam ein Unternehmen zu gründen?<<* Nun bemerkte sie den kleinen Einschnitt an ihrem rechten Zeigefinger und versuchte das daraus austretende Blut mit einem Stück von der Küchenrolle zu stoppen. Kenan war weiterhin am Lauschen. Sein Vater lachte. Er hatte ein grauenhaftes Lachen dachte er sich. Es war mehr ein lautes Keuchen als Lachen. Klang fast so, als würde er lachen und ersticken zugleich. Es erinnerte ihn jedes Mal an einen Schimpansen, der gerade dabei war zu ersticken. Sein Vater antwortete. *>>Ha....so könnte man das auch nennen. Mein guter Freund Anton hier, zahlt mir viel Geld damit er mit dir schlafen kann.<<* Die Mutter war entsetzt und schockiert darüber was sie soeben gehört hatte. Sie war sich nicht einmal sicher, ob sie es auch wirklich richtig verstanden hatte, was ihr Ehemann da eben gesagt hatte. Kenan hatte es sehr wohl verstanden und war mindestens genauso entsetzt darüber wie seine Mutter. Seine beiden Augenbrauen gingen wie auf Kommando hinauf und er machte dabei ganz große Augen. Anton hatte ein leichtes und freches Grinsen aufgesetzt. Die Mutter redete weiterhin schockiert. *>>W....was redest du da Ilhan?<<* Kenan's Vater Ilhan erklärte weiter. *>>Na das du von jetzt an eine Hure sein wirst meine liebe Sinem. So werden wir in Kürze sehr viel Geld machen und all unsere finanziellen Sorgen sind mit einem Schlag dahin und du wirst mir nie wieder Vorwürfe machen, dass ich kein Geld verdiene und mich endlich damit in Ruhe lassen.<<* Kenan's Mutter Sinem konnte nicht glauben, was da gerade geschehen war und sie war vollkommen fassungslos. Sie dachte, sie befände sich in einem Albtraum. Es kam ihr vor als wäre das alles nur ein geschmacksloser und kein bisschen witziger Scherz. Sie wartete vergeblich darauf, dass ein anderer aus der Ecke hervor springen und sagen würde, dass das alles eine Show für die abartigste Versteckte Kamera Sendung war, die je gedreht wurde. Sie zitterte vor Wut am ganzen Körper und wusste zunächst nicht, was sie noch darauf sagen sollte. Wie konnte es nur soweit kommen? Wie konnte er so etwas nur ernst meinen? Dreht er jetzt wirklich durch oder ist sie es, die endgültig durchdreht? Was passiert da gerade eben? Ihr schossen erneut sämtliche Fragen durch den Kopf, doch Sinem versuchte trotz all dem vernünftig zu reden. >>*B...bitte Ilhan, hör auf damit. Das ist ein schlechter Scherz und nicht angebracht vor unserem Gast.*<< Kenan zuckte, bei dem was er soeben gehört hatte, zusammen. Obwohl er noch sehr jung war, war er, aufgrund seiner Intelligenz, in der Lage zu begreifen, was sich da gerade in der Küche abspielte. Ilhan näherte sich zu Sinem und packte sie am Arm. >>*Das ist kein Witz du Schlampe. Jetzt geh mit Anton ins Schlafzimmer und sieh zu, dass du unseren Kunden zufriedenstellst.*<< Sinem fing zu weinen an und versuchte sich von Ilhan mit all ihrer Kraft loszureißen. Das Stück Küchenrolle, das sie sich um den rechten Zeigefinger gewickelt hatte, löste sich und fiel zu Boden. Sie weinte und schluchzte. >>*Bitte, bitte Ilhan, lass mich los! Bitte! Du tust mir weh!*<< Sinem war nicht stark genug um sich von Ilhan's griffen zu befreien. Je mehr sie versuchte sich loszureißen, umso stärker packte Ilhan zu. Ilhan zog Sinem zu sich und schleuderte sie anschließend Richtung Anton. So leicht wie sie war, so schnell landete sie in den Armen des fremden Mannes Namens Anton. >>*Da! Nimm sie und gib dich deinen Fantasien hin mein Freund.*<< Anton hielt Sinem am Arm fest. Sinem weinte noch stärker. >>*Nein, fass mich nicht an!*

Lass mich los! Das kann doch einfach nicht wahr sein.<< Sie versuchte sich mit all ihrer Kraft zu befreien. Ilhan eilte dazu und fing wieder an sie zu schlagen. Er verpasste ihr eine ordentliche Ohrfeige, sodass ihre Unterlippe aufplatzte und dabei etwas Blut auf die Küchenwand spritzte. >>*Du mieses Drecksweib! Wieso wehrst du dich? Du vermasselst mir schon wieder meine Geschäfte. Ich verfluche den Tag an dem ich dich geheiratet habe.*<< Kenan konnte die Geräusche, die durch die Schläge entstanden, nicht aushalten. Er machte schnell die Tür zu, hockte sich nieder und drückte seine Hände fest an beide Ohren. Er schloss ganz fest seine Augen und versuchte in seine eigene Welt zu fliehen, doch das Weinen und Schluchzen seiner Mutter waren so laut, dass sie durch seine Tür und seine Hände hindurch in seine Ohren drangen. So konnte er der Realität diesmal nicht entkommen und war gezwungen sich alles mit anzuhören. Und das was er diesmal zu hören bekommt, war das Schlimmste, dass er bis dahin je hören musste. Sinem versuchte sich immer noch mit aller Kraft zu wehren. Doch Ilhan war einfach viel zu stark. Er nahm sie in die Arme und trug sie in das Schlafzimmer. Auf dem Weg dorthin, versuchte sich Sinem mit all ihrer Kraft an dem Türrahmen festzuhalten, an dem sie vorbeikamen und brach sich dabei einige Fingernägel. Doch auch so konnte sie Ilhan nicht stoppen. Schließlich kamen sie im Schlafzimmer an und Ilhan warf sie auf das Bett. Beim unsanftem aufkommen auf der Matratze stieß Sinem ein leichtes Pusten aus. Ilhan erteilte, der immer noch weinenden Sinem, Befehle. >>*Du wirst jetzt hier schön liegen bleiben!*<< Sinem wickelte sich sofort mit der Decke ein, sodass sie das Gefühl hatte, die Decke würde ihr Schutz bieten und sie klammerte sich mit aller Kraft daran. Ilhan ging hinaus und schickte Anton in das Schlafzimmer. >>*So, sie ist nun im Bett.*

Tob dich aus!<< Anton grinste erneut. >>*Und es ist wirklich alles erlaubt?*<< >>*Du bist der Kunde. Der Kunde ist König. Du darfst mit ihr machen was du willst. Schließlich hast du eine ganz nette Summe dafür bezahlt.*<< Ilhan grinste zurück. Anton antwortete lächelnd. >>*Allerdings, das habe ich.*<< Anton ging nun in das Schlafzimmer, in dem sich Sinem bereits befand und machte die Tür hinter sich zu. Sobald Anton das Zimmer betreten hatte, klammerte sich Sinem fester an die Decke und zog sie weiter nach oben zu, sodass nur ihr Kopf und ihre Finger zu sehen waren. Sie starrte Anton mit tränenden und ängstlichen Augen an, wie ein wehr- und hilfloser Reh, der in die Falle getappt war und darauf wartete vom bösen Jäger erschossen zu werden. Man konnte deutlich ihre, vor lauter Tränen angelaufenen und zitternden, glasigen Augen sehen. Sie zitterte am ganzen Körper und wimmerte leise vor sich hin. Ilhan ging seelenruhig in das Wohnzimmer und versuchte es sich vor dem Fernseher gemütlich zu machen. Kenan, der immer noch hinter der Tür saß und Augen und Ohren zuhielt, richtete sich langsam wieder auf und öffnete leise seine Tür. Er streckte seinen Kopf hinaus und checkte die Lage ab. Beim genauen Zuhören, konnte er die weinerliche Stimme seiner Mutter ausmachen. Er machte die Tür ganz auf und ging mit langsamen Schritten in das Wohnzimmer. Er sah wie sein Vater vor dem Fernseher saß und eine offene Flasche Bier in der Hand hielt. Mit leiser Stimme sprach er seinen Vater an. >>*Wo ist Mutter?*<< Sein Vater drehte sich zu ihm um und nahm einen Schluck aus der Flasche. >>*Na sieh einer an. Unser Klugscheißer ist auch hier.*<< Er nahm noch ein Schluck und redete, mit bereits Rot angelaufenen Augen, weiter. >>*Deine nutzlose Mutter verdient gerade Geld. Oder besser gesagt, sie arbeitet und ich verdiene das Geld. Ganz schön clever was? Du bist nicht der einzige hier, der gescheit ist.*<< Ilhan grinste Kenan an und nahm einen weiteren Schluck von seinem Flaschenbier. Kenan konnte seinem Vater nicht folgen und fragte weiter. >>*Was meinst du denn damit?*<< Ilhan stellte sein Bier auf den Tisch vor ihm ab, stand genervt auf und ging mit schnellen Schritten zu Kenan. Kenan ging instinktiv zwei Schritte nach hinten. Ilhan packte Kenan an seinen Haaren, sodass Kenan's Kopf leicht zur Seite neigte und schimpfte auf ihn ein. >>*Hör zu du Bengel! Das sind Geschäfte, die nicht einmal ein begabter Pisser wie du verstehen kannst. So etwas geht dich auch gar nichts an.*<< Kenan schrie vor lauter Schmerzen, die sein Vater ihm verursachte, während er Kenan an seinen Haaren festhielt. >>*Aua, du tust mir weh!*<< Kenan's Beschwerde machte Ilhan nur noch wütender. Er ließ Kenan's Haare los und zog seinen Gürtel aus. Reflexartig kratzte sich Kenan genau an der Stelle, an der sein Vater gerade eben seine Haare fest gehalten hatte. Kenan wusste ganz genau, was jetzt kommen würde. >>*Wie oft habe ich dir gesagt, dass ein richtiger Mann niemals jammert?*<< Ilhan packte Kenan am Arm und brachte ihn in sein Zimmer. Er machte die Tür hinter sich zu und stieß Kenan auf den Boden. Kenan fiel auf allen Vieren um. >>*Na mach schon! Zieh dein T-Shirt aus!*<< befahl ihm sein Vater. Kenan tat genau das, was sein Vater ihm sagte und zog sich sein T-Shirt, auf dem ein Bild vom berühmten Maler Gustav Klimt abgebildet war, aus. Dieses T-Shirt hatte ihm eine Klassenkameradin geschenkt, als sie zu Weihnachten das Spiel Engerl-Bengerl in der Klasse spielten und sie Kenan's Namen aus der Box heraus gezogen hatte. Da sie wusste, dass er ebenso Kunst mag, dachte sie, dass das ein angemessenes Geschenk werden würde. Das war es auch. Denn dieses T-Shirt gehörte seitdem zu seinen Lieblingsshirts. Doch jetzt lag das T-Shirt wie ein Klumpen Nichts vor ihm und er kniete mit nacktem Oberkörper mitten in seinem Zimmer und wartete, fast schon mutig, darauf, dass sein Vater endlich weitermachen und diese Sache so schnell wie möglich ein Ende nehmen würde. Man erkannte an seinem Rücken viele Narben, die durch die Schläge seines Vaters entstanden waren. Die Narben vom letzten Mal waren immer noch etwas rötlicher als die anderen, da sie noch frisch waren. Es waren Narben, von denen bislang niemand in der Schule wusste.

Er wusste, wie er die Narben zu verstecken hatte, jedes Mal wenn er sich für den Turnunterricht umziehen musste. Er musste sich ganz einfach mit dem Rücken zu der Wand drehen und schnell wie der Wind seine gewöhnliche Kleidung mit der Sportbekleidung austauschen, sodass weder seine Lehrerin noch seine Mitschüler seine Narben entdecken konnten. Denn sein Vater hatte ihn diesbezüglich sehr streng ermahnt. Und bisher kam er mit dieser Methode auch gut durch. Ilhan machte den Gürtel für die Schläge bereit und holte aus. Der erste Schlag fiel mit einem lauten Klatschen auf Kenan's Rücken und verursachte bei Kenan ein Gefühl als würde ein Vulkan ausbrechen und richtig heiße Lava auf seine Haut ausspucken. Es brannte einfach viel zu sehr. Während Ilhan auf Kenan schlug, schimpfte er mit ihm. >>*Wehe du gibst einen Mucks von dir. Dann werden die Schläge nur noch härter werden.*<< Kenan machte die Augen vor Schmerzen ganz fest zu und drückte sich beide Hände an den Mund, sodass ja kein Laut seine Lippen verlassen konnten. In Kenan's Augen sammelten sich Tränen, die er mit viel Mühe zurückzuhalten versuchte. Ilhan schimpfte weiter, während er mit seinem Gürtel auf Kenan's Rücken schlug. >>*Du wirst bald ein erwachsener Mann werden. Willst du etwa ein Weichei werden? Eine Pussy, die immer jammert? Bist du ein verdammtes Mädchen?*<< Mit jedem Schlag zuckte Kenan zusammen und kniff sich

dabei die Augen fest zu. Er kämpfte damit nicht zu weinen.
>>Du bist ein Junge verdammt. Also verhalte dich auch wie einer!<< Ilhan verpasste Kenan einen letzten Schlag und hörte nach zwei Minuten, die für Kenan wie zwei Stunden vorkamen, mit den Schlägen auf. Kenan verharrte immer noch in seiner Position. Vor lauter Schmerzen konnte er sich kaum bewegen. Die Schmerzen, nach den eigentlichen Schlägen, waren fast noch schlimmer. Dieses Gefühl des Ziehens, des Brennens, des Juckens und des Zwickens zugleich, war das Schlimmste für ihn.

Für einen kurzen Moment tauschte Kenan Schmerzen gegen Angst aus, als sein Vater ihn ansprach. *>>Jetzt verpiss dich ins Bett und sieh zu das du schnell einschläfst. Ein so begabter Junge wie du, möchte doch bestimmt nicht zu spät zur Schule kommen.<<* Ilhan steckte sein Gürtel wieder an seine Hose und verließ anschließend Kenan's Zimmer. Kurz bevor er durch die Tür hinaus ging, sah er zu Kenan runter und beschimpfte ihn. *>>Du Sohn eines Esels, womit habe ich dich bloß nur verdient? Du erfüllst mich mit nichts mehr als nur Scham, du elender Bastard.<<* Kenan saß immer noch in derselben Position und bewegte sich nicht bis sein Vater das Zimmer verlassen hatte. Ilhan verließ das Zimmer und knallte die Tür hinter sich zu. Kenan zuckte dabei zusammen und ließ nun seine Tränen fließen, die er solange, tapfer, zurückhalten musste.

Am nächsten Morgen verband Kenan's Mutter im Wohnzimmer seine Wunden, die er sich durch die brutalen Schläge seines Vaters zugezogen hatte. Seine Mutter hatte dabei ein Gesicht ohne jegliche Emotionen und ihre Blicke waren leer. Es war fast so, als ob sie mit den Gedanken nicht bei der Sache gewesen war. Ihre Hände arbeiteten zwar, aber es

24

schien so, als würden sie von jemand anderem bewegt werden. Von unsichtbaren Fäden, an denen ein unsichtbarer Puppenspieler zog. Kenan saß vor ihr und starrte auf den Boden. Sinem war mit dem Binden fertig und saß noch eine Weile regungslos da und starrte weiter in die Leere. Kenan hob sein Kopf etwas hoch und blickte zu seiner Mutter nach hinten. *>>Mutter? Bist du fertig?<<* Sinem reagierte nicht auf die Frage ihres Sohnes. Kenan fragte sie erneut. Diesmal mit lauter Stimme. *>>Mutter? Bist du fertig? Darf ich jetzt zur Schule gehen?<<* Nun wendete die Mutter ihre Blicke auf Kenan. *>>Ja, ja! Ich bin fertig. Du kannst jetzt zur Schule gehen.<<* Kenan stand auf und zog sich sein Hemd an. Seine Mutter saß immer noch. *>>Aber, denk dran! Du darfst niemandem etwas sagen.<<* Kenan beruhigte sie. *>>Ist gut! Ich sage schon nichts.<<* Kenan nahm seine Schultasche, auf dem Spiderman abgebildet war, Spiderman war Kenan's Lieblingssuperheld, in die Hand und verließ das Wohnzimmer. Manchmal, wünschte er sich auch, er hätte Superkräfte wie Spiderman. Denn dann könnte er seiner Mutter immer zur Hilfe eilen und sie vor seinem Vater retten. Doch er wusste, dass Superhelden und Superkräfte nicht existierten. Also müsste er sich selbst etwas einfallen lassen um seiner Mutter helfen zu können. Er wusste nur noch nicht was. Sinem blickte ihm mit leeren Blicken hinterher und verabschiedete sich nicht einmal, wie sie es früher immer tat.

Die Schulglocke klingelte und alle Kinder gingen in ihre Klassen. Kenan stand gemeinsam mit seinen Klassenkameraden in seiner Klasse an seinem Sitzplatz. Die Lehrerin stand vorne an der Tafel und begrüßte ihre Schülerinnen und Schüler. Ihr Name war Veronika Neumann. Sie war eine gut aussehende und junge Dame, die von all ihren

Schülerinnen und Schülern, ganz besonders von Kenan geliebt wurde. Er fand, dass sie eine hervorragende, kluge und nette Lehrerin war, die sich sehr mit den Kindern beschäftigte und sich für jede einzelne von ihnen interessierte. Er hatte sie bisher noch kein einziges Mal traurig oder verärgert erlebt. Sie hatte stets ein schönes Lächeln auf und war immer gut aufgelegt. >>*Guten Morgen Kinder!*<< Die Kinder begrüßten die Lehrerin gemeinsam zurück. >>*Guten Morgen Frau Lehrerin!*<< Die Lehrerin fuhr fort. >>*Gut, bitte alle hinsetzen!*<< Die Kinder setzten sich alle hin. Kenan setzte sich langsam und vorsichtig hin, da ihm sein Rücken noch weh tat und biss sich dabei in die Lippen. Kenan's Verhalten fiel seiner aufmerksamen Lehrerin auf und sofort fragte sie neugierig. >>*Ist alles in Ordnung Kenan?*<< Kenan schaffte es sich zu setzen und antwortete sofort mit einem Schmunzeln, sodass Frau Neumann ja nicht stutzig wurde. >>*Ja Frau Lehrerin, alles in Ordnung.*<< Die Lehrerin glaubte es ihm und antwortete mit einem Lächeln. >>*Gut.*<< Sie begann mit der ersten Unterrichtsstunde. >>*Heute werde ich euch ein wenig über einen, zu seiner Zeit, sehr begabten und intelligenten Mann erzählen. Seine Mutter selbst nannte ihn das Kind des Lichts. Na, wisst ihr schon wen ich meine?*<< Sie machte eine Runde mit ihren Augen im gesamten Klassenzimmer und sah sich die Kinder an. Sie hatten alle ein „Fragezeichen" im Gesicht und sahen sich gegenseitig an. Kenan hob vorsichtig die Hand und zuckte dabei ein wenig. Frau Neumann zeigte mit ihrem Finger auf Kenan. >>*Bitte Kenan!*<< Kenan antwortete. >>*Nikola Tesla.*<< Die Lehrerin lobte ihren fleißigen Schüler mit einem kleinen Applaus. >>*Das ist richtig Kenan, sehr gut! Aber es überrascht mich nicht, dass du als einziger Schüler die richtige Antwort kennst. Du bist ja auch ein sehr begabtes Kind. Deine Eltern sind*

bestimmt sehr stolz auf dich.<< Kenan musste an die Beschimpfung denken, die sein Vater ihm letzte Nacht gesagt hatte. Eines der Schüler, ein etwas für sein Alter groß wirkender Junge, machte eine unangemessene Meldung. >>*Blöder Streber!*<< Die Klasse fing zu lachen und zu kichern an. Kenan meidete den Blickkontakt zu seinen Klassenkameraden und blickte verlegen runter auf sein Tisch und machte sich klein, so als hätte er etwas Schlimmes verursacht. Die Lehrerin, Frau Neumann, war über diese Aussage von ihrem Schüler empört gewesen. Er war ihr schon öfter negativ aufgefallen und obwohl sie wusste, dass ein Gespräch mit seinen Eltern nichts brachte, drohte sie ihm dennoch damit. >>*Junger Mann! So etwas sagt man nicht. Ich muss wohl wieder mit deinen Eltern reden.*<< Das Gelächter hörte plötzlich auf. Der Junge sah die Lehrerin verängstigt an als sie ihm drohte seine Eltern zu verständigen.
>>*So etwas dulde ich nicht in meiner Klasse.*<< Der Junge warf giftige Blicke zu Kenan, der immer noch auf sein Tisch starrte und aus Scham etwas rot geworden war.

Alle Kinder hatten nun ihre große Pause. Die Hälfte des Schultages war bereits überstanden. Manche spielten am Schulhof und manche aßen ihre Jausen. Kenan saß wie immer alleine und aß in Ruhe sein Brötchen, das seine Mutter noch irgendwie geschafft hatte zusammenzustellen. Früher noch hatte sie sich viel Mühe mit der Zubereitung seiner Jause gegeben. Sie packte Obst und etwas Süßes mit ein. Sie belegte jeden Tag die Brötchen mit anderen Zutaten und überraschte ihn damit. Ja sie brannte sogar ein Bild von Spiderman auf Kenan's Brötchen, weil sie wusste, wie sehr er ihn mochte. Doch seit den Vorfällen mit seinem Vater hatte sie all das sein lassen. Alles was Kenan mit zur Schule bekam war nur noch täglich ein einfaches Brötchen mit einer Scheibe Käse und einer Scheibe Wurst darin, sodass er zumindest irgendetwas essen konnte. Kein Obst, nichts Süßes, keine Überraschungen, kein Bild von Spiderman. Nur noch ein langweiliges Brötchen, das ihm allmählich nicht mehr schmeckte. Doch egal wie oft er es seiner Mutter gesagt hatte, hatte sich nichts daran geändert. Somit blieb ihm keine Wahl, als diese langweilige Jause zu akzeptieren. Also machte er einen unappetitlichen Bissen nach dem anderen und versuchte das trockene Brötchen irgendwie durch seinen Hals in den Magen zu kriegen. Als er gerade dabei war seinen nächsten Bissen zu nehmen, kam plötzlich der große Junge, der ihn als einen blöden Streber bezeichnet hatte und schlug Kenan das Brötchen aus der Hand. Noch beim abschlagen fiel das belegte Brötchen auseinander und alle Zutaten landeten direkt auf dem Boden. Kenan sah den großen Jungen an und erkannte, dass noch zwei weitere Freunde von dem großen Jungen neben ihm standen. Sie waren zwar nicht groß, hatten aber den selben grimmigen Gesichtsausdruck wie der große Junge, der gerade eben sein Essen aus der Hand geschlagen hatte und seine Sonne verdeckte. Der große Junge fing zu reden an. Seine Stimme hörte sich wütend an. >>*Wegen dir wird die Lehrerin meine Eltern anrufen du Blödmann!*<< Bei dem unerträglichen Mundgeruch, das aus dem Mund des großen Jungen direkt in die Nasenlöcher von Kenan eindrang, kam ihm fast schon das Brötchen wieder hoch, doch Kenan schaffte es sich zusammenzureißen. Kenan sah den großen Jungen schweigend an und antwortete schließlich. >>*Dafür kann ich nichts. Das war deine Schuld.*<< Der große Junge wurde nur noch wütender und kam Kenan ein paar Schritte näher. Jetzt hatte er Kenan vollkommen mit seinem großen Schatten überdeckt. Kenan stand auf und machte reflexartig einige Schritte nach hinten.

Sowohl aus Angst als auch um sich vor seinem ekelhaften Mundgeruch zu schonen. >>*Was laberst du da du Freak? Es ist also meine Schuld? Willst du mir das damit sagen?*<< Kenan sagte aus Angst nichts, dachte sich jedoch, dass der große Junge mit seiner Behauptung richtig lag und es tatsächlich seine Schuld gewesen war, genauso wie er Schuld daran war seine Mundhygiene zu vernachlässigen. Der große Junge packte Kenan an den Kragen und drang ihn weiter in die Ecke. Kenan verzog sein Gesicht und gab ein kleines >>*Aua!*<< von sich, weil durch das Drängen sein Rücken schmerzte. Die beiden anderen Kinder lachten. >>*Los, mach ihn fertig!*<< rief eines der beiden dem großen Jungen zu. >>*Ja, verpass ihm eine!*<< rief der zweite hinter her. Der große Junge schaute mit finsteren Blicken in Kenan's Augen als würde er ihn wie ein tollwütiger Hund zerfleischen wollen. Kenan sah den großen Jungen mit verängstigten Augen an, aber versuchte seine Angst nicht zu zeigen. >>*Na los, worauf wartest du? Hau diesem Mistgeburt eine rein!*<< rief der erste Junge wieder zu. Beide Jungs warteten wie zwei hungrige Hyänen darauf, dass der Löwe endlich seine Beute erlegen würde und sie ein Stück vom Fleisch abbekämen. Der große Junge ließ Kenan dann aber doch los. Er lockerte seine Griffe und hinterließ bei Kenan ein Hemd mit einem zerknitternden Kragen. Seine beiden Freunde wunderten sich darüber. Ihre gerade noch gierigen Visagen nahmen schlagartig eine Mimik der Verwunderung an, so als hätte jemand den Strom in ihren Gehirnen abgedreht. Kenan machte einen kräftigen Schluck als die riesigen Pranken des Jungen seinen Kragen losließen. Der zweite Junge konnte die Situation nicht verstehen. >>*Was ist los? Wieso verprügelst du ihn nicht?*<< Prompt gab der große Junge ihm eine Antwort auf die er und der andere so neugierig warteten. >>*Nicht jetzt. Wenn ihm jetzt hier etwas passiert,* *wissen die sofort, dass ich es gewesen bin. Ich werde es ihm noch zeigen, aber nicht jetzt.<<* Er richtete seine scharfen Blicke zu Kenan und fügte mit leiser Stimme hinzu. Und das Flüstern verstärkte sein Mundgeruch nur noch mehr. *>>Ich werde dir noch deine dämliche Scheiße raus prügeln und sie dir dann anschließend in deinen Mund stopfen.<<* Der große Junge und seine Komplizen entfernten sich von Kenan. Kenan stand noch immer wie erstarrt an der Ecke und versuchte das, was der große Junge zu ihm gesagt hatte, zu verdauen und sah wie sich die drei Rüpel unter die anderen Kinder am Schulhof mischten.

Die Schulglocke klingelte. Der Schultag war vorüber und alle Kinder stürmten, teilweise jubelnd, ins Freie. Viele von ihnen wurden von ihren Eltern oder sonstigen Verwandten abgeholt. Kenan gehörte, sowie wenige unter ihnen, zu denen, die alleine nach Hause gehen mussten. Früher wurde er auch von seinen Eltern oder zumindest von einem der Elternteile abgeholt, aber das war einmal. Genauso, wie er alleine zur Schule musste, genauso musste er wieder alleine zurück nach Hause.
Auf dem Weg nach Hause konnte er deutlich hören wie sein Magen knurrte. Nicht nur, dass er schon zu wenig zu essen mit hatte, der große Junge mit dem unerträglichen Mundgeruch musste es ihm auch noch aus der Hand schlagen. Er versuchte seinen Hunger durch andere Gedanken abzulenken. Er überlegte welches Buch er wohl heute lesen sollte. Oder sollte er heute ausnahmsweise mal nicht lesen und nur mit seinen Actionfiguren spielen? Mit diesen Gedanken, was er wohl heute tun könnte, ging Kenan seelenruhig weiter Richtung nach Hause. Die Sonne schien heute besonders gut, dachte er sich. Er freute sich schon sehr auf den Sommer. Denn dann konnte er wieder jede Menge Eis essen und schwimmen gehen. Sobald

er am Schwimmbad stand, fühlte er sich von den anderen Kindern darin nicht gestört. Er genoss es einfach zu schwimmen und unter Wasser seine Saltos zu drehen. Früher, als er noch mit seinen Eltern geschwommen war, tat er so, als wäre er ein Hai, der sie jagen würde. Und sein Vater nahm ihn jedes Mal auf seine Schulter, wenn sie zu Dritt mit dem Wasserball spielten. Die Sommertage waren einfach die Besten. Nach nur wenigen Metern wurde er von dem großen Jungen und seinen zwei Anhängern eingeholt und umzingelt. Kenan schreckte auf. Er dachte sich, was sie wohl jetzt wieder von ihm wollen würden, doch ihm fiel schnell wieder ein, was der große Junge in der großen Pause zu ihm gesagt hatte. >>*Jetzt bist du fällig du Verlierer!*<< rief ihm der große Junge zu. Kenan versuchte verzweifelt den drei Jungs zu entkommen, aber die zwei anderen stellten sich Kenan in den Weg und hinderten ihn daran weiter zu rennen. Kenan bekam nun richtig Angst. >>*Bitte, lasst mich gehen! Ich habe euch nichts getan.*<< Kenan wendete sich dem großen Jungen zu und flehte ihn an. >>*Du bist selber Schuld. Du hättest einfach nichts sagen sollen. Bitte, lass mich gehen!*<< Der große Junge ignorierte Kenan's Wunsch und wendete sich an seine zwei Komplizen. >>*Na los! Machen wir diesen Hundehaufen fertig!*<< Die zwei Komplizen freuten sich über diese Aussage von dem großen Jungen so sehr, dass ihnen fast schon das Wasser im Mund zusammen lief. Alle drei Jungs bewegten sich nun zu Kenan zu. Kenan machte große Augen und bekam nur noch mehr Angst. >>*Nein, bitte! Lasst mich in Ruhe!*<< rief er in seiner verzweifelten Lage zu den drei Jungs zu. Doch sie ignorierten seine Worte weiter. Zu Kenan's Pech befanden sie sich ausgerechnet auf einer Straße, die selten befahren wurde. Es war im Moment keiner da, der ihm zur Hilfe eilen konnte. Selbst wenn Kenan sich verteidigen könnte, in seinem jetzigen

Zustand wäre er sowieso nicht in der Lage dazu gewesen. Sie schnappten sich Kenan und prügelten mit all ihrer Kraft auf ihn ein. Sie schlugen ihn, sie traten ihn. Sie warfen ihn zu Boden. Noch bevor er am harten Asphalt aufschlug, fiel seine Schultasche, mit dem Bild seines Lieblingssuperhelden, von seinem Rücken. Kenan versuchte sich, so gut er konnte, zu schützen, doch es half nichts. Der große Junge trat Kenan in den Rücken. Da er noch frische Verletzungen hatte, tat ihm das ganz besonders weh und er fing zu schreien und zu weinen an. >>*Ah, aua! Bitte hört auf!*<< Doch sie machten unermüdlich weiter. Nachdem letzten grausamen Schrei den Kenan von sich geben musste, bekam der große Junge selber etwas Angst und hörte mit dem Schlagen auf der Stelle auf. Er gab den beiden anderen Jungs ebenfalls zu verstehen, dass sie aufhören sollten. >>*Hört auf! Das reicht jetzt!*<< flehte er sie an. Die beiden Jungs hörten genauso schnell wieder auf wie sie angefangen hatten. Kenan lag ganz verkrümmt am Boden und ihm flossen sowohl Blut als auch Tränen aus. Der große Junge blickte zu Kenan runter. >>*Lass dir das eine Lehre sein du Abschaum!*<< Anschließend spuckt er auf Kenan, kickte seine Spiderman-Schultasche weg und entfernte sich immer mehr von ihm. Die beiden anderen spuckten ebenso auf ihn und folgten dem großen Jungen. Kenan winselte leise am Boden vor sich hin. Ihm stockte vor lauter Schmerzen der Atem. Der Asphalt war mit seinem Blut und seinen Tränen ertränkt worden. Noch immer war keine Menschenseele da, die ihm helfen konnte. Ganz alleine lag er nun auf dem Boden und versuchte mit all seiner Kraft aufzustehen. Doch es schien so, als würde er am Boden festkleben. Als würde ein starker Magnet ihn daran hindern sich aufzurichten. Beim Abstützen zitterten seine Arme dermaßen als wären sie aus Wackelpudding. Er konnte sehen, dass seine geliebte

Schultasche vollkommen deformiert worden war. Er konnte
einfach nicht begreifen wieso Menschen so böse sein konnten.
Wieso sie soviel Hass in sich trugen. Er konnte nicht verstehen
wie sie sich das Gegenseitig antun konnten. Wieso sie immer
brutal und gewalttätig sein mussten. Er verstand so vieles, aber
das konnte er nicht verstehen.

Vollkommen angeschlagen kam Kenan nach Hause. Aus Angst
versuchte er nicht allzu sehr aufzufallen. Mit langsamen
Schritten machte er sich auf den Weg in sein Zimmer. Als er an
seiner Zimmertür ankam und kurz davor war die Tür zu öffnen,
entdeckte ihn sein Vater, der direkt hinter ihm stand und sich
vor lauter Alkoholkonsum kaum gerade halten konnte. >>*Wie
war die Schule?*<< Kenan zuckte vor Schreck etwas
zusammen. Ohne sich zu seinem Vater zu drehen antwortete er
ihm. >>*Ganz gut. Wie immer.*<< Obwohl er sich noch so sehr
anstrengte, klang seine Stimme zittrig. Sein Vater wurde etwas
skeptisch. >>*Dreh dich um!*<< Kenan stand regungslos da und
hatte Angst sich umzudrehen. Sein Vater wurde wütend.
>>*Dreh dich um habe ich gesagt!*<< Kenan zuckte bei dem
Geschrei zusammen und drehte sich ganz langsam um. Schon
allein beim Umdrehen musste er vor lauter Schmerzen sein
Gesicht verziehen. Sein Vater konnte nun erkennen, dass seine
Kleidung vollkommen verdreckt und zerrissen war und auch,
dass Kenan Verletzungen im Gesicht hatte. Sein Vater fragte
ihn mit ruhiger Stimme. >>*Wer hat dir das angetan?*<< Kenan
sah auf den Boden und antwortete nicht. Ilhan ging mit
schnellen Schritten auf Kenan zu und packte ihn am Hals.
Kenan stieß ein Laut des Schmerzens aus. Mit erneut wütender
Stimme. >>*Ich fragte, wer dir das angetan hat du Made?*<<
Kenan antwortete ihm mit großen Schmerzen. >>*Drei Kinder
aus meiner Klasse.*<< >>*Was hast du diesen Kindern den*

getan?<< wollte sein Vater von ihm wissen. >>*Gar nichts. Ich habe gar nichts getan.*<< Ilhan, mit einer noch strengeren Stimme. >>*Sie haben dich also ganz ohne Grund geschlagen?*<< Während Ilhan schimpfte packte er Kenan noch härter an. Kenan's Schmerzen wurden größer. >>*Ja, sie haben mich für etwas geschlagen, wofür ich nichts kann. Bitte Vater, lass mich los! Du tust mir weh.*<< Nun war sein Vater noch wütender. >>*Ist das so ja? Es sind natürlich wiedermal die anderen Schuld.*<< >>*Ich sage die Wahrheit.*<< >>*Wenn du kein Weichei wärst, hättest du sie geschlagen, aber du bist nun mal ein mieses Weichei. Selbst jemand ohne Arme und Beine könnte dich verprügeln du nutzloses Stück Scheiße.*<< Ilhan packte Kenan fester und stieß ihn auf den Boden. Kenan gab ein Laut aus Schmerzen von sich. >>*Auu!*<< und begann zu weinen. >>*Auu? Auu?, ich zeige dir gleich was Auu ist. Warte nur!*<< Ilhan packte Kenan an seinen Füßen und zerrte ihn in das Wohnzimmer. Kenan hatte große Angst. Sinem kam den Beiden entgegen. >>*Was......was ist hier los? Ilhan, was soll das?*<< Ilhan stieß Sinem zur Seite, woraufhin sie gegen die Wand knallte. >>*Verpiss dich aus dem Weg Schlampe!*<< Kenan weinte weiter aus Angst und vor Schmerzen. Sie kamen im Wohnzimmer an. Sinem versuchte, weinend, Ilhan von seinem Vorhaben abzuhalten. >>*Bitte Ilhan! Lass den Jungen in Ruhe!*<< Ilhan verpasste Sinem eine Ohrfeige und sie fiel schreiend zu Boden. Die Ohrfeige erzeugte ein lautes Piep-Geräusch in ihrem Ohr. Sie hielt sich an der Wange, an der sie die Ohrfeige bekommen hatte. >>*Misch dich nicht ein du verdammte Hure! Nur wegen dir ist dieser Köter so ein Weichei geworden.*<< Kenan flehte seinen Vater weinend an. >>*Bitte Vater! Ich habe wirklich nichts getan.*<< >>*Halt's Maul du wertloses Stück Etwas. Ich werde jetzt einen Mann aus dir machen.*<< Ilhan zog sein Gürtel aus und fing an

34

damit auf Kenan zu schlagen. Kenan weinte und flehte seinen Vater weiter an. >>*Bitte, bitte! Hör auf!*<< Ilhan schlug weiter zu. Sinem versuchte Ilhan, vom Boden aus, aufzuhalten. Sie klammerte sich an Ilhan's Füße. >>*Bitte Ilhan hör auf! Du bringst ihn noch um!*<< Ilhan stieß sie mit einem wuchtigen Tritt ab und schlug weiter auf Kenan ein. >>*Du verdammte Schwuchtel! Du elendes Drecksvieh!*<< Ilhan schlug immer weiter zu. Das Wohnzimmer wurde mit viel Geschrei und den Geräuschen, die der Gürtel jedes Mal machte, wenn er auf den Körper von Kenan aufschlug, gefüllt.

1 WOCHE SPÄTER

Sinem telefonierte im Wohnzimmer mit Veronika Neumann, die Lehrerin aus Kenan's Schule. Sie klang dabei sehr ruhig und freundlich. Beim telefonieren spielte sie, aus Nervosität, mit der Telefonschnur und sie hatte ein gestelltes Lächeln aufgesetzt, so als würde die Frau am anderen Ende der Leitung sie sehen können. >>*Ja, hallo! Ich wollte nur mitteilen, dass Kenan auch heute zu Hause bleiben wird. Er hat sich von seiner Krankheit immer noch nicht ganz erholen können.*<< >>*Ist gut. Ich danke Ihnen vielmals für die Mitteilung! Auf Wiederhören!*<< antwortete die Stimme am anderen Ende. Sinem legte den Hörer auf, blieb nachdenklich stehen und starrte auf den Boden. Ihr Lächeln war plötzlich verschwunden und von der freundlichen Frau, die sie gerade eben noch gewesen war, war nichts mehr zu erkennen. Es herrschte totale Stille.

Kenan lag in seinem Bett. Er hatte keine Oberkleidung an. Ein gewisser Teil seines Oberkörpers war bandagiert. Auch sein Gesicht war mit Pflastern und Bandagen eingewickelt gewesen. Man konnte immer noch an einigen Gesichts- und Körperstellen Wunden erkennen, die er durch die brutale Prügelaktion seiner Mitschüler, aber vor Allem seines Vaters Ilhan davon getragen hatte. Viele Schwellungen waren zu erkennen. Im Moment empfand er nichts weiter als Schmerzen. Seine Schmerzen plagten ihn sogar so sehr, dass er sich nicht einmal mehr in seine eigene Welt begeben konnte. So sehr er das auch versuchte, so sehr er sich auch anstrengte, es gelang ihm einfach nicht. Es kam ihm so vor, als wäre diese Welt, in die er sich von der Realität immer zurück ziehen konnte, bei der Prügelei für immer zerstört worden. Alleine der Gedanke daran, dass er vielleicht nie wieder dorthin zurück kehren könnte, bereitete ihm große Sorgen. Was könnte er sonst tun? Wohin könnte er sonst noch fliehen? Gab es überhaupt noch einen anderen Ort, in die er flüchten könnte? All diese Fragen kamen ihm in den Sinn. Er hätte sich nie denken können, dass ihm mal so etwas passieren könnte. Dass man ihm seine Welt stehlen würde. Dass man ihm verbieten würde je wieder einen Fuß dorthin zu setzen. Er hätte das nie zu träumen gewagt, weswegen es ihm im Moment schwer fiel über einen anderen, neuen Zufluchtsort nachzudenken. So kreativ und klug auch er war, war er im Moment einfach nicht in der Lage etwas Neues zu kreieren, sich etwas Neues auszudenken. Er war im Moment nicht in der Lage irgendetwas zu tun. Alles was er tun konnte war einfach still in seinem Bett zu liegen und an die Decke zu starren. Das tat er schon mittlerweile seit einer ganzen Woche. Etwas anderes blieb ihm schließlich nicht übrig. Er fühlte sich nackt, fühlte sich ausgebeutet. Man hatte ihm einfach zu viel genommen. Nein, man hatte ihm alles, einfach so, aus seinen kleinen Händen gerissen.

Ständig dachte er über eine Veränderung nach. Er wusste, dass es so nicht mehr weiter gehen würde. Es musste etwas geschehen. Er musste etwas machen. Er musste dem Ganzen ein Ende bereiten. Noch wusste er nicht wie, aber er würde sich schon etwas einfallen lassen.

Und wie er sich etwas einfallen lassen würde.

KAPITEL 2

DAS NEUE ICH

Mittlerweile war eine weitere Woche vergangen. Für ganze zwei Wochen also, war Kenan Gefangener in seinem eigenen Zimmer gewesen. Zwei schmerz- und qualvolle Wochen in denen er nichts anderes machen konnte als abwechselnd die Decke und die Wand anzustarren. Er war nicht in der Lage alleine zu essen, sodass seine Mutter ihn wie ein Baby füttern musste. In den ersten Tagen fiel es ihm schwer das Essen zu kauen und das Schlucken erst war eine noch größere Qual für ihn. Es tat ihm einfach alles sehr weh. Mit jedem langsamen Bissen, mit jeder kleinsten Bewegung, konnte er seine Schmerzen spüren. Er strengte sich dennoch an um nicht zu weinen. Er versuchte, so unmöglich es auch schien, die Schmerzen zu ignorieren. Doch seine Schmerzen waren einfach zu groß. So groß, dass hin und wieder Essensreste aus seinem Mund herausfielen, weil er es einfach nicht schaffte, die Portionen ordentlich zu kauen. Jedes Mal musste seine Mutter dabei seinen Mund abwischen und ihm die heraus gefallenen Essensreste wieder in den Mund schieben. Er war nicht einmal in der Lage alleine auf die Toilette zu gehen. Jedes Mal musste er nach seiner Mutter rufen, damit sie ihm beim Aufstehen helfen und ihn zur Toilette und wieder zurück begleiten konnte. Da er aufgrund seiner Schmerzen nicht besonders laut sein konnte, musste er sich umso mehr anstrengen, damit ihn seine Mutter auch wirklich hören konnte. Und das war für ihn noch schmerzhafter als das Essen. Denn bei jedem Rufen nach seiner Mutter, fühlte er enorme, stichartige Schmerzen auf seiner Brust. Fast so als würden einhundert Nadeln zur selben Zeit versuchen in seine Brust einzudringen. Diese Schmerzen hasste er am Meisten von allen. Auf irgendeine Art und Weise kam er sich tatsächlich vor als wäre er wegen einer schlimmen Erkältung erkrankt gewesen, sowie seine Mutter jedes Mal seiner Lehrerin, die er mittlerweile schon sehr vermisste, am Telefon vor gelogen hatte. Jedes Mal nach seiner Mutter rufen zu müssen um auf die Toilette zu gehen, war ihm sehr peinlich. Vor Allem wenn seine Mutter das Abwischen für ihn übernehmen musste. Da fühlte er nicht nur sich selbst erniedrigt, sondern er dachte sich zugleich, dass das ebenso eine Erniedrigung für seine Mutter sei. Klar, sie hatte ihm schon oft die Windeln gewechselt, aber das war vor vielen Jahren, als er noch ein Baby war. Jetzt war er schon ein acht Jähriges großes Kind. Er war sehr wohl in der Lage seine Geschäfte selbst zu erledigen, doch gerade in dieser Zeit war er auf die Hilfe seiner Mutter angewiesen. Und er wusste, dass es sonst keine andere Möglichkeit gab. Sie musste ohnehin schon viel wegen seines Vaters durchmachen und jetzt kam das auch noch dazu. Das alles tat ihm mehr weh als seine eigentlichen Schmerzen an seinem kleinen und zärtlichen Körper. In diesen zwei Wochen waren viele fremde Männer zu Besuch gekommen, sodass er jedesmal das Weinen seiner Mutter deutlich hören konnte. Sie weinte nicht mehr während der Besuche. Vor wenigen Tagen erst konnte er seinen Vater schimpfen hören, wie er zu seiner Mutter sagte, dass sie nicht mehr vor der Kundschaft weinen solle. Also hörte sie auf damit. Sobald die Besuche weg waren, schloss sie sich ins Badezimmer ein und weinte dort still und heimlich vor sich hin. Doch da das Badezimmer gleich nebenan von Kenan's Zimmer war, konnte er seine Mutter laut und deutlich weinen hören. Er hörte noch so jedes kleine Schluchzen. Er konnte sogar förmlich hören, wie jede einzelne ihrer Tränen am kalten Fliesenboden des Badezimmers aufklatschten. Klang fast so, als würde ein Wasserhahn tropfen. Er dachte sich, dass seine Mutter ebenso Schmerzen haben müsste wie er. Vielleicht sogar noch größere. Und irgendwie wusste er, dass ihre Schmerzen irgendetwas mit diesen Besuchen zu tun haben müssten. Denn sie weinte immer nach jedem Besuch. Sonst weinte sie nur, wenn sie gerade von seinem Vater beschimpft oder verprügelt wurde. Das kannte er schon, aber das Weinen wegen den Besuchen war ihm neu gewesen. Er wusste, dass diese Besuche sie traurig machten und er wusste, dass er ihr helfen, ihr beistehen musste. Doch er wusste nicht wie. Selbst, wenn er es wüsste, wie sollte er in seinem Zustand ihr nur helfen können? Er war nur ein armseliger und kaputter Junge, der es nicht einmal mehr schaffte, alleine auf die Toilette zu gehen. Noch nie kam er sich derart nutzlos und dumm vor, wie in diesen zwei Wochen. Zwei lange Wochen ohne Schule, ohne Lesen, ohne seine eigens kreierte Welt. Er war nicht mal mehr in der Lage diese Welt zu besuchen. Dabei war er, seit er sie entdeckt hatte, ständig dort. Noch nie zuvor war er so lange von diesem Ort fern geblieben. Noch nie zuvor hatte er solch eine Sehnsucht danach. Noch nie zuvor hatte er diesen Ort so sehr vermisst. Es schien ihm, als wäre diese Ort ein für alle Mal zerstört worden. Er dachte, dass er nie wieder dort hin zurückkehren kann. Er dachte, dass es für immer und ewig damit vorbei sei.

Nur noch ein paar Tage, dachte er sich, dann würde es ihm schon wieder besser gehen. Er müsste es nur noch wenige Tage aushalten. Dann würde er etwas unternehmen.

Kenan's Vater Ilhan saß im Wohnzimmer vor dem Fernseher und trank dabei eine Flasche Bier. Auf dem Kaffeetisch vor ihm standen bereits drei leere Bierflaschen. Die Uhr an der Wand zeigte auf 21:00 Uhr. Kenan lag in seinem Bett. Seine

Wunden waren bereits geheilt worden und er hatte auch keine Bandagen und Pflaster mehr am Körper. Er lag einfach still da und starrte weiterhin auf die Decke, als würde er sich immer noch nicht bewegen können. Seine Arme hatte er vor seiner Brust verschränkt und seine Füße übereinander gelegt. Ilhan sah sich, mit halbgeöffneten und vor lauter Alkohol und Müdigkeit rot angelaufenen Augen, die Nachrichten im türkischen Sender an. Mittlerweile hatte er sich noch mehr an die Arbeitslosigkeit gewöhnt und er dachte nicht mehr daran, je wieder arbeiten zu gehen. Er genoss seine freie Zeit. So war er freier denn je, dachte er sich. Kein Chef, der glaubt er sei der König der Welt, der sein Personal wie den letzten Abschaum behandelt. Keine nervigen Kollegen, die bei jeder Gelegenheit dem Chef in den haarigen Hintern kriechen. Keine blöde Kundschaft, die denken, sie könnten sich alles erlauben. Und das alles für ein bisschen Geld, das er ständig zu spät ausgezahlt bekam. Nein, davon hatte er schon lange genug. Ihm gefiel sein neues Leben als Arbeitsloser. So war er frei. So konnte er sein eigener Chef sein und tun was und wann auch immer er möchte. Niemand schrieb ihm etwas vor. Er machte nun die Regeln. Er bestimmte wo es lang geht.

Er stellt die vierte Bierflasche, die er leer getrunken hatte zu den anderen auf dem Kaffeetisch dazu und lehnte sich zurück. Im selben Moment sprach ihn ein Mann mit recht fröhlicher Stimme von hinten an. >>*So, ich bin fertig.*<< Ilhan drehte sich zu dem Mann hinter ihm um und starrte ihn an. Der fremde Mann prahlte so richtig. >>*Ich habe es ihr ordentlich besorgt.*<< Ilhan wendete seinen Blick vom Mann ab und deutete mit seinem Zeigefinger auf den Kaffeetisch vor sich. >>*Leg das Geld auf den Tisch und dann verpiss dich!*<< Der Mann griff in seine Hosentasche und holte das Geld heraus. Er ging zu dem Kaffeetisch und legte es hin. Ihm fielen sowohl die leeren als auch die vollen Bierflaschen auf. *>>Darf ich mir auch ein Bier genehmigen?<<* Ilhan sah zu ihm auf. *>>Nein, darfst du nicht. Jetzt hau ab und lass mich in Ruhe fernsehen!<<* Dem fremden Mann verging das Grinsen schnell. Er verzog sein Gesicht, drehte sich um und ging. Beim Verlassen der Wohnung murmelte er noch irgendetwas vor sich hin, das Ilhan nicht mehr verstehen konnte.

Sobald Kenan von seinem Zimmer aus hören konnte, wie die Tür zur Wohnung zu schloss, richtete er sich schlagartig auf. Er ging zu seiner Zimmertür, öffnete sie und ging mit langsamen Schritten hinaus, so als würde er sich von einer Gefangenschaft davon schleichen.

Ilhan versuchte in seinem betrunkenen Zustand irgendwie das Geld zu zählen, das der fremde Mann hinterlassen hatte.

Kenan holte vom Abstellkammer die Werk-Handschuhe seines Vaters heraus und zog sie sich über seine kleinen Hände. Er ging vorbei am Wohnzimmer ohne, dass sein Vater ihn bemerkt hatte, in Richtung Küche. In der Küche angekommen, öffnete Kenan ganz langsam eine Lade, in der sich einige Küchenutensilien und auch einige Küchenmesser befanden. Er holte eines der Messer vorsichtig heraus.

Erneut schlich er sich vorbei an seinem Vater und ging in das Schlafzimmer seiner Eltern. Er öffnete ganz langsam die Tür und sah, dass seine Mutter halbnackt im Bett lag und still und leise vor sich hin weinte. Sie hatte nicht bemerkt, dass ihr Sohn Kenan das Schlafzimmer betreten hatte. Ihr Gesicht war total verschmiert, weil ihre Tränen ihr schönes Make-Up ruiniert hatten, sodass sich die ganze Farbe in ihrem Gesicht verteilt hatte.

Kenan ging in's Zimmer hinein und hielt das Messer hinter seinem Rücken versteckt. *>>Mami!<<* rief Kenan. Seine Mutter schreckte auf, zog sich die Decke über den Körper, richtete sich im Bett auf und wischte sich ganz schnell mit ihrem Handrücken den Rotz und die Tränen vom Gesicht ab. So hatte sie ein noch verschmierteres Gesicht als vorhin. *>>Oh Gott Kenan! Du hast mich erschreckt.<<* Sinem fasste sich mit einer Hand auf die Stirn. Ihr Herz pochte wie wild und ihr wurde schlagartig heiß und sie begann zu schwitzen. *>>W...was willst du hier?<<* fragte Sinem anschließend mit zitternden Lippen und brüchiger Stimme. Kenan starrte Sinem einen Moment schweigend an, bevor er ihr antwortete. Noch nie zuvor hatte er seine Mutter in so einem schlechten Zustand gesehen. Sie war zwar da, aber irgendwie auch nicht. Er wusste nicht recht, wie er ihren momentanen Zustand beschreiben sollte. Das Messer hielt er immer noch hinter seinem Rücken versteckt. Er machte ein paar Schritte näher zu ihr und blieb direkt vor ihr stehen. *>>Kenan, ich habe nichts an. Egal was du möchtest, könntest........<<* noch bevor sie ihren Satz zu Ende sprechen konnte, zückte Kenan das Messer hinter seinem Rücken hervor, hielt es hoch in die Luft und stach es anschließend in den Bauch seiner Mutter. Sinem machte dabei große Augen und ihr blieb der Atem weg, sodass sie kein Laut von sich geben konnte. Das alles ging für sie sehr plötzlich. Sie konnte überhaupt nicht reagieren. Obwohl das Messer bis zum Griff in ihrem Bauch steckte und die Decke mit ihrem Blut etränk wurde und sich rasant verbreitete, konnte sie immer noch nicht begreifen, was gerade geschehen war. Sie rang vergeblich um Luft. Versuchte verzweifelt zu atmen. Sie würgte nur noch, so als würde sie versuchen etwas zu sagen. Sie hielt den Griff des Messers mit ihren beiden Händen fest umschlossen und sah dabei die ganze Zeit ihren Sohn Kenan an. Er stand ohne jegliche Emotionen und Reaktionen einfach da und sah seiner Mutter dabei zu, wie sie von ihrem eigenen Blut überströmt in ihrem Bett saß und mit dem Tod rang. Die letzten Worte, die sie von ihrem einzigen Sohn zu hören bekam waren. >>*Ich erlöse dich Mutter. Ich erlöse dich von deinen Leiden. Du sollst nie wieder weinen müssen. Ich habe dich vor Papa gerettet Mami. Er wird dir nicht mehr wehtun können. Jetzt wird alles anders.*<< Sie versuchte zu reden, versuchte etwas zu sagen, aber es wollte einfach kein Wort ihre, bereits mit Blut überlaufenen, Lippen verlassen. Ihre Hände wurden locker und fielen auf ihren Schoß. Das Messer in ihrem Bauch bewegte sich nun sehr langsam auf und ab. Ihre Atmung wurde langsamer und sie merkte wie ihr Herz auch langsamer schlug. Ihr Kopf fiel zurück und lehnte gegen das Bett. Ihre Augen rollten langsam nach hinten, sodass viel mehr das Weiße zu sehen war als die Pupillen. Ihre Lider wurden schwer und schlossen sich langsam flatternd zu. Ihr Körper entspannte sich. Das Messer in ihrem Bauch bewegte sich nun nicht mehr. Ihre Augen waren komplett zu gefallen und sie hatte aufgehört zu atmen. Kenan zog langsam das Messer aus dem Bauch seiner toten Mutter und gab ihr zum Abschied ein Küsschen auf die Wange und sprach seine letzten Worte zu ihr aus. >>*Danke für alles Mutter! Ich hab dich lieb.*<<

Kenan verließ das Schlafzimmer und machte die Tür hinter sich zu. Er bewegte sich mit langsamen Schritten zu seinem Vater, der sich immer noch im Wohnzimmer befand und hielt auch hier das Messer hinter seinem Rücken versteckt. Das frische Blut seiner Mutter klebte noch drauf und tropfte langsam auf den Boden. Der ahnungslose Ilhan trank einen weiteren Schluck von seinem Bier und sah ganz gemütlich fern. Mittlerweile hatte er von den Nachrichten im türkischen Sender zu einer Game-Show im deutschen Sender umgeschaltet. In seinem betrunkenen Zustand murmelte er etwas unverständliches vor sich hin und grinste dabei. Er bekam gar nicht mit, dass sein Sohn direkt hinter dem Sofa

stand auf dem er es sich so schön gemütlich gemacht hatte. Der
Moderator der Game-Show, die im Fernsehen lief, sagte „*Tor 2
auf!*" und gleich darauf ertönte ein Sound, dass dem
Teilnehmer klar machte, dass er soeben verloren hatte und der
Moderator sagte im selben Augenblick „*Oje, ein Zonk.*" Noch
bevor Ilhan darauf reagieren konnte, stach Kenan plötzlich das
selbe Messer, mit dem er seiner Mutter in den Bauch gestochen
hatte, direkt durch die Schädeldecke, in den Kopf seines
Vaters. Ilhan zuckte für einen Augenblick war aber auf der
stelle tot. Die Bierflasche fiel ihm aus der Hand und landete auf
dem Boden. Die Flasche ging zwar nicht kaputt, aber der
Teppich war vom restlichen Inhalt ertränkt worden, sodass der
Teppich, die Farbe des Biers einnahm. Kenan zog das Messer
aus dem Kopf des toten Mannes, der einmal sein Vater
gewesen war, heraus und das ganze Blut spritzte von seiner
Schädeldecke heraus wie Wasser aus einem Springbrunnen und
färbte das gesamte Wohnzimmer mit seinem Blut. Ihm war
vorher noch nie aufgefallen, wie schön die rote Farbe doch
eigentlich sein konnte.
Kenan stand, in gesundem Abstand, sodass er keine
Blutspritzer bekam, regungslos da mit dem blutigen Messer in
seiner Hand und verzog keine Miene. Die Blutspritzer
erinnerten ihn an das Feuerwerk, dass sein Vater zu Silvester
letzen Jahres abgefeuert hatte.

Am nächsten Morgen befand sich bereits die örtliche Polizei in
der Wohnung. Sie hatten den Eingang zu der Wohnung mit
einem rot-weißen Band auf dem „Polizei-Absperrung" stand
abgesperrt, sodass keine Unbefugten die Wohnung, die sich
über Nacht zu einem Tatort verwandelt hatte, in der zwei
Morde stattgefunden hatten, nicht betreten können. Viele
neugierige Nachbarn im Gebäude, aber auch schaulustige

Passanten auf der Straße sahen sich das Spektakel an. Die meisten unter ihnen redeten im Stiegenhaus kreuz und quer in ihrer jeweiligen Muttersprache. Manche auch teilweise mit gebrochenem Deutsch. Obwohl die Polizeibeamten sie nicht verstehen konnten, konnten sie deutlich den Schock und das Entsetzen in ihren Gesichtern ausmachen. Eine der Leichen, die bereits im Leichensack steckte, wurde von der Rettung abtransportiert. Eine Mutter, Anfang dreißig, serbischer Herkunft, drehte den Kopf ihres Kindes zur Seite, damit es die frisch verpackte Leiche nicht sehen konnte. In dem Leichensack, steckte Sinem Kaya, die Mutter von Kenan. Die Leiche seines Vaters wurde bereits in den Leichenwagen gelegt. Die Beiden mussten noch für weitere Untersuchungen in das Labor der Gerichtsmedizinerin gebracht werden. Sie würde versuchen, anhand einer Obduktion, die genauen Todesursachen festzustellen. In jedem Raum der Wohnung, befanden sich Polizeibeamte, die mit vollem Einsatz ihre Ermittlungen durchführten und nach Hinweisen, die zum Täter führen, suchten.

Im Wohnzimmer saß Kenan ganz alleine und regungslos da. Das Blut seines Vaters, das sich sowohl auf dem Sofa als auch in den umliegenden Bereichen verteilt hatte, war immer noch etwas feucht. Die Bierflasche, die ihm aus der Hand gefallen war, befand sich bereits in einer Schutzfolie auf dem ein weißes Etikett mit einer Beschriftung drauf klebte. In seinen Gedanken ließ er den gesamten Tathergang noch einmal Revue passieren. An der Stelle an der das Blut seines Vaters aus seinem Kopf heraus spritzte musste er sehr leicht schmunzeln. Gleichzeitig dachte er sich, dass er sich so etwas nie zugetraut hätte, dass er es hätte anders lösen müssen. Doch ihm fiel nichts anderes ein, in den zwei Wochen, in denen er sehr viel Zeit zum Nachdenken hatte. Er versuchte zwar auf andere

Gedanken zu kommen, sich eine Alternative einfallen zu lassen, doch irgendetwas tief in seinem Inneren hielt ihn davon ab, funkte immer dazwischen. Es bestand unbedingt darauf, dass es besser sein würde, wenn er genau so vorgehen würde. Es machte ihm klar, dass sonst weder er noch seine Mutter je wieder in Ruhe hätten leben können. Es könnte sich vielleicht sogar, nein definitiv, weiter zum Schlechten entwickeln. Genau das war dann auch der ausschlaggebende Gedanke, der ihn dazu verleitet hatte, diesem Ding, diesem bösen Etwas in seinem Inneren zuzuhören und ihm eine Chance zu geben. Vielleicht konnte es ihm ja wirklich helfen. Er war sich nicht sicher, aber ihm war klar, dass sonst keiner da war um ihm zu helfen. Also dachte er sich, er lässt sich von diesem Ding helfen. Kaum hatte er ihm seine Aufmerksam geschenkt, übernahm es auch schon die gesamte Kontrolle über ihn. So schnell dieses Ding zur Hilfe eilte, so schnell würde es nicht wieder verschwinden. Es war jetzt da. Es war ein Teil von Kenan. Es sollte ihn für den Rest seines Lebens begleiten. Kenan beobachtete die Polizei bei der Arbeit. Sie hatten eine Schutzbekleidung an und nahmen von überall Fingerabdrücke und machten Fotos und Notizen. Einer von ihnen verschlang sogar nebenbei seelenruhig ein Wurstsemmel. Zwei andere unterhielten sich miteinander und lachten dabei als hätten sie den Witz des Jahres gehört. Sie schienen solchen Fällen bereits gewohnt zu sein, dachte er sich. Während er weiterhin das Geschehen um sich herum beobachtete, näherte sich die recht junge Ermittlerin, die den Mordfall an Kenan's Eltern untersuchte, zu ihm und setzte sich langsam neben ihm hin. *>>Hallo!.....Mein Name ist Sylvia Gruber. Ich bin die leitende Inspektorin für den Mord an deine Eltern.<<* Kenan reagierte nicht auf sie. Er saß weiterhin still und leise neben ihr und beobachtete das Geschehen um ihn herum. Er versuchte die

Vorgehensweise der Polizei in seinem Gehirn abzuspeichern. *>>Es war richtig von dir uns zu verständigen und ich weiß, dass das alles sehr hart für dich ist und du momentan eine sehr schwere Zeit durchmachst, aber ich muss dir einige Fragen stellen, wenn du mich verstehst. Es könnte uns vielleicht helfen, den Verantwortlichen schneller zu fassen.<<* Kenan antwortete immer noch nicht. Sylvia legte eine Hand auf seine Schulter und drückte tröstend zu. Kenan drehte sein Kopf langsam zu ihr und sah sie an. Ihm fielen sofort ihre schönen, funkelnden Augen und ihr, zu einem sehr gepflegten Pferdeschwanz, gebundenes goldschimmerndes blondes Haar auf. Ihre Haut war sehr rein und frei von jeglicher Makel. Sie hatte eine helle und weiße Haut, wie die meisten Frauen, die er sonst aus dem Fernseher kannte. Sie hatte auch eine warme und sympathische Art, sodass er sehr schnell Gefallen an ihr fand.

Sylvia lächelte ihn an und ihre Zähne, die wie Perlen glänzten, traten aus ihrem zarten Mund, auf dem sich überraschenderweise kein Lippenstift befand, hervor. *>>Was sagst du?<<* Kenan schenkte ihr ein kleines Lächeln und antwortete schließlich mit einem einfachen. *>>Ok.<<*

Kenan befand sich im Polizeirevier und saß im Büro von der jungen Inspektorin Gruber. Außer den Beiden befand sich sonst niemand im Raum. Es war ein kleines Polizeirevier mit einer Handvoll Polizeibeamten, fand Kenan. Jeder von ihnen saß vor seinem Computer ganz still und sie alle tippten fleißig auf die Tastaturen oder telefonierten. Einige von ihnen schlürften dabei an ihrem Kaffee. Er konnte sogar sehen, wie die Marmeladenfüllung von einem Krapfen herausquoll, als einer der Polizeibeamten gierig hinein biss und sofort die Hälfte hinunterschlang und sich hinterher die Finger ablutschte. Inspektorin Gruber tippte ebenso irgendetwas auf ihrer

Tastatur. Sie starrte mit konzentrierten Blicken auf den großen Monitor ihres Computers während sie an der Tastatur herum tippte. Ihre Augen waren dabei halb zusammen gekniffen gewesen und ihre Lippen leicht Spitz geformt, so als würde sie jeden Moment zu pfeifen anfangen. Sie konnte ganz schön schnell tippen fand Kenan. Ihre Finger wirkten dabei noch schlanker und länger. Vor Kenan am Tisch stand in einem Teller Kipferl und ein Glas warme Kakaomilch. Auf der Tischkante von der Inspektorin Gruber stand zudem ein Rubik's Cube, der noch nicht fertig gelöst worden war, wie Kenan erkennen konnte. Kenan starrte die ganze Zeit über auf diesen Würfel. Ein Schüler aus seiner Klasse hatte mal so einen. Seitdem hatte er sich auch eins dieser Würfel gewünscht, doch leider bekam er nie einen. Er wusste noch, wie seine Mutter ihm immer wieder sagte, dass er schon noch eines bekommen würde, aber dazu kam es nie. Und den aktuellen Umständen entsprechend, würde es auch dabei bleiben.

Die Inspektorin hörte nun mit dem Tippen auf ihrer Tastatur auf und fing mit ihrer Befragung an. Sie schob ihren Stuhl näher zum Tisch und beugte sich weiter zu Kenan vor. Ihre beiden Hände lagen dabei, ineinander verschränkt, auf dem Tisch. Sie sah zu Kenan hinüber und setzte ein leichtes Lächeln auf. >>*Nun mein lieber Kenan. Ich würde sagen, wir fangen an. Wenn dir das alles unangenehm oder dergleichen werden sollte, dann bitte ich dich es mir zu sagen und wir beenden das auf der Stelle......einverstanden?*<< Sie lächelte nun etwas mehr. Kenan nickte ihr stimmend zu ohne seine Augen vom Würfel zu nehmen. >>*Gut....Also.....*<< fuhr sie fort und nahm eine Mappe in die Hand, die die ganze Zeit über neben ihrem Computer auf dem Tisch gelegen war. Sie öffnete diese und holte ein Bericht hervor. >>*Ich habe hier stehen, dass du heute*

Morgen die Polizei verständigt hast, ist das richtig?<< Kenan nickte ihr zustimmend, seine Blicke weiterhin auf den ungelösten Würfel gerichtet. Inspektorin Gruber machte weiter. *>>Wann genau hast du die Leichen deiner Eltern entdeckt Kenan? Kurz bevor du uns angerufen hast oder noch früher?<<* Kenan reagierte nicht auf die Frage, die ihm Inspektorin Gruber gerade eben gestellt hatte und starrte weiterhin auf den Würfel. Der jungen Inspektorin fiel auf, dass Kenan den Würfel ansah und beschloss ihn dem Jungen zu geben. *>>Wie ich sehe, hast du den Würfel entdeckt.<<* Sie nahm den Würfel in die Hand und drehte ihn ein wenig herum, so als würde sie nach irgendetwas suchen, das auf dem Würfel sein müsste. Sie lachte. *>>Ich komme einfach nicht weiter. Ich habe mich total verzwickt. Das macht mich noch wahnsinnig. Ich versuche es schon seit Tagen, aber komme kein Stück weiter. Zum Glück kann ich meine Fälle besser lösen als diesen verrückten Würfel.<<* Sie drehte ein wenig an dem Würfel herum. *>>Unser Job kann manchmal sehr stressig sein. Und damit ich auf andere Gedanken kommen kann, hat mir meine Kollegin den hier geschenkt. Sie meinte, er wäre eine nette Abwechslung zwischen durch.<<* Sie streckte den Arm aus und reichte Kenan den Würfel hin. *>>Hier, du kannst ihn haben. Vielleicht schaffst du es ja.<<* Kenan sah sie an und griff anschließend nach dem Würfel. *>>Während ich dir die Fragen stelle, kannst du nebenbei versuchen den Würfel zu knacken.<<*
Kenan begann schon an dem Würfel herumzuspielen und drehte ihn fleißig herum. *>>Gut, wo waren wir?.....<<* versuchte sich die Inspektorin zu erinnern. *>>Ach ja. Also, Kenan, wann ungefähr hast du die Leichen deiner Eltern entdeckt?<<* Kenan drehte weiterhin, vollkommen konzentriert, an dem Würfel. Doch kurzer Zeit später

antwortete er ihr. *>>Heute in der Früh, gleich nachdem ich aufgestanden bin.<< >>Hmmm!<<* Inspektorin Gruber machte sich eine Notiz und fuhr mit der Befragung fort. *>>Gut. Und du hast nichts mitbekommen? Irgendetwas gehört, gesehen oder so?<<* Kenan drehte weiter an dem Würfel. Er drehte eine Seite des Würfels und antwortete ihr. *>>Nein.<<* Sie machte sich erneut eine Notiz. *>>Hatten deine Eltern vielleicht ein Streit mit irgendjemandem? War jemand vor Kurzem bei euch zu Besuch?<<* Kenan hatte es geschafft den Würfel zu lösen. Alle Seiten des Würfels waren nun mit jeweils einer Farbe vervollständigt. Er stellte ihn vor der Inspektorin auf den Tisch hin und antwortete. *>>Ja, da war jemand.<<* Sylvia Gruber war verblüfft und erstaunt, dass Kenan es nach so einer kurzen Zeit geschafft hatte den Würfel zu lösen. Sie nahm voller Begeisterung den Würfel in die Hand und bestaunte diesen. Sie drehte den Würfel solange in ihrer Hand herum, bis sie sich alle Seiten angesehen hatte um sich auch tatsächlich von der Vervollständigung des Würfels überzeugen zu können. *>>Wow, ist ja großartig Kenan. Wie hast du das nur geschafft und noch dazu so schnell? Einfach unglaublich.<<* Kenan starrte sie an ohne etwas zu sagen. Sie lachte. *>>In diesem Fall werde ich dir den Würfel schenken. Du hast ihn geknackt und du sollst ihn auch haben.<<* Sie reichte ihm lächelnd den Würfel her und er nahm ihn an sich. *>>Danke!<< >>Sehr gerne! Offenbar bist du der Herr der Würfel.<<* Sie lachte etwas lauter und zwinkerte Kenan zu. Inspektorin Gruber sammelte sich wieder und versuchte sich auf ihre Arbeit zu konzentrieren. *>>Also gut. Machen wir weiter! Du sagst also, dass jemand bei euch gewesen ist?<<* Sie machte sich weitere Notizen. Kenan antwortete ihr. *>>Ja, gestern Abend, kurz nach dem ich Schlafen ging war ein Mann bei uns.<< >>Wann bist du denn gestern schlafen gegangen lieber Kenan?<< >>Um*

20 Uhr. So wie immer.<< >>Hast du eine Ahnung wer dieser Mann sein könnte?<< Kenan blickte auf die Decke, als würde er gerade nachdenken. *>>Nein, seine Stimme war mir Fremd, aber er klang ganz ruhig. Ich denke, er war vielleicht ein Freund meines Vaters.<<* Inspektorin Gruber machte sich weitere Notizen. *>>Es ist nämlich so lieber Kenan.<<* Sie schluckte. *>>Deine Eltern wurden, laut unseren Forensikern, gestern Nacht tatsächlich ermordet. Dies konnten sie nun endgültig bestätigen. Weiteres werden sie nach der genaueren Untersuchung sagen können, aber sie gehen davon aus, dass der Mord zwischen 21 und 22 Uhr stattgefunden haben muss. Das stimmt also mit dem gestrigen Besuch überein und somit ist dieser Mann, dessen Stimme du gehört hast unser Hauptverdächtiger.<<* Kenan saß stillschweigend da und zeigte keinerlei Reaktionen. *>>Weiters haben unsere Durchsuchungen heute Morgen ergeben, dass auf dem Griff eurer Eingangstür frische Fingerabdrücke gewesen sind, die weder zu deinen Eltern noch zu dir gehören. Wir gehen davon aus, dass diese Fingerabdrücke von dem Täter stammen. Trotz dem tragischen Vorfall können wir vom Glück reden, dass du kurz zuvor Schlafen gegangen bist. Denn, wenn der Täter von dir wüsste, hätte er dir möglicherweise auch etwas angetan.<<* Kenan starrte die Inspektorin an. Sie machte weiter. *>>Da nichts gestohlen und die Tür nicht aufgebrochen wurde, gehen wir davon aus, dass der Täter deine Familie kannte, wie du schon richtig geraten hast, und der Vorfall sich wegen einer persönlichen Sache ereignet haben muss.<<* Sie hielt inne. *>>Doch anscheinend wusste er nichts von dir oder hatte ausschließlich nur Probleme mit deinen Eltern, weswegen nur sie zu seinen Opfern wurden.<<* Kenan hörte ihr aufmerksam zu. *>>Auf jeden Fall sind wir an der Sache dran und werden aufgrund der Fingerabdrücke den Täter schnell ausfindig* *machen und zu der Tat befragen. Sei also unbesorgt mein Lieber.*<< Sie warf ihm erneut ein warmes Lächeln zu. >>*Ich danke dir vielmals Kenan, dass du so tapfer warst und mir geholfen hast!*<< >>*Werden Sie den Mörder meiner Eltern wirklich schnappen?*<< >>*Versprochen. Wir werden ihn schon bald kriegen. Da bin ich mir ganz sicher.*<< >>*Dann wünsche ich ihnen viel Erfolg dabei!*<< Kenan lächelte sie schief an und machte einen Schluck von seinem warmen Kakaomilch.

Es waren bereits einige Stunden seit der Befragung vergangen. Kenan saß draußen vor dem Polizeirevier und hielt sein neues Spielzeug in der Hand. Er beobachtete die vorbei fahrenden Autos, die Menschen, die herum spazierten und die Tauben, die ständig auf Futtersuche waren. Die Mittagssonne schien herrlich über seinem Kopf am wolkenlosen Himmel. Es war eines dieser typischen Freitage fand er. Es kam ihm immer so vor, als würden alle Freitage so schön sein. Schönes, sonniges, warmes Wetter war für Freitage üblich. Selbst an Wintertagen waren die Freitage meist sonnig und schön. Der Freitag hatte etwas magisches an sich fand er. Ganz im Gegensatz zu Sonntag. Die Sonntage waren meist trüb und langweilig. Und es regnete oft. Er war einfach ein Kind, der sonnige Tage lieber hatte. Sowie den heutigen Tag. Der war perfekt. Wenn es nach ihm ginge, hätte es immer so schön sein können. Doch ihm war klar, dass er das nicht beeinflussen konnte. Er konnte über das Wetter nicht bestimmen. Doch er wusste, dass er über andere Dinge bestimmen konnte. Wie er es letzte Nacht mit seinen Eltern gemacht hatte. Mit der Hilfe seiner neu entdeckten inneren Stimme fand er eine Lösung und bestimmte über sein Vorhaben. Er fing an sich zu fragen, woher diese Stimme in seinem Kopf plötzlich gekommen war. War er vielleicht schon immer da oder war sie plötzlich entstanden? Und das genau zu dem Zeitpunkt, als er über eine Lösung nachdachte, wie er sich selbst und seiner Mutter helfen und dem Leid endlich ein Ende bereiten konnte. Er wusste nicht, woher diese Stimme plötzlich kam, aber er war ihr dankbar, dass sie da war. Nun war es vorbei mit Schmerzen. Nun war es vorbei mit Tränen vergießen. Nun war es vorbei mit den Prügeleien. Er war glücklich darüber. Vor Allem, weil seine Mutter endlich Frieden gefunden hatte. Er richtete seinen Kopf gen Himmel, schloss seine Augen, setzte ein leichtes Lächeln auf und atme fest ein und aus. Als er hinterher sein Kopf wieder herabsenkte, öffnete sich die Eingangstür des Polizeireviers und die Inspektorin Sylvia Gruber trat hinaus. >>*Ach, da bist du ja.*<< Er sah sie an. Sie setzte sich zu ihm. >>*Ein herrlicher Tag, nicht wahr?*<< Kenan nickte. >>*Ich liebe die Sonne...*<< verriet sie ihm und fügte anschließend hinzu, >>*...ich hatte soeben ein Gespräch mit deiner Lehrerin, die Frau Veronika Neumann.*<< Er wusste wie sie hieß, dachte er sich, wieso musste sie den Namen sagen?. Die Inspektorin fuhr fort. >>*Ich habe sie über die jüngsten Vorfälle informiert und sie weiß Bescheid.*<< Kenan sah sie weiter an. >>*Es ist zwar jetzt ohnehin Wochenende, aber du bist dennoch für eine gewisse Zeit entschuldigt.*<< Kenan sagte nichts. >>*Sie richtet ihr Beileid aus und wünscht dir eine schnelle Erholung und alles Gute. Sie würde sich freuen, dich schon bald wieder in der Klasse sehen zu können.*<< Kenan blickte auf den Boden. >>*Ich habe auch eine Neuigkeit für dich.*<< sagte sie lächelnd. Was kommt denn jetzt noch, dachte sich Kenan insgeheim. Die junge Inspektorin ließ es jedoch weiterhin spannend und verriet ihm nichts außer >>*Komm! Wir machen gemeinsam ein Ausflug und ich werde dir zeigen, was ich damit meine.*<< Sie stand gleich danach auf und reichte Kenan ihre Hand. >>*Na* *komm! Lass uns gehen!*<< Kenan sah sie an, hielt ihre Hand, stellte dabei fest, wie sanft und warm sie war und stand auf. Neugierig wollte er von ihr wissen. >>*Wohin gehen wir?*<< Doch Inspektorin Gruber lächelte und sagte >>*Das wirst du schon noch sehen.*<< Kenan dachte, dass das wohl offensichtlich sei und ging, Schulter zuckend und Hand in Hand, mit ihr mit.

KAPITEL 3

DAS WAISENHAUS

Inspektorin Sylvia Gruber fuhr Kenan mit ihrem Auto in ein Waisenhaus. Dort sollte er bleiben, bis er eine neue Familie gefunden hat. Noch bei der Zufahrt konnte Kenan sehen, wie groß das Waisenhaus war. Es war ein riesiges Gebäude das immer größer zu werden schien, je mehr sie sich ihm näherten. Es hatte eine schöne und gepflegte Zufahrt mit vielen Bäumen an deren Ästen viele, nahezu leuchtend große und grüne Blätter dran hingen, die unter dem Sonnenlicht strahlten. Und bei dem leichten Wind, der über sie zog schien es so, als würden sie tanzen. Der Garten hatte ebenso viele schöne und bunte Blumen, die vom giftgrünen Boden förmlich heraus sprossen. So etwas schönes hatte Kenan nur selten gesehen. Es war fast so schön, wie der Ort, in den er sich immer zurückgezogen hatte, als er noch zu Hause bei seiner Familie lebte. Doch dieser Ort schien, gemeinsam mit seiner Familie, für immer fort zu sein. Doch jetzt hatte er einen fast so schöneren Ort entdeckt, der noch dazu real gewesen war. Er musste nicht mehr seine Augen zu machen um diesen Ort sehen zu können. Nein, jetzt konnte er diesen Ort sehen ohne seine Augen schließen zu müssen. Jetzt würde er ständig an diesem Ort sein, der ihm stets das Gefühl von Sicherheit und Zufriedenheit gegeben hatte. Kein Geschrei, keine Schmerzen, keine Gewalt und keine Angst. Nur Frieden und Spaß. Inspektorin Sylvia Gruber hielt ihren Wagen in der Einfahrt direkt vor dem großen Eingangstor an und stellte den Motor ab. Sie blickte zu Kenan, der neben ihr auf dem Beifahrersitz immer noch diesen wundervollen Ort bestaunte. >>*So, da wären wir. Dein neues Zuhause.*<< Kenan schenkte ihr keine Aufmerksamkeit.

Er genoss weiter diesen schönen Anblick. Sylvia Gruber setzte ein Lächeln auf und stieg aus dem Wagen aus. Sie ging zu der Beifahrertür und hielt Kenan die Tür auf. Er sah sie fragend an. *>>Na los, aussteigen!<<* Kenan löste seinen Sicherheitsgurt und stieg aus dem Wagen aus. Sylvia Gruber hockte sich zu Kenan runter um mit ihm auf Augenhöhe zu sein und lächelte ihn an. Kenan sah ihr in die Augen. *>>So mein lieber Kenan. Da wir leider keine Verwandten von dir ausfindig machen konnten und wir gar nicht wissen, ob du noch lebende Verwandte hast, wirst du für eine Weile hier leben. Sowohl die Betreuer als auch die Kinder hier sind sehr lieb. Ihr werdet euch bestimmt alle gut verstehen.<<* Kenan nickte zustimmend. Sie legte eine Hand auf seine Schulter. In diesem Augenblick öffnete sich das große Tor und die Leiterin des Waisenhauses kam ihnen entgegen und empfang die Beiden. Inspektorin Sylvia Gruber richtete sich auf. Die Leiterin lächelte und begrüßte ihre Gäste freundlich. *>>Guten Tag! Ich habe Sie schon erwartet.<<* Sie reichte der Inspektorin die Hand und sie schüttelten sich zur Begrüßung die Hände. *>>Guten Tag liebe Frau Steinecker!<<* antwortete die Inspektorin der Dame zurück, die, nach ihrer Bekleidung zu urteilen, aussah, als würde ihr ein Modehaus gehören und kein Waisenhaus. Kenan fiel auf, dass sie ein sehr gepflegtes Äußeres hatte und darauf aufzupassen schien, dass ihre Schuhe und ihr elegant um ihr Hals herum gewickeltes Halstuch farblich übereinstimmten. Da stand er nun. Zwischen zwei unterschiedlichen Frauen. Die Eine, als würde sie in einer Oper mitspielen und die Andere, die aussieht, als würde sie die Eintrittskarten dafür verkaufen. *>>Schön Sie wieder zu sehen!<<* entgegnete ihr die Leiterin Steinecker. *>>Ganz meinerseits!<<* erwiderte die Inspektorin Sylvia Gruber. Nun wendete sich die Leiterin Steinecker Kenan zu. *>>Du musst* *dann bestimmt Kenan sein. Ich begrüße dich und heiße dich in deinem neuen zu Hause willkommen! Mein Name ist Manuela Steinecker und ich bin die Leiterin dieses wundervollen Waisenhauses.<<* Sie machte dabei eine Geste mit ihrer Hand und zeigte auf das Waisenhaus hinter ihr und reichte ihm anschließend ebenfalls die Hand. Doch Kenan reagierte nicht darauf. Er sah sie nur an. Leicht verlegen fuhr sie fort. *>>Muss sich wohl noch daran gewöhnen.<<* Sie lächelte die Inspektorin an und wendete sich anschließend erneut Kenan zu. *>>Keine Sorge, bei uns bist du in richtigen Händen. Es wird dir sehr viel Spaß bei uns machen. Versprochen!<<* Leiterin Manuela Steinecker sprach wieder zu der Inspektorin Sylvia Gruber. *>>Wir werden hier gut auf ihn aufpassen. Sie wissen ja, wie das bei uns so läuft.<< >>Ja, das weiß ich. Kenan ist ein lieber Junge. Ich bin mir sicher, dass er sich schon bald wie zu Hause fühlen wird.<< >>Aber ja doch, das wird er bestimmt.<<* fügte die Leiterin Steinecker hinzu und setzte ein Lächeln auf. Die Inspektorin Sylvia Gruber verabschiedete sich nun von Kenan. *>>Also gut Kenan! Ich werde dich, jetzt mal vorübergehend, der Obhut von dieser netten Dame, der Frau Steinecker, überlassen. Wenn du irgendetwas von mir brauchen solltest, kannst du mich jederzeit anrufen. Die haben meine Nummer hier.<<* Kenan nickte ihr stimmend zu. *>>Nun gut. Dann werde ich mich verabschieden. Es wartet noch jede Menge Arbeit auf mich. Ich muss noch einen Mörder fassen.<< >>O ja, ein schreckliches Ereignis. Der arme Junge.<<* Sie sah dabei Kenan an. Die Inspektorin Gruber machte dasselbe. *>>Ja, echt tragisch, wenn so etwas passiert.<<* Sie hielten beide etwas inne. Dann meldete sich die Leiterin Steinecker zu Wort und versuchte den Moment etwas aufzulockern. *>>Alles klar. Dann ein gutes Gelingen und danke für den lieben Kerl hier! Wir werden sehr viel Spaß*

miteinander haben.<< Sie lächelte so sehr, dass ihre
Zahnkronen im Mund durch die Sonnenstrahlen wie eine
Lampe aufleuchteten.

Inspektorin Gruber reichte der Leiterin Steinecker die Hand
zum Abschied. >>*Danke! Haben Sie einen schönen Tag!*<<
Sie lächelte leicht und ging erneut in die Hocke um besser in
Kenan's Augen sehen zu können. >>*Ich werde dich ab und zu
besuchen kommen. Versprochen! Und mach dir überhaupt
keine Sorgen! Sobald ich einiges geklärt habe, kannst du
wieder ganz normal zur Schule gehen.*<< Kenan sah sie
stillschweigend an. Sie richtete sich auf, ging zu ihrem Auto,
stieg ein, warf einen letzten Blick zu Kenan, startete den Motor
und fuhr davon. Die Leiterin Manuela Steinecker und Kenan
sahen ihr hinterher. Leiterin Steinecker winkte ihr noch
fröhlich zu und blickte zu Kenan hinunter. >>*Dann komm mal
mit! Ich werde dich deinen neuen Freunden und dem restlichen
Personal vorstellen.*<< Sie beendete ihren Satz mit einem
breiten Grinsen, nahm Kenan an der Hand und ging mit ihm
in's Waisenhaus hinein.

Das Waisenhaus schien von Innen noch größer zu sein. Kenan
kam sich vor, als würde er sich in einem Palast befinden. An
den Wänden hingen viele Ölgemälden, die aussahen, als wären
sie lebendig. Ein Stückchen weiter konnte er erkennen, dass
eine aus weißem Porzellan bestehende kleine Büste vom
österreichischen Komponisten Wolfang Amadeus Mozart
stand. Kenan sah sich die Büste genauer an. Der Leiterin
Steinecker fiel das auf. >>*O ja, das ist Mozart. Ein großartiger
und talentierter Künstler, dessen Musik man sich selbst nach
einhundert Jahren und vielleicht sogar noch viel später
anhören wird. Hin und wieder spielen wir auch hier seine
musikalischen Werke ab. Denn Kindern gefällt's und ganz*

besonders mir.<< Sie lächelt dabei. Kenan sah sie an und die Leiterin Steinecker wartete neugierig darauf, was er wohl dazu sagen würde, doch Kenan stellte ihr eine ganz andere Frage. *>>Wo ist hier die Toilette bitte?<<* Der Leiterin Steinecker verging das Lächeln und sie antwortete verlegen. *>>Oh, ach so. Ja, die Toilette befindet sich da den Gang entlang auf der rechten Seite.<<* Sie versuchte ihm den Weg zur Toilette mit ihren Armen und Händen zu beschreiben. Kenan sah in die Richtung in die sie zeigte und bedankte sich. *>>Danke!<<* Jetzt machte er sich auf den Weg zur Toilette. Er ging hinein und sah sich ein wenig um, um sich zu vergewissern, dass sonst niemand außer ihm sich darin befand. Er ging in die Kabine hinein und schloss die Tür ab. Für einen kurzen Moment blieb er regungslos stehen. Sein Gesicht dabei auf den Boden gerichtet. Nach einer guten Minute fasste er sich hinter dem Rücken und holte dabei das Messer hervor mit dem er seine Eltern ermordet hatte. Das Blut seiner Mutter gemischt mit dem Blut seines Vaters hatte sich bereits auf der Scheide des Messers vertrocknet und war bleicher geworden. Er sah sich das Messer kurz an und legte es auf den Klodeckel drauf. Dann öffnete er seine Hose, griff in seine Unterhose und holte die zwei Arbeitshandschuhe seines Vaters heraus, die er bei der Tat angehabt hatte um keine Fingerabdrücke zu hinterlassen. Auch diese bestaunte er für einen kurzen Moment. Die ganze Zeit über also, hatte er sie bei sich. Nun musste er ganz schnell überlegen, wo er das Messer und die Handschuhe los werden konnte. Auf gar keinen Fall durften sie jemals von jemandem gefunden werden. Also musste er sie sehr gut verstecken. Er wusste noch nicht wie, aber er wusste, ihm würde wieder etwas einfallen. Bis dahin, fand er, wäre es klug, diese Utensilien bei sich zu führen.

Jetzt nahm er in jedes seiner Hände jeweils ein Paar, legte sie

60

ordentlich zusammen, faltete sie und steckte sie erneut in seine
Unterhose. Er zog seine Hose hoch und machte sie zu. Dann
nahm er das mit Blut vertrocknete Messer vom Klodeckel und
steckte es anschließend erneut ordentlich in sein Hosenbund
hinter seinem Gürtel und ließ sein Hemd, so wie zuvor auch,
davor fallen, sodass der Griff des Messers sehr gut verdeckt
sein und niemandem auffallen konnte. Jetzt konnte er die
Kabine wieder verlassen. Er sperrte sie auf und ging zum
Waschbecken hinüber. Er wusch sich seine Hände sorgfältig
mit der flüssigen Handseife ab und trocknete sie mit einem der
Tücher, die aus einem Taschentuschspender herausragten, der
an der Wand fest montiert war. Er warf das Taschentuch in den
Müll, der sich direkt darunter befand und betrachtete
anschließend sich selbst im Spiegel. Er kniff seine Augen ein
wenig zusammen und ging mit dem Gesicht näher an den
Spiegel heran. Es sah so aus, als würde er versuchen, durch den
Spiegel, sein neues Ich zu sehen. Er würde gerne wissen, wie
diese Stimme, die ihm zu dieser Tat verholfen hatte, aussehen
würde. Sah er vielleicht genau so aus wie er selbst oder war er
vielleicht ein typisches Ungeheuer mit scharfen Zähnen,
spitzen Ohren und langen Krallen? In diesem Moment klopfte
es an der Tür der Toilette und eine bekannte Stimme drang in
seine Ohren, sodass er von seinen Gedanken schnell wieder
gerissen wurde. >>*Hallo! Kenan? Bist du noch da drinnen?*<<
wollte die Leiterin Steinecker wissen. Kurzer Zeit später,
öffnete sich die Tür und Kenan trat hinaus. >>*Ja, bin fertig*<<
antwortete er ihr und lächelte sie an. Die Leiterin Steinecker
führte Kenan weiter im Haus herum bis sie schließlich im
Raum mit den anderen Waisenkindern ankamen. Der Raum
war gefüllt mit allen möglichen Spielsachen und vielen bunten
Büchern. Es gab jede Menge Brettspiele, Legosteine,
Actionfiguren, Puppen, Spielzeugautos, ein Schaukelpferd und

noch so viel mehr. So viel Spielzeug an einem Haufen, hatte Kenan bislang noch nie gesehen. Noch hatten die Kinder vom Neuzugang nichts mitbekommen und spielten ganz fröhlich weiter. Kenan stand mit der Leiterin Steinecker vor der offenen Tür und beobachtete jedes einzelne Kind. Sie schienen alle recht fröhlich zu sein. Kein Einziger dabei, der auch nur Ansatzweise traurig war, dass er von nun an allein auf der Welt gewesen war. Keine Eltern, keine Familie. Das schien die Kinder hier nicht zu stören oder sie waren schon so lange da, dass sie sich bereits an ihr neues Leben hier gewöhnt hatten. Kenan dachte sich auch, dass es ihm vielleicht irgendwann genau so ergehen würde. Dass er vielleicht auch sein altes Leben vergessen würde. Und um ganz mit sich selbst ehrlich zu sein, dachte er sich, dass es Rückblickend, gar nicht mal so schlecht gewesen wäre, wenn er sein altes Leben vergessen würde. Er war neugierig darauf, was ihn hier erwarten würde, doch er war kein bisschen aufgeregt gewesen. Ganz im Gegenteil, er war vollkommen ruhig und gelassen.

Nun klatschte die Leiterin Steinecker in die Hände und sprach in den Raum mit den Kindern hinein. Die Kinder hörten sofort zu spielen auf und richteten ihre Aufmerksamkeit der Tür von der aus die Leiterin Steinecker gerufen hatte. Sie sahen dabei auch Kenan, der direkt neben der Leiterin Steinecker stand und darauf wartete von ihr vorgestellt zu werden. >>*Passt mal gut auf Kinder! Das ist Kenan. Er ist neu hier und wird uns für eine gewisse Zeit Gesellschaft leisten.*<< Sie zeigte dabei auf Kenan. >>*Ich bitte euch ihn herzlich bei uns willkommen zu heißen!*<< Plötzlich fingen alle Kinder zugleich an lauthals zu schreien, sodass Kenan etwas zurückschrecken musste. >>*Haaallloooo Keenaaann! Willkommen bei uuuunns!*<< Leiterin Steinecker zeigte sich über die freundliche Begrüßung der Kinder begeistert und sprach zu Kenan. >>*Na bitte, so*

schnell hast du jetzt sehr viele neue Freunde.<< Sie lachte
dabei herzhaft auf. In dem Augenblick kam auch die Betreuerin
der Kindergruppe ihnen entgegen und begrüßte Kenan
ebenfalls. >>*Hallo lieber Kenan! Mein Name ist Andrea
Weber und ich bin die Betreuerin hier. Freut mich sehr dich
kennenzulernen.*<<
Sie reichte Kenan die Hand. Kenan zögerte zuerst doch reichte
ihr schließlich auch seine Hand. Die Leiterin Steinecker
meldete sich zu Wort. >>*Nun gut mein lieber Kenan. Da du
jetzt deine neue Betreuerin kennengelernt und von den Kindern
so herzlich empfangen worden bist, werde ich dich ihnen
überlassen.*<< Kenan sah die Leiterin Steinecker an und nickte
langsam. >>*Nun Frau Weber, er gehört jetzt ganz Ihnen.*<<
Andrea Weber bedankte sich bei der Leiterin Steinecker.
>>*Vielen Dank Frau Steinecker. Ich werde mich sehr gut um
ihn kümmern.*<< Die Leiterin Steinecker ließ Kenan bei Frau
Weber stehen und verließ die Beiden mit einem Lächeln im
Gesicht.
Andrea Weber widmete sich erneut Kenan zu. >>*Nun komm
mein Lieber! Ich stelle dir deine neuen Freunde vor.*<< So
betrat Kenan den Raum voller Spielsachen und den sich darin
befindenden Kindern. Sie alle lächelten ihn an. Doch würden
sie ihn auch dann anlächeln, wenn sie wüssten, was er getan
hatte? Wie würden die Kinder wohl dann reagieren? Würden
sie Angst vor ihm haben oder wäre es ihnen sowieso egal?
Waren sie überhaupt in der Lage es zu begreifen?
Doch Kenan wusste ganz gut, dass er auf keinen Fall, keinem
dieser Kinder je erzählen durfte, was er getan hatte und wer er
wirklich war. So gab er vor ein ganz gewöhnliches Kind zu
sein und passte sich an.
Zuerst hatte er bei diesem Durcheinander kein Überblick,
wieviele Kinder es waren, aber jetzt wo er alle kennengelernt

hatte, kannte er die genaue Anzahl. Es waren exakt fünfundzwanzig Kinder verschiedenen Alters und Herkünften
gewesen. Der Älteste unter ihnen, Laszlo, war fünfzehn Jahre
alt und stammte ursprünglich aus Ungarn. Die Jüngste,
Karoline, man nannte sie auch Karo, war sechs Jahre alt und
stammte aus Wien. Kenan wusste nicht, ob es daran lag, weil
sie die Jüngste war, aber sie war besonders freundlich zu ihm.
Karo hatte sich sofort mit ihm befreundet und schlug ihm vor
mit ihr gemeinsam zu spielen. Kenan fand auch Gefallen an ihr
und nahm ihre Einladung dankend an. Sie nahm ihn sofort an
der Hand und führte ihn einmal quer im Raum zu ihrer
Spielecke. Sofort nahm sie ihre Puppe in die Hand und stellte
sie Kenan vor. >>*Das ist Puppi, sie ist meine allerbeste
Freundin hier*<< sagte sie. Kenan fand den Namen der Puppe
etwas außergewöhnlich, aber behielt seine Meinung lieber für
sich und antwortete, >>*Ähm, hallo Puppi. Ich bin Kenan.*<< Er
kam sich dabei etwas seltsam vor. Karo stellte Puppi wieder ab
und saß sich auf den Boden zu ihr. Kenan tat dasselbe und
musste dabei auf das Messer in seinem Hosenbund achten.
>>*Hast du auch einen besten Freund?*<< wollte Karo von ihm
wissen. Ohne zu überlegen gab Kenan ihr eine Antwort
>>*Nein.*<< >>*Jetzt hast du eine*<< sagte Karo zu ihm. Kenan
lächelte leicht und sagte >>*Ok.*<<
Sie spielten eine Weile miteinander und Kenan fing an Karo
langsam zu mögen. Er fand sie ein wenig verträumt, dachte
sich aber, dass das in ihrem Alter wohl normal sei. Er jeden-
falls, war mit sechs Jahren nicht so. Er war schon immer anders
gewesen als die anderen Kindern in seinem Alter. Das hatte ihn
auch nie gestört. Es hatte immer nur die anderen gestört. Doch
das war ihm ja egal.
Er spielte also mit seiner neuen besten Freundin und überlegte
sich nebenbei, wo und wie er das Messer und die Handschuhe

verstecken könnte.

So vergingen seine ersten Stunden in seinem vorübergehenden neuen Zuhause.

Es war Zeit für das Abendessen. Andrea Weber rief zu den Kindern, so wie immer auch >>*Ok Kinder aufgepasst...*<< alle Kinder hörten sofort zu spielen auf und sahen zu Andrea Weber hinüber. Kenan hatte ebenfalls seine Aufmerksamkeit ihr gerichtet >>*...es ist Zeit für das Abendessen. Ich bitte euch nun in Zweierreihe mir zum Speisesaal zu folgen! Jeder schnappt sich jetzt seinen Partner!*<< Die Kinder taten sofort das, wozu ihre Betreuerin sie aufgefordert hatte. Einige Kinder wurden sehr hektisch bei der Suche nach einem Partner. Kenan konnte beobachten, wie viele von ihnen Kreuz und Quer im Raum hin und her rannten. Er fragte sich, ob sich das wohl immer so abspielen würde. Während er in seinen Gedanken schwelgend den Tumult beobachtete, spürte er, dass jemand seine Hand fest hielt. Er sah nach, wer das wohl sein könnte und erkannte, dass die Hand, die seine Hand so fest zudrückte, der kleinen Karo gehörte. Sie blickte ihn an, lächelte dabei und sagte >>*Du bist heute mein Partner.*<< Kenan hatte nichts dagegen. Also stellten sie sich hinter den anderen Kindern, die bereits in einer Zweierreihe standen und darauf warteten bis die anderen auch soweit waren. Nach nur wenigen Sekunden, hatte jedes Kind einen Partner und die Zweierreihe wurde fertiggestellt. Es blieb, so wie oft auch, ein einziges Kind immer übrig. Denn es waren ja insgesamt fünfundzwanzig Kinder von denen eines immer alleine da stand. Dieses Kind hatte dann immer die Ehre, die wundervolle Betreuerin Andrea Weber an der Hand zu halten und somit ganz vorne an der Reihe zu stehen. Das fanden die Kinder immer ganz besonders, weil sie sich so wichtig vorkamen. Jetzt machte sich die lange Schlange, bestehend aus Kindern jeden Alters, auf den Weg zum Speisesaal.

Im Speisesaal angekommen drangen Kenan sofort die herrlichen Düfte der verschiedenen Speisen, die für das Abendessen zubereitet worden waren. Sie erinnerten ihn an das Essen, das seine Mutter immer für ihn kochte. Jedes Mal, wenn er von der Schule nach Hause kam, wurde er mit ebenso herrlichen Düften, die vom Essen heraus sich in der ganzen Wohnung verteilten, empfangen. Doch das hatte sich bereits seit langer Zeit nicht mehr abgespielt. Anstatt vom leckeren Essen und den daraus entstandenen Gerüchen, wurde er nur noch mit Schlägen und Schimpfworten seines Vaters empfangen. Erst jetzt merkte er, wie sehr er das Essen seiner Mutter vermisste. Er freute sich schon sehr darauf, endlich mal wieder etwas leckeres in den Magen zu bekommen. Jedes Kind schnappte sich sofort jeweils eine Tablette, ein leeres Glas, Besteck und Servietten. Kenan tat dasselbe. Als er sich der Theke näherte um sein Abendessen aus zu fassen, konnte er die große Auswahl umso besser bewundern. Hinter der Theke standen zwei Herren und drei Damen, die ähnlich gekleidet waren, wie ein Koch, fand Kenan. Sie hatten alle die selbe Bekleidung an, so als wäre das eine Uniform. Sie alle trugen schwarze Hosen, ein hellblaues, kurzärmeliges Hemd über denen sie lange, weiße Schürzen umgebunden hatten, durchsichtige Handschuhe und eine ebenso durchsichtige verschrumpelte Haube, die ähnlich wie Duschhauben aussahen. Kenan sah sich jedes Einzelne der verschiedenen Speisen an. Sie sahen alle sehr schmackhaft aus. Ein paar davon konnte er erkennen, wie zum Beispiel die Grießnockerlsuppe oder den Gemüsereis. Und auch den Schnitzel konnte er identifizieren. Auch die Nachspeisen waren ihm geläufig. Sachertorte, Milchreis, Schoko-Pudding und große, fette Germknödel mit jede Menge Mohnstreusel drauf in dampfender, klebriger,

66

gold-weißer Vanillesoße, die so süß dufteten, als könnte er die Luft schmecken. Bei diesem Anblick lief ihm ganz besonders das Wasser im Mund zusammen.

Doch den Rest sah er zum ersten Mal. Während er sich eines davon ansah und sich fragte, was das wohl sein könnte, wurden seine Gedanken von einer herzhaften und jungen Stimme unterbrochen. Er sah hinauf und erkannte die junge Dame hinter der Theke, die zu ihm gesprochen hatte. Sie sagte zu ihm >>*Das ist Rindergeschnetzeltes und das gleich daneben...*<< sie zeigte mit ihrem Finger drauf >>*...sind Teigknödel gefüllt mit Faschiertem.*<< Sie fügte gleich hinzu >>*Du musst dir über das Fleisch keine Sorgen machen, denn wir haben hier ausschließlich nur Rinder- und Hühnerfleisch. Also Schweinefleisch servieren wir gar nicht, weil wir auch moslemische Kinder bei uns zu versorgen haben.*<< Kenan stieß gedanklich ein großes „*Wow*" aus und fand das sehr rücksichtsvoll. Ihm gefiel es immer besser hier. >>*Also, was darf es für dich sein kleiner Mann?*<< fragte ihn freundlich die junge Dame hinter der Theke mit einem Lächeln. Er überlegte nicht lange und gab ihr eine Antwort. >>*Ich hätte gerne den Schnitzel und dazu etwas Gemüsereis bitte!*<< und setzte ebenfalls ein Lächeln auf. Die junge Dame hinter der Theke griff sich die Zange und legte ein großes Stück Schnitzel auf Kenan's Teller und schöpfte eine große Portion Gemüsereis dazu. >>*So bitte sehr kleiner Mann! Ich wünsche dir einen guten Appetit!*<< Den würde er ganz bestimmt haben, dachte sich Kenan und bedankte sich bei der jungen Dame >>*Danke sehr!*<< Sie lächelte und verabschiedete sich in dem sie ihm zuwinkte. Kenan ging anschließend zum Getränkespender und goss sich ein kühles Cola in sein Glas ein. Es sprudelte und zischte vor lauter Kohlensäure so sehr, dass ein paar der Spritzer sein Auge und seine Nase trafen, sodass sie ihn kitzelten. Er wischte sich schnell mit der Hand über sein Gesicht, nahm sich sein Glas mit dem zischenden Cola darin und machte sich auf den Weg zu einem der freien Plätze an den Tischen.

Noch während er auf dem Weg war, sah er sich um, wohin er sich am Besten hinsetzen könnte. Doch ein kleines blondes Mädchen winkte wie wild mit beiden Händen zu ihm und rief dabei >>*Hier Kenan! Ich bin hier!*<< Er sah hin und erkannte, dass es sich um Karo handelte. Also ging er mit etwas schnelleren Schritten zu ihr und setzte sich neben ihr hin. Sie entschied sich ebenfalls für Schnitzel und Gemüsereis. Als sie Kenan's Essen sah, freute sie sich. >>*Wow! Sieh doch nur, wir haben beide dasselbe genommen!*<< Kenan nickte mit dem Kopf und sagte dabei. >>*Ja, das stimmt.*<< Sofort haute Karo so richtig rein und fing an gierig zu essen, als würde man ihr jeden Moment das Essen weg nehmen. Kenan saß neben ihr und sah sie verwundert hat. Na die muss aber hunger haben, dachte er sich. Etwas eigenartig diese Karo fand er, behielt seine Gedanken jedoch für sich selbst. Nun fing auch er zu essen an. Nach dem ersten Bissen unterbrach ihn Karo ganz unerwartet. Sie fing zu reden an und spuckte dabei ungewollt etwas Essen Richtung Kenan aus. Kenan zuckte reflexartig etwas zurück und sah sie leicht angewidert an. >>*Nach dem Essen können wir dann draußen im Garten etwas spielen. Wir haben einen Spielplatz da und den möchte ich dir zeigen.*<< Sie aß fleißig in dem selben Tempo wie zu Beginn weiter. Kenan dachte sich, dass das nicht mal eine so schlechte Idee gewesen war. Denn das wäre vielleicht eine Möglichkeit seine Handschuhe und das Messer endlich mal verschwinden zu lassen. Er hatte sie schon lange genug mit sich herum getragen. Es wurde so langsam Zeit sie ein für alle Mal loszuwerden. >>*Ist gut*<< antwortete er Karo, von der er dachte, sie hätte ihn vor lauter Schmatzen nicht gehört. Er zuckte mit den Schultern, setzte ein Lächeln auf und genoss sein Essen.

Die Sonne schien bereits den ganzen Tag über in ihrer vollsten Pracht und nun war sie dabei langsam hinter dem Horizont zu verschwinden und einen leicht rötlichen Himmel zu hinter-lassen. Kenan und Karo befanden sich als einzige Kinder im Garten und wollten noch die letzte Stunde, bevor sie Ausgangs-sperre hatten, denn so lauteten die Vorschriften im Waisenhaus, kein Ausgang mehr nach neunzehn Uhr dreißig, spielen. Das hieß, Karo wollte spielen, denn Kenan hatte etwas völlig anderes im Sinn. Er wollte nämlich endlich die Hand-schuhe und das Messer endgültig verschwinden lassen. Karo führte Kenan bei der Hand zum kleinen Spielplatz, der sich hinter dem Waisenhaus im Garten befand. Kenan dachte, dafür, dass so viele Kinder sich hier aufhalten, der Spielplatz etwas zu klein geraten wäre. Denn es befanden sich nur eine Röhren-rutsche, zwei Schaukeln, eine Reifenschaukel, Stangen zum hinaufklettern, eine Sandkiste in der sich Spielzeugeimer, Plastikschaufel und Spielzeugbagger befanden und ein Seil, der mit fünf Knoten von einem Baumast hinunter hängte, aber es beschäftigte ihn nicht mehr lange. Karo ließ seine Hand los und machte freudenhafte Luftsprünge in Richtung der grünen Röhrenrutsche. Sie kletterte die Leiter hoch und rief zu Kenan hinzu, der in seine Gedanken vertieft war. >>*Haaalloooooo Keenaaan!*<< Doch Kenan hörte Karo nicht. Sie rief erneut und schrie diesmal etwas kräftiger >>*Haaaalllloooo Keeeeeenaaaaaannn!*<< diesmal war sie nicht zu überhören. Kenan blickte sofort zu ihr hinauf auf die Rutsche als wäre er vom Blitz getroffen worden. Verdammt, konnte die Kleine aber schreien, dachte er sich. Karo winkte ihm zu und sagte dabei. >>*Diese Rutsche ist voll cool. Denn wenn man sie hinunter* *rutsch und dabei schreit, dann hallt das so richtig laut.<<* Oh nein, bitte nicht noch mehr Geschrei, dachte sich Kenan, lächelte aber lieber zu Karo und nickte mit dem Kopf. Prompt rutschte sie die Röhrenrutsche hinunter und fing dabei zu schreien an *>>Jaaaaaa!<<* ok, das hallt ja wirklich ganz schön laut, dachte sich Kenan. Als Karo am Ende der Rutsche wieder heraus kam fragte sie Kenan ganz gespannt. *>>Und, hast du mich schreien hören?<<* Kenan sagte *>>Ja, voll und ganz.<<* Karo lächelte ganz froh und stand auf. Sie lief etwas weiter nach hinten und rief dabei Kenan zu. *>>Na los komm! Ich möchte dir unseren Teich zeigen.<<* Für einen Augenblick riss Kenan die Augen auf und erstarrte. Was? Es gibt also einen Teich hier? Das war ja ausgezeichnet, dachte er sich. Besser hätte es gar nicht kommen können. Der Teich wäre ideal um die Handschuhe und das Messer darin versinken zu lassen. Diesen Teich musste er unbedingt sehen.

Als Kenan am Teich angekommen war, wartete Karo bereits auf ihn. Er ging zu hier hin und sah sich den Teich genauer an. Er war perfekt, dachte er sich. Der Teich war schön groß und breit und von lauter Steinen umgeben. Zudem war das Wasser auch sehr trüb, sodass man den Boden gar nicht sehen konnte. Es war das perfekte Versteck für seine Tatwaffen. Er setzte ein leichtes Lächeln auf während er in seinen Gedanken schwelgend weiterhin den Teich ansah. Karo sah zu ihm und bemerkte das Lächeln in seinem Gesicht. *>>Wieso lächelst du?<<* wollte sie von ihm wissen. Völlig verwirrt antwortete Kenan ihr *>>Ww...was? Ach so, Lächeln, ja, nur so. Ich mag Teiche.<<* Nun setzte auch Karo ein Lächeln auf. *>>Ja, ich mag auch Teiche.<<* Sie fuhr fort. *>>Manchmal komme ich her und werfe Steine hinein um zu beobachten, wie das Wasser dann dabei aufspringt. Außerdem mag ich das Geräusch. Es* *macht blop.<<* Aja, dachte sich Kenan. *>>Hier, willst du es mal hören?<<* sagte Karo und schnappte sich ein Stein vom Boden und warf ihn in den Teich. Das Wasser sprang auf und es machte blop.

>>Hast du's gesehen?<< fragte Karo lächelnd. *>>Ja, gesehen und auch gehört<<* sagte Kenan. Karo nahm sich einen weiteren Stein in die Hand und übergab ihn Kenan. *>>Hier, versuch's auch mal! Es macht echt Spaß.<<* Kenan nahm, ohne lange zu überlegen, den Stein von Karo's Hand, blickte kurz auf den Teich und warf ihn anschließend hinein. Auch bei ihm sprang das Wasser auf und machte dabei blop. Das gefiel Karo ganz besonders. *>>Ha ha, ist doch lustig oder?<<* fragte sie rhetorisch. Kenan dachte sich, dass das tatsächlich lustig war, aber es noch lustiger sein würde, wenn er endlich die Handschuhe und das Messer darin blop machen hören könnte. Sie standen eine Weile vor dem Teich und warfen, einer nach dem anderen, Steine in den Teich. Die ganze Zeit über kicherte Karo, weil sie den Moment mit Kenan sehr genoss und freute sich darüber, dass er ihr bei einem ihrer Lieblingsaktivitäten Gesellschaft leistete. Und auch Kenan machte es allmählich Spaß und fand Gefallen daran. Seit dem dritten Stein, hatte er ein Lächeln im Gesicht. Nun wurde Karo's Arm müde und sie hörte auf weitere Steine in den Teich zu werfen. Sie sagte, leicht ermüdet, zu Kenan, *>>Ich will nicht mehr Steine in den Teich werfen. Ich gehe jetzt noch ein wenig Schaukeln, bevor wir hinein gehen müssen.<<* Sie ging langsam zu den Schaukeln hinüber und fragte Kenan *>>Möchtest du auch mit schaukeln?<<* Kenan sah sie an und gab ihr eine Antwort. *>>Ja gern, aber ich möchte nur noch einen einzigen Stein in den Teich hineinwerfen. Geh du schon mal vor und ich komme gleich hinten nach!<<* Karo zuckte mit den Schultern und sagte *>>Ist gut.<<* Sie drehte sich um und ging weiter in

Richtung zu den Schaukeln. Nun musste sich Kenan beeilen. Er wartete darauf bis Karo bei den Schaukeln war und machte sich sofort ran an's Werk. Er holte vorsichtig die Handschuhe aus seiner Unterhose und griff sich ein paar Steine vom Boden auf. Er befüllte die beiden Handschuhe mit ein paar Steinen und holte dann das Messer aus seinem Hosenbund hervor. Er steckte den Griff in den einen Handschuh und die Klinge in den anderen, sodass das Messer vollkommen in den Handschuhen verschwunden war. Nun zog er den Klettverschluss von dem Handschuh, der über dem anderen lag, ganz fest zu. Er sah noch ein letztes Mal nach hinten um sich zu vergewissern, dass auch wirklich niemand ihn sehen konnte. Nun sah er sich die vollbepackten Arbeitshandschuhe, die einmal seinem Vater gehört hatten, an und holte dabei Tief Luft. Er holte einen kräftigen Schwung mit seinem Arm aus und warf die Handschuhe und das darin eingewickelte Messer so weit er konnte in den Teich hinein. Sie klatschten im Wasser auf und sorgten dafür, dass das Wasser noch mehr aufspritze als die Steine es gemacht hatten. Und auch das blop Geräusch war lauter und etwas dumpfer als die von den Steinen. Wenn doch nur Karo das miterleben könnte, dachte sich Kenan für einen Moment. Er stand da, seine Hände in den Hosentaschen versenkt und sah zu, wie die Handschuhe langsam im Teich herabsanken und verschwanden. Um ganz sicher zu gehen, wartete er so lange bis keine einzige Blase mehr zusehen war und das Wasser sich beruhigte. Da gingen sie nun hin, dachte er sich. Ein sehr schmutziges und vor Allem blutiges Geheimnis, das er mit in den Grab mitnehmen würde. Er bereute seine Tat keine Sekunde. Er war fest davon überzeugt, dass er das Richtige getan hatte. Wenn es darauf ankäme, würde er es wieder genau so machen. Er würde erneut genau so handeln. Denn er war derjenige, der die Menschen von nun an von ihrem Leiden erlösen würde. Er war der Meinung, dass niemand mehr leiden sollte. Niemand sollte je wieder erniedrigt, beschimpft, verprügelt, enttäuscht oder unglücklich werden. Er wäre für diese Menschen da. Er würde jedem Einzelnen von ihnen helfen, dass sie diese schweren Zeiten nicht länger mitmachen müssen. Er wusste ganz genau, wie das war. Er hatte es ja schließlich oft genug miterlebt. Sogar am eigenen Leib erfahren, wie das so sein konnte. Welch große Schmerzen man hätte. Er dachte oft genug daran, wie er dem Ganzen ein Ende setzen könnte. Und schließlich fand er eine Lösung. Er musste ganz einfach die Probleme beseitigen. Er musste sie aufhalten. Er musste dafür sorgen, dass weder irgendjemand irgendjemandem Leid zufügte und er musste dafür sorgen, dass je wieder irgendjemand leiden musste. Er musste jedem von ihnen helfen. Er musste sie erlösen.

Das Wasser beruhigte sich nun und er machte sich auf den Weg zu Karo und den Schaukeln. Karo schaukelte bereits wie wild vor sich hin und gab jedes Mal, wenn sie ganz oben in der Luft war, ein Freudenlaut von sich. Er schnappte sich den leeren Schaukel neben Karo und setzte sich darauf. Noch während sie schaukelte, redete sie mit Kenan >>*Wo warst du denn so lange?*<< Kenan sah sie an und machte mit seinem Kopf die selben Bewegungen wie die Schaukel, wenn sie sich auf und ab bewegte >>*Ich wollte noch einen letzten Stein in den Teich werfen um ein viel größeres blop Geräusch zu erzeugen.*<< Karo fragte ganz neugierig und schaukelte munter weiter >>*Und? Hast du es geschafft.*<< Kenan schwieg für einen Moment, presste seine Lippen zusammen und antwortete schließlich >>*Nein, leider nicht.*<< Dann sagte Karo >>*Naja, vielleicht klappt es ja beim nächsten Mal.*<< Kenan lächelte leicht und wippte mit seinem Kopf auf und ab >>*Ja, vielleicht.*<< Er fing auch zu schaukeln an und versuchte mit

Karo mitzuhalten. Sie beide schaukelten bis die Sonne endgültig am Himmel verschwunden war und einen dunklen Himmel hinterließ.

KAPITEL 4

DER UNRUHESTIFTER

Am nächsten Tag wurde es bereits Zeit für das Frühstück. Alle Kinder waren gerade dabei ihre Betten zu machen, sich anzuziehen, ihre Zähne zu putzen und sich für das Frühstück vorzubereiten. So wie jede Nacht, hatte Karo mit ihrer Puppe Puppi geschlafen und nahm sie auch zum Frühstück mit. Schon vom ersten Moment an, wusste Kenan, dass Puppi Karo sehr viel bedeuten musste. Vielleicht war sie ein Geschenk von ihrer Mutter gewesen oder vielleicht hatte sie die Puppe im Waisenhaus bekommen und sie hatte, als das jüngste Mitglied, ein spezielles Verhältnis zu ihr entwickelt. Kenan war alles Recht. Er sah nur, dass Karo glücklich mit ihr war und das war das Wichtigste.

Die Betreuerin der Kinder, Andrea Weber, kam um die Kinder in Zweierreihe zum Frühstück zu begleiten. Sie forderte erneut jeden auf sich einen Partner zu suchen und ihr zum Speisesaal zu folgen. Und wieder rannten die Kinder aufgeregt umher und suchten sich ihre Partner aus. Das fanden sie jedes Mal sehr aufregend, weil sie jedes Mal einen anderen Partner bekamen. Das war ein großer Spaß für sie. Andrea Weber genoss immer den Anblick, den Kindern dabei zuzusehen und auch oft musste sie deswegen laut lachen. Das war genauso ein Spaß für sie. Sie liebte ihren Beruf und sie liebte die Kinder und das konnte man in ihren Augen sehen, vor Allem, wenn sie in Momenten wie diesen anfingen zu leuchten. Mittlerweile hatten sich die Kinder ihre neuen Partner ausgesucht und sich in einer Zweierreihe aufgereiht. Karo entschied sich erneut für Kenan. Kenan hatte nichts dagegen. Ganz im Gegenteil, ihm gefiel das auch, da unter all diesen Kindern nur Karo sympathisch gewesen war und er somit Gefallen an ihr fand. Er war gerade mal einen Tag hier und hatte schon, so etwas wie eine, beste Freundin. Sie hielt die Hand von Puppi und wollte, dass Kenan Puppi's andere Hand hält, sodass Puppi in ihrer Mitte sein konnte. Kenan tat, was Karo von ihm verlangte und lächelte sie an. Karo lächelte zurück und flüsterte zu Kenan hinzu. >>*Ich glaube Puppi mag dich.*<< Kenan antwortete ihr zurück >>*Ich mag Puppi auch.*<< Da strahlte Karo vor Freude, doch ihre Freude war nur von kurzer Dauer, als eines der vorderen Kinder, ein zehnjähriger Junge namens Tobias, sich zu Karo wandte und sagte >>*Deine dämlich Puppe kann doch gar nicht essen, wieso nimmst du sie überhaupt mit?*<< Als Kenan das zu hören bekam, wurde er schlagartig ernst und sein Gesichtsausdruck wurde dabei finster. Karo antwortete Tobias. >>*O ja, doch! Das tut sie. Und sie kann viel anständiger essen als du.*<< Sie zeigte Tobias die Zunge. Tobias lachte frech und sagte anschließend >>*Du bist verrückt Kleine und deine blöde Puppe auch.*<< Tobias drehte sich wieder nach vorne um. Nun war Kenan richtig wütend auf Tobias geworden, nachdem er so mit Karo geredet hatte. Er hatte es gewagt, nicht nur Karo, sondern auch Puppi zu beleidigen und das war ganz und gar nicht in Ordnung. Andrea Weber ging nur vor und forderte die Kinder auf mit ihr zu gehen. Kenan bevorzugte es lieber, den ganzen Weg zum Speisesaal zu schweigen und hörte nicht auf, mit bösen Blicken, in den Hinterkopf von Tobias zu starren. So ging er, die Hand von Puppi haltend, weiter.

Im Speisesaal angekommen, sah Kenan, dass es diesmal viele verschiedene Auswahlmöglichkeiten zum Frühstücken gab. Es gab verschiedene Cornflakes, Müslis, Haferflocken, Schoko-Pudding, kleine, frisch gebackene Brötchen, Semmel, Kornspitz, Butter, Marmelade, Honig, Schoko-Creme, gekochte Eier, Würstchen, Wurstscheiben und vieles, vieles mehr.

Kenan fand, dass das Frühstück sogar das Abendessen vom Vortag übertroffen hatte. Das war wiedereinmal eine großartige Auswahl an Essen. Er stand wieder, der gut aussehenden jungen Dame hinter der Theke entgegen, die ihn wieder freundlich begrüßte. >>*Guten Morgen! Und, gut geschlafen?*<< Kenan sah sie an und antwortete >>*Ja, war gut.*<< Die junge Dame hinter der Theke lächelte und fragte weiter >>*Und? Was darf es zum Frühstück sein?*<< Kenan sah sich noch ein letztes Mal um und überlegte genau, bevor er ihr eine Antwort gab. Er beschloss, sich zwei gekochte Eier, zwei Wurstscheiben, zwei Käsescheiben, eine Semmel und eine Schüssel Schoko-Cornflakes zu nehmen. Die junge Dame bereitete ihm alles vor und übergab ihm lächelnd seine Bestellung. >>*Hier, bitte sehr! Ich wünsche dir einen guten Appetit!*<< Kenan lächelte ihr zurück und übernahm die Platte, die ihm gereicht wurde, dankend an >>*Vielen Dank!*<< Die junge Dame antwortete freundlich >>*Aber gerne! Und wenn du noch mehr willst, komm einfach wieder her.*<< >>*Ist gut*<< sagte Kenan und begab sich zu einem freien Platz. Und schon wieder sah er, dass Karo wie verrückt nach ihm winkte. Diesmal hatte sie Puppi in ihrer Hand, die sie wild hin und her schüttelte. Sie rief zu Kenan hinüber >>*Hallo Kenan! Puppi ruft dich hier her!*<< Kenan lächelte leicht und ging zu Karo und Puppi und setzte sich zu den Beiden hin. Als Kenan sich gerade hinsetzte, konnte er sehen, dass Tobias schräg gegenüber saß. Schon verschwand sein leichtes Lächeln und sein Gesichtsausdruck wurde wieder ernst. So saß er und sah Tobias eine Weile an bis er von Karo unterbrochen wurde >>*Na iss schon auf Kenan!*<< Kenan kam von seinen Gedanken ab und sah zu Karo, die weiter mit ihm redete >>*Puppi ist sehr hungrig heute Morgen, wenn du nicht auf isst,*

wird sie auch dein Frühstück weg essen.<< Kenan
lächelte sie an und sagte *>>Puppi darf so viel von mir essen,
wieviel sie will.<<* Karo strahle vor Freude *>>Das ist nett von
dir Kenan, danke und Puppi bedankt sich auch.<<* Sie hielt
ihm Puppi vor sein Gesicht, wackelte ihren Kopf und tat so, als
würde sich Puppi bei Kenan bedanken *>>Danke Kenan!<<*
Kenan kniff seine Augen und setzte ein schiefes Lächeln auf
und antwortete Puppi *>>Gerne, Puppi.<<* Nun begann auch
Kenan zu essen und wendete seine Blicke nicht von Tobias ab.
Während des ganzen Frühstücks, beobachtete Kenan Tobias
und ließ ihn nicht aus seinen finster blickenden Augen.

Die Kinder hatten also fertig gefrühstückt und hatten sich
wieder voll und ganz ihrem Alltag im Waisenhaus hingegeben.
Einige spielten, andere lasen und andere wiederum malten oder
bastelten. Karo, Kenan und Puppi spielten zu Dritt. Andrea
Weber saß an ihrem Schreibtisch und beobachtete lächelnd all
die Kinder, die wussten wie sie sich zu beschäftigen hatten. Ihr
Telefon läutete und sie ging ran. Kurz darauf legte sie auch
schon wieder auf und sprach zu den Kindern *>>So Kinder, ich
muss jetzt kurz ins Büro zu der Leiterin und bin gleich wieder
zurück. Spielt so lange brav weiter, ok?<<* Die Kinder
antworteten laut zusammen *>>Ja Frau Weber!<<* Andrea
Weber lächelte, verließ den Raum und ließ die Kinder alleine
zurück. So wie sie draußen war, kam auch schon Tobias zu
Karo und Kenan und wurde wieder frech *>>Hey Karo! Wäscht
du deine Puppe auch? Ich denke nämlich, sie stinkt.<<* Tobias
lachte dabei laut und frech. Karo fand das sehr gemein von
Tobias und sagte zu ihm *>>Gar nicht. Du stinkst.<<* Als
Tobias das von Karo hörte, verging ihm sofort das Lachen und
er fing an Karo zu drohen *>>Hör zu du Verrückte! Wenn du
nochmal so mit mir sprichst, werde ich deine Puppe in Stücke*

schneiden.<< Karo wurde traurig und noch bevor sie antworten konnte, ging Kenan dazwischen. Mit sehr ernster Stimme und finsteren Blicken sprach er zu Tobias >>*Jetzt hörst du mir zu du verdammter Scheißkerl. Du wirst in Zukunft Karo und Puppi in Ruhe lassen oder ich werde dich in Stücke schneiden. Hast du das verstanden, Tobiarsch?*<< Als Karo diese Bezeichnung hörte, musste sie kurz kichern. Tobias bekam bei Kenan's Anblick etwas Angst und trat einen Schritt zurück. Bevor er ging, sagte er zu Kenan >>*Mann Neuling, du bist ein Freak.*<< Tobias ließ die Beiden in Ruhe und ging wieder zu seinem Platz um weiter zu spielen. Kenan sah Tobias immer noch mit finsterer Miene hinterher. Karo umarmte plötzlich Kenan und bedankte sich >>*Danke Kenan, dass du mich und Puppi verteidigt hast!*<< Die plötzliche Umarmung von Karo, sorgte dafür, dass Kenan wieder herunter kam und lockerer wurde. Er sah Karo an, die ihn wie verliebt ansah und immer noch umarmte, und nickte leicht lächelnd.

Andrea Weber kam zurück und rief Kenan zu sich. >>*Kenan! Kommst du mal bitte!*<< Kenan sah sie an ohne etwas zu sagen und ging anschließen zu ihr an den Schreibtisch. Sie fing an mit Kenan zu reden >>*Also lieber Kenan, ich soll dir von der Leiterin Steinecker ausrichten lassen, dass deine Eltern morgen im Zentralfriedhof beigesetzt werden. Sie wollte, dass du dich schon mal darauf einstellst. Die Frau Gruber wird dich begleiten und steht dir zur Seite.*<< Kenan sah sie schweigend an und nickte. Andrea Weber streichelte ihn tröstend am Rücken und versuchte ihn aufzumuntern. >>*Das wird schon mein lieber Kenan. Alles wird gut, du wirst schon sehen.*<< Sie lächelte ihn dabei an. Kenan nickte nachdenklich. >>*Na gut, geh wieder mit deinen Freunden spielen!*<< sagte sie zu ihm. Kenan ging zurück zu Karo und dachte sich nur, welche Freunde meint sie denn? Ich habe nur zwei Freundinnen und das sind Karo und Puppi. Mehr brauche ich nicht. Mit diesen Gedanken begab er sich zu Karo und Puppi und sie spielten einfach weiter.

Am nächsten Morgen wurde Kenan von Sylvia Gruber abgeholt und sie fuhr mit ihm zum Zentralfriedhof um seine verstorbenen Eltern beizusetzen und ihnen die letzte Ehre zu erweisen. Da sie türkischer Abstammung waren, befand sich ein türkischer Hoca an ihrem Grab und sprach, seine Hände bis zu seiner Brust erhoben, einige Gebete auf. Da sie keine Verwandten oder sonstige Freunde und Bekannte hatten, war kaum jemand da. Nicht einmal die Frau Neumann, Kenan's Lehrerin, war gekommen. Doch wie konnte sie denn auch. Sie musste schließlich die Hausaufgaben kontrollieren, dachte sich Kenan. Der Himmel war sonnig und wolkenlos. Lediglich eine leichte Brise wehte von Zeit zu Zeit über den stillen Friedhof. Andrea Weber hatte Kenan für die Bestattung fein rausgeputzt. Seine Haare wurden von ihr schön gekämmt und sie zog ihm einen eleganten schwarzen Anzug mit weißem Hemd und schwarzer Krawatte an. Er sah aus wie ein richtiger, gut aussehender Mann. Kenan stand, neben Sylvia Gruber, am Grab seiner Eltern und sah dem Hoca zu, wie er ein Gebet nach dem anderen sprach. Da die Gebete auf arabisch waren, verstand Kenan nicht, was genau der Hoca vor sich hin betete. Nur das Schlusswort konnte er verstehen, da dies ihm bekannt gewesen war. Der Hoca rieb seine Hände an sein Gesicht und gab den Bestattern, mit einem klaren Kopfnicken, zu verstehen, dass sie die Gräber nun mit Erde zuschütten können. In diesem Moment hielt Sylvia Gruber Kenan's Hand, sodass er zu ihr hinauf sah. Sie sah ihn an und lächelte ihn leicht an um ihn aufzumuntern. Doch Kenan war ohnehin nicht traurig gewesen. Er bereute seine Tat immer noch nicht. Er war recht zufrieden

und wenn Sylvia Gruber das alles wissen würde, würde sie ihn bestimmt nicht händchenhaltend anlächeln, sowie gerade eben. So sahen die Beiden nun, wie das letzte Bisschen Erde auf die Gräber zugeschüttet wurde und sowohl die Bestatter als auch der Hoca sich verabschiedeten. Sylvia Gruber wollte von Kenan wissen, ob er einen Moment alleine mit seinen Eltern verbringen wollen würde, doch Kenan schüttelte seinen Kopf. Er wollte einfach nur so schnell wie möglich zurück ins Waisenhaus. Sylvia Gruber brachte Kenan zu ihrem Auto zurück und unterhielt sich ein wenig mit ihm. >>*Also Kenan, ich möchte dir noch einmal mein Beileid mitteilen.*<< Kenan schwieg. Sylvia Gruber fuhr fort >>*Wir sind ganz kurz davor, den Mörder deiner Eltern ausfindig zu machen. Es fehlt nicht mehr lange und schon können wir die Fingerabdrücke zuordnen.*<< Kenan sah Sylvia Gruber an und stellte ihr eine Frage >>*Was passiert mit dem Täter, wenn Sie ihn finden?*<< Sylvia Gruber antwortete >>*Er wird für eine sehr lange Zeit ins Gefängnis wandern, so viel ist mal sicher.*<< Sie lächelte ihn an. Kenan schwieg und beugte seinen Kopf nachdenklich zu Boden. Sylvia Gruber versuchte ihn aufzumuntern. >>*Hast du Lust auf ein Eis? Also ich hätte schon große Lust darauf.*<< Kenan schwieg und sah weiterhin auf den Boden. Sylvia Gruber versuchte es weiter >>*Na komm! Wir gehen gemeinsam ein Eis essen, bevor ich dich wieder zurück bringen muss. Einverstanden?*<< Kenan erhob sein Kopf und sah sie ein wenig an. Dann nickte er und lächelte dabei. Sylvia Gruber war erfreut darüber. >>*Wunderbar! Na dann steig ein!*<< Sie stiegen beide in das Auto und verließen den Zentralfriedhof. Kenan würde wohl nie wieder in seinem Leben hierher kommen, dachte er sich während sie sich immer weiter vom Friedhof entfernten.
Sylvia Gruber und Kenan kamen im Waisenhaus an. Sie parkte

vor dem Eingang und sagte zu Kenan, bevor er ausstieg. *>>Lass mich wissen, wenn du etwas brauchst oder wenn du bereit für die Schule bist! Ich werde mich um dich kümmern.<<* Kenan sah sie an und fragte *>>Würden Sie ein Kind adoptieren wollen?<<* Sylvia Gruber war über diese Frage überrascht. Sie kam sehr unerwartet und sie wusste nicht wie sie drauf antworten sollte. Kenan unterbrach ihre Verzweiflung *>>Ich meine nicht, wegen mir.<<* Sylvia Gruber war jetzt neugierig und verwundert zugleich *>>Wen meinst du dann?<<* Kenan antwortete ihr *>>Da ist so ein Mädchen, sie heißt Karoline, aber alle nennen sie Karo. Sie hat auch eine Puppe, namens Puppi. Würden Sie sich um die Beiden kümmern?<<* Sylvia Gruber wusste zuerst nicht was sie darauf antworten sollte und dann versuchte sie ihre Gedanken verlegen in Worte zu fassen *>>Naja, lieber Kenan. Weißt du? Es ist nicht leicht, als Polizeibeamtin ein Kind groß zu ziehen. Ich meine, ich bin ständig bei der Arbeit und habe viel zu tun. Über so etwas, wie eine Familie und Kinder, hatte ich noch nie nachgedacht.<<* Kenan sah sie an und nickte. *>>Schon gut, ich wollte es nur mal vorschlagen.<<* Er lächelte sie an, stieg aus und verabschiedete sich *>>Danke für das Eis Frau Gruber!<<* Sylvia Gruber sah ihn schweigend an und verabschiedete sich anschließend auch *>>Gerne!<<* Kenan ging in das Waisenhaus hinein und das große Tor ging hinter ihm zu. Sylvia Gruber saß einen kurzen Moment in ihrem Auto und dachte über das, was Kenan zu ihr sagte nach. War sie denn wirklich bereit um ein Kind zu adoptieren und es groß zu ziehen? Wäre das in ihrer jetzigen Position möglich? War es vielleicht doch Zeit ernsthaft über eine eigene Familie nachzudenken? Sie hatte auf keines ihrer Fragen die richtige Antwort. Sie war verwirrt und unentschlossen. Irgendwie wollte sie eine eigene Familie, aber irgendwie auch nicht. Es war einfach viel zu kompliziert. Mit diesen komplizierten Fragen verließ sie das Waisenhaus und fuhr davon.

Als Kenan wieder bei Andrea Weber und den Kinder ankam, bekam er sofort mit, dass etwas nicht stimmte. Er sah, dass Karo laut in den armen von Frau Weber schluchzte und weinte. Er rannte sofort zu den Beiden hin und wollte wissen, was los war. Karo antwortete ihm >>*Kenan du bist zurück. Tobias hat Puppi's Arme und Beine abgeschnitten.*<< Andrea Weber versuchte Karo immer noch zu trösten und redete zu Kenan. >>*Ist schon gut Kenan, ich kümmere mich um sie. Geh du lieber spielen so lange!*<< Als Kenan hörte, was Karo sagte, wurde er richtig böse. Sein Kopf war kurz davor zu explodieren. Da war wieder diese Stimme in seinem Kopf. Spielen?, dachte er sich. Ich werde doch nicht jetzt gehen und spielen, als wäre nichts passiert gewesen. Jemand musste diesen Tobias für seine Taten bestrafen, was er Puppi angetan hatte. Jemand musste Karo von ihm ein für alle Mal erlösen, sodass er nie wieder Unruhe Stiften und sie ärgern konnte. Er war ganz vertieft in seine dunklen Gedanken und sah sich den vor sich hin lachenden Tobias, als hätte er nichts schlimmes angestellt, an. Doch Kenan wusste, dass er jetzt noch seine Zähne zusammen beißen musste. Niemand durfte ihn so verärgert sehen. Niemand durfte wissen, zu was er Allem in der Lage wäre. Er musste auf den richtigen Zeitpunkt warten. Er musste sich für Tobias etwas ganz spezielles einfallen lassen. Er musste ihn erwischen, wenn niemand sonst bei ihnen wäre. Dieser Tobias musste weg. Er musste ein für allemal verschwinden. Kenan musste nur den richtigen Zeitpunkt abwarten. Sein neuer Freund im Inneren, würde ihm schon mitteilen, wenn die Zeit dafür kommen sollte.

Kenan schluckte für's Erste seine Wut hinunter und wendete sich zu Andrea Weber, die immer noch versuchte Karo zu beruhigen. >>*Frau Weber!*<< Andrea Weber sah zu Kenan. >>*Ja, bitte Kenan?*<< >>*Wenn Sie möchten, kann ich mich etwas um Karo kümmern. Ich gehe mit ihr zum Spielplatz etwas spielen.*<< Andrea Weber gefiel Kenan's Vorschlag, sodass sie Karo fragte, ob sie damit einverstanden wäre. Karo blickte Andrea Weber mit ihren vor Tränen Rot angelaufenen Augen an, wisch sich mit ihrem Handrücken die Nase ab und nickte mit ihrem Kopf. Sie war einverstanden gewesen. Andrea Weber lächelte Karo und Kenan an und sagte >>*Na gut, dann geht raus spielen.*<< Kenan reichte seine Hand zu Karo, die sie sofort festhielt und nahm sie mit zum Spielplatz. Schluchzend und augenreibend folgte sie Kenan nach draußen. Kenan führte sie an der Hand zum großen Teich, wo sie an seinem ersten Tag gemeinsam Steine hinein geworfen hatten. Angekommen ließ er ihre Hand los und sagte zu ihr >>*Na los, komm! Wer von uns schafft den größten blop aller Zeiten?*<< Er lächelte begeistert zu Karo. Als Karo das hörte, hörte sie zu schluchzen auf und antwortete ganz entschlossen zu Kenan >>*Ich! Ich werde den größten blop aller Zeiten schaffen!*<< Kenan forderte sie heraus >>*Na dann zeig mal, was du drauf hast!*<< Karo vergaß auf der Stelle, was Tobias Puppi angetan hatte und war voll und ganz im Wettbewerbsfieber. Sie suchte sich einen richtig großen Stein am Teichrand aus und warf ihn, soweit sie konnte, in den Teich hinein. Das Wasser machte ein lautes blop Geräusch, als der große Stein in den Teich fiel und sofort auf den Boden sank. Sowohl Kenan als auch Karo selbst, waren von dem Knalleffekt sehr begeistert gewesen und Karo sprang vor Freude in die Luft. >>*Wow, hast du das gesehen? Das war mein größter blop, den ich je geschafft habe.*<< Kenan stimmte ihr zu >>*Ja, das hast du richtig gut gemacht! Ich denke, ich kann dich nicht schlagen.*<< Er nahm sich auch ein Stein in die Hand und warf ihn in den Teich. Kenan schaffte einen viel kleineren blop als Karo. Karo war in totaler Siegeslaune >>*Haha, der war ja klein.*<< Sie lachte vor Freude. Kenan gab ihr Recht >>*Ja, da hast du Recht. Ich denke, ich muss mich geschlagen geben. Du bist und bleibst die blop Meisterin.*<< Er lachte. Das gefiel Karo. >>*Ja, blop Meisterin. Ich bin die blop Meisterin!*<< rief sie immer wieder. So warfen sie ein Stein nachdem anderen in den Teich und verbrachten den ganzen Nachmittag damit. Kenan ließ Karo ständig gewinnen, damit sie, die schreckliche Tat mit Puppi vergessen konnte. Das hatte sie auch. Zumindest für diesen gemeinsamen Augenblick.

Die Nacht war angebrochen. Die Kinder hatten zu Abend gegessen und hatten sich bereit zum Schlafen gemacht. Kenan konnte sehen, dass Karo wieder an Puppi denken musste und deswegen sehr traurig ins Bett ging. Sie so zu sehen, machte Kenan wütend. Er wollte nicht, dass seine beste Freundin traurig ist und leiden musste. Er wollte, dass sie Puppi so schnell wie möglich vergisst, damit sie wieder so fröhlich und lustig sein konnte, wie sie es schon immer gewesen war. Er wusste, er müsste sie von ihrem Leid erlösen. Er wusste, dass Karo sich ständig an Puppi erinnern würde, wenn sie schlafen ging, wenn sie spielte, wenn sie frühstücken ging und so weiter. Er wollte ihr das nicht antun. Er wollte sie unbedingt erlösen.
Sein neuer Freund wurde wieder aktiv.

Später in der Nacht, als alle Kinder schliefen, stand Kenan auf. Er war nicht eingeschlafen. Er wartete darauf bis jedes Einzelne Kind einschlief, sodass er seinen Plan, den er sich für diese Nacht überlegt hatte, umsetzen konnte. Ihm war es auch wichtig, dass Karo tief und fest einschlief, damit sie nichts davon mitbekommen sollte, aber sie gehörte sowieso zu den Ersten, die sofort einschliefen, sobald sie im Bett waren. Es war also soweit. Es war Zeit für eine neue Erlösung. Die Zeit war gekommen, dass Kenan Karo ein für alle mal erlösen sollte. So schnappte er sich sein Kissen und ging mit langsamen Schritten voran, sodass ihn niemand hören konnte. Er ging regelrecht auf seinen Zehen, das Kissen fest zwischen seinen Händen haltend. Er näherte sich langsam aber sicher dem Bett zu. Schließlich war er angekommen. Für einen Moment stand er über dem Bett und betrachtete sein nächstes Opfer. Ohne viel zu überlegen, drückte er mit voller Kraft und seinem gesamten Körpergewicht, das Kissen auf das Gesicht seines Opfers. Es war Tobias, der Unruhestifter. Er schlug im Bett wild um sich, während ihm der Sauerstoff langsam ausging. Kenan konnte hören, wie er in seiner Verzweiflung unter dem Kissen vor sich hin winselte, aber es war so leise, sodass keines der anderen Kinder ihn hören konnte. Für Tobias waren es qualvolle und lange zwei Minuten gewesen, bis seine Brust aufhörte sich auf und ab zu bewegen. Für Kenan konnte der Moment nicht lange genug sein, Während er das Kissen auf das Gesicht von Tobias drückte um ihn darunter zu ersticken, konnte man das pure Böse in seinem Gesicht sehen. Das Feuer in seinen Augen. Das teuflische Grinsen in seinem Gesicht. So muss sein neuer Freund im Inneren wohl ausgesehen haben. Wenn er sich doch nur an einem Spiegel betrachten könnte. Kenan genoss es so richtig. Nun war Tobias also tot und er würde niemandem mehr, vor Allem Karo, Ärger machen. Kenan hatte sie von Tobias und seinen Taten erlöst. Kenan ließ das Kissen locker und entspannte sich, nachdem Tobias aufgehört hatte sich zu wehren. Er hob das Kissen an, blickte zu Tobias hinunter und sah ihn kaltherzig an. Er ging mit leisen Schritten zurück zu seinem Bett und legte sein Kopfkissen zurück. Danach ging er erneut mit leisen Schritten zum Bett von Tobias, griff ihm unter die Arme und hob ihn an. Kenan schleifte ganz still und vorsichtig die Leiche von Tobias hinaus in den Garten. Die Eingangstür war zwar Nachts immer zugesperrt, aber die Tür zum Hintergarten wurde nie versperrt. Das kam Kenan sehr gelegen. Kenan stellte den leblosen Körper von Tobias unter eines der Kletterstangen am grasigen Boden ab. Er legte ihn auf den Bauch und packte seine Fußgelenke. Mit viel Kraft und Mühe, schaffte es Kenan die Leiche von Tobias Kopfüber, an seinen Unterschenkeln, zu halten. Nun berührte die Leiche von Tobias mit seiner Stirn den grasigen Boden unter der Kletterstange. Kenan holte tief Luft, hielt immer noch die Beine von Tobias fest, sprang mit aller Kraft so hoch er konnte in die Luft, den Kopf von Tobias weiter auf den Boden haltend, und drückte bei der Landung mit all seiner Kraft die Beine von Tobias auf den Boden, sodass ihm das Genick auf der Stelle brach. In der stille der Nacht, konnte Kenan das Knacken sehr deutlich hören. Langsam ließ er die Beine von Tobias auf den Boden und stellte sie zu seinem Oberkörper gebeugt hin. Nun sah es so aus, als wäre Tobias von der Kletterstange, mit dem Kopf voran, auf den Boden gefallen und sich dabei sein Genick gebrochen. So ließ Kenan Tobias im Garten am Spielplatz liegen und ging wieder zurück zu seinem Bett und legte sich schlafen.

KAPITEL 5

TRAUER IM WAISENHAUS

Die Leiche von Tobias wurde am nächsten Morgen von der Reinigungsdame entdeckt, die sofort die Leiterin Steinecker verständigt hatte. Leiterin Steinecker hatte daraufhin die Rettung verständigt. Als die Polizei, sowie auch Sylvia Gruber, von diesem Vorfall hörten, waren sie ebenfalls im Waisenhaus anwesend. Sowohl die Reinigungsdame, als auch die Leiterin Steinecker und Andrea Weber waren fassungslos und schockiert über den plötzlichen Tot von Tobias gewesen. Sie waren alle Sprachlos und die Kinder hatten alle große Angst. Sie alle erlebten so etwas zum ersten Mal in ihrem Leben. Die Leiche von Tobias wurde bereits weg gebracht und die Polizei nahm die Aussage von der Reinigungsdame auf, die ganz schockiert ihren schrecklichen Fund berichtete. Sylvia Gruber war dabei mit der Leiterin Steinecker und Andrea Weber zu sprechen. >>*Wie genau ist das passiert?*<< wollte Sylvia Gruber wissen. Leiterin Steinecker antwortete ihr, immer noch unter Schock stehend >>*Na ja, wissen Sie, der Tobias war schon immer ein Problemkind gewesen. Er war schon oft negativ aufgefallen. Daher war er ja auch so schwer zu vermitteln. Er gehörte zu den längsten hier, die auf eine neue Familie warteten, aber niemand wollte ihn, da er sich nicht zu benehmen wusste.*<< Sylvia Gruber machte sich Notizen. Andrea Weber ergriff das Wort >>*Ja, das Stimmt. Frau Steinecker hat recht. Tobias war ein Problemkind. Es war nicht das erste Mal, dass er sich den Hausregeln widersetzte. Er kam nie wirklich mit den Kindern zurecht und auch genauso nicht mit dem Personal. Er machte ständig Ärger und tat, was er nicht tun sollte. Sowie letzte Nacht.*<< Sylvia Gruber

machte sich weitere Notizen. Andrea Weber erzählte weiter
*>>Ich meine, er war zwar kein braves Kind, aber sein Tod hat
uns dennoch alle mitgenommen. Das hätte ihm nicht passieren
dürfen. Er hätte sich einfach nicht Nachts hinausschleichen
sollen. Sehr tragisch. Ich kann es immer noch nicht fassen.<<*
Sylvia Gruber notierte sich alles, was Frau Steinecker und Frau
Weber ihr berichteten. Sie nahm ihre Aussagen auf und bedankte sich *>>Nochmals mein Beileid! Ich hoffe nur, dass die
Kinder nicht allzu sehr davon mitgenommen werden.<<*
Andrea Weber antwortete ihr *>>Ja, das hoffe ich auch. Die
armen Kinder. Wie sollen sie jetzt wieder draußen im Garten
spielen können, nachdem was passiert ist? Das ist wirklich
sehr schlimm. Gott möge uns beistehen.<<* Leiterin Steinecker
fügte hinzu *>>Herr Gott, bitte gib uns die nötige Kraft, diesen
schrecklichen Verlust so schnell wie möglich zu überstehen
und hilf den Kindern darüber hinweg zu kommen!<<*
>>Amen!<< sagte Sylvia Gruber und verabschiedete sich von
den Beiden. Sie sah Kenan, der bei den anderen Kindern stand
und ging zu ihm hinüber. *>>Hallo Kenan!<<* Kenan grüßte
zurück *>>Hallo!<<* Sylvia Gruber fuhr fort *>>Tut mir Leid,
was mit deinem Freund passiert ist!<<* Kenan dachte sich, dass
Tobias ganz und gar nicht sein Freund gewesen war, und stand
schweigend da. *>>Tut mir auch Leid, dass du in so einer
kurzen Zeit, einen weiteren Todesfall miterleben musstest! Das
muss ja richtig schrecklich für sein.<<* Kenan antwortete ihr
>>Es geht.<< Sylvia Gruber lächelte leicht. *>>Schön zu sehen,
dass du dabei so stark bleiben kannst. Vielleicht kannst du so
deine anderen Freunde hier trösten und ihnen Kraft geben.<<*
Kenan schwieg. Sylvia Gruber redete weiter *>>Im Übrigen,
auch wenn das nicht der richtige Zeitpunkt ist, habe ich
dennoch eine gute Nachricht für dich.<<* Nun sah Kenan sie
gespannt an. *>>Wie meinen Sie das?<<* Sylvia Gruber erzählte

lächelnd weiter >>*Wir haben den Fingerabdruck endlich dem Täter zuordnen können. Wir wissen jetzt, wer in jenem Abend bei euch war und deine Eltern ermordet hat.*<< Kenan war leicht aufgeregt. Er dachte sich, konnte es tatsächlich sein? Würde auch dieser Plan von ihm endlich aufgehen? Er fragte nach >>*Und wer war's?*<< Stolz antwortete Sylvia Gruber >>*Bernhard Schneider.*<< Kenan hielt Inne und dachte sich, ach, so heißt der Mann also. Sylvia Gruber fuhr fort >>*Kennst du ihn? Hast du seinen Namen schon mal gehört?*<< Kenan antwortete >>*Nein, ich kenne ihn nicht.*<< Sylvia Gruber erzählte weiter >>*Auf jeden Fall haben wir ihn geschnappt und er befindet sich in unserem Gewahrsam. Natürlich bestreitet er die Tat, aber die Fingerabdrücke sind eindeutig. Abgesehen davon hat er bereits zugegeben, dass er an jenem Abend, genau zu dem Zeitpunkt, als der Mord stattfand, bei euch war. Die Beweise sind eindeutig. Er wird für den Mord an deinen Eltern angeklagt werden und kommt für eine sehr lange Zeit hinter Gitter.*<< Kenan schwieg nachdenklich. >>*Zumindest eine Gute Nachricht an diesem schlimmen Tag.*<< fuhr Sylvia Gruber fort und fügte hinzu >>*Nun gut, ich muss jetzt wieder an die Arbeit. Sobald sich wieder etwas ergeben sollte, werde ich dir schon Bescheid geben!*<< Sie lächelte Kenan an und ging weg. Kenan rief ihr hinterher >>*Frau Gruber!*<< Sylvia Gruber blieb stehen und drehte sich zu ihm um >>*Ja, bitte Kenan!*<< Kenan ging zu ihr >>*Darf ich für immer hier bleiben?*<< Sylvia Gruber ging in die Hocke >>*Und was ist mit deiner Schule?*<< Kenan antwortete ihr >>*Na ja, wir bekommen hier auch Unterricht und Frau Weber ist eine sehr gute Lehrerin und Betreuerin. Ich würde gerne hier weiter lernen und später, wenn ich alt genug bin, alleine weiter studieren.*<< Sylvia Gruber hörte die Entschlossenheit in Kenan's Stimme und überlegte nicht lange >>*Na gut, ich werde* *mal mit der Leiterin Steinecker reden und sehen, wie sie darüber denkt. Wenn das für sie in Ordnung geht, bleibst du eben hier.<<* Sie lächelte Kenan an und fügte hinzu *>>Ich werde dann auch deiner Lehrerin, der Frau Neumann, Bescheid geben. Mach dir darüber keine Sorgen!<<* Sie zwinkerte ihm zu, stand auf und ging weiter. Kenan sah ihr hinterher bis sie zu der Tür hinaus war. In diesem Augenblick kam Karo und hielt Kenan's Hand *>>Wer war denn das?<<* wollte sie von Kenan wissen. *>>Eine sehr gute Freundin<<* antwortete ihr Kenan und fügte hinzu *>>Na los! Lass uns spielen gehen.<<* Sie gingen Hand in Hand in den Spielraum.

Sylvia Gruber befand sich nun im Verhörsaal und war dabei Bernhard Schneider zu verhören. Außer den Beiden befand sich sonst niemand im Raum. Sylvia Gruber saß zwar ruhig vor dem, mittlerweile vom Angstschweiß gebadetem Verdächtigen, aber man konnte eindeutig die Wut und den Hass in ihren Augen sehen mit denen sie die ganze Zeit über Bernhard Schneider anvisierte, sodass er umso nervöser und unruhiger wurde. *>>Na? Sind wir etwas nervös?<<* wollte Sylvia Gruber wissen. Bernhard Schneider zitterte vor Angst so sehr, dass seine Handschellen nicht aufhörten zu klappern. Mit ängstlichen Blicken und zitternder Stimme versuchte er ihr zu antworten *>>Hö... Hören S...Sie! Ich...Ich sagte es Ihnen doch bereits. Ich...Ich bin nicht der, d...den Sie suchen. Sie haben den Falschen. So glauben Sie mir doch bitte!<<* Ohne ihre Mimik auch nur Ansatzweise zu verändern, starrte Sylvia Gruber ihren Verdächtigen weiter an. Es war so still im Verhörsaal, sodass man nichts anderes hören konnte, als das Klappern der Handschellen und das rasende Herzklopfen von Bernhard Schneider. Er schwitze überall am ganzen Körper und war kurz davor in Tränen auszubrechen. Doch seine, durch Angst erzeugten Geräusche, wurden von der eiskalten Stimme Sylvia Gruber's unterbrochen >>*Sie glauben doch nicht ernsthaft, dass ich Ihnen diesen Blödsinn abkaufe. Ihre Fingerabdrücke konnten identifiziert werden. Sie sind eindeutig. Sie waren an dem Abend, als die Kaya's auf eine sehr brutale Art Weise umgebracht wurde, bei ihnen.*<< Sie beugte sich nach vorne und sah nun Bernhard Schneider noch finsterer an und fuhr, mit einer etwas leiseren Stimme, fort. >>*Und zwar, nur ein paar Minuten davor.*<< Bernhard Schneider sah nun auf den Boden hinunter und schüttelte seinen Kopf und kämpfte damit nicht in Tränen auszubrechen. Er versuchte ein weiteres Mal seine Unschuld zu beweisen und sagte >>*Hören Sie! Wie ich es bereits sagte, Sie haben den Falschen. Ich war es nicht. Bitte glauben Sie mir endlich! Ich bitte Sie!*<< Nun konnte er sich nicht mehr zurückhalten und fing zu weinen an und versuchte mit fließenden Tränen weiter zu reden >>*Ja, es stimmt. Ich war an dem Abend bei den Kaya's zu Besuch, aber ich habe sie nicht ermordet. Das müssen Sie mir glauben!*<< Sylvia Gruber lehnte sich wieder zurück und machte mit ihrer Befragung weiter >>*Ihre Krokodilstränen können Sie sich sparen. Damit beeindrucken Sie mich nicht.*<< Bernhard Schneider sah sie fassungslos an. Sylvia Gruber machte weiter >>*Was wollten Sie denn an jenem Abend von den Kaya's? Wie lange kennen sie diese Familie schon?*<< Nun sah Bernhard Schneider sie, mit seinen vor Tränen Rot angelaufenen Augen, ganz verwundert an. Sylvia Gruber stellte ihre Frage erneut >>*Also! Wie lange kannten Sie sie?*<< Bernhard Schneider machte einen kräftigen Schluck bevor er auf die Frage antwortete >>*Eigentlich kannte ich sie bis kurz davor nicht.*<< Sylvia Gruber war ein wenig verwirrt >>*Was genau meinen Sie damit?*<< Bernhard Schneider, dessen Augen bereits Rot angeschwollen waren, klärte sie auf >>*Na ja, das war so. Es sprach sich herum, dass dieser Herr Kaya seine eigene Frau zur Prostitution gezwungen hatte und zwar bei sich zu Hause und jeder, der davon wusste wollte mitmachen. Ich wollte das auch und war an diesem Abend als die Kaya's ermordet wurden dort und hatte nur Sex mit seiner Frau, aber getötet habe ich Sie nicht. So etwas schreckliches könnte ich nie tun.*<< Er wurde von Sylvia Gruber unterbrochen. Sie schrie ihn angewidert an >>*Und mit der Ehefrau eines fremden Mannes zu schlafen und auch noch dafür zu bezahlen finden Sie nicht schrecklich?*<< Bernhard Schneider stockte der Atem und machte ganz große Augen. Sylvia Gruber schrie weiter >>*Sie, Herr Schneider, sind ein mieser Dreckskerl und Menschen wie Sie ekeln mich an.*<< Bernhard Schneider saß völlig erschrocken an seinem Platz und ließ all den Wut von Sylvia Gruber über sich ergehen. Sylvia Gruber beruhigte sich ein wenig und machte mit leicht wütender Stimme weiter >>*Ihre Geschichte ergibt für mich keinen Sinn. Wieso sollte ein Familienvater so etwas tun? Da müssen Sie sich schon etwas cleveres ausdenken sie Bastard.*<< Bernhard Schneider wusste nicht wie er darauf antworten sollte, aber versuchte es >>*Aber so war es. Ich erzähle Ihnen die Wahrheit.*<< Völlig angewidert sagte Sylvia Gruber >>*Halten Sie bloß Ihren verdammten Mund!*<< Ab dem Moment an wurde Bernhard Schneider still und sah nur noch Sylvia Gruber an. Sylvia Gruber wollte das Verhör so schnell wie möglich hinter sich bringen und sagte nur eines bevor sie den Verhörsaal verließ. Sie stand auf, ging zu Bernhard Schneider, beugte sich zu seinem rechten Ohr und flüsterte >>*Sie sind so etwas von erledigt. Sie werden die restliche Zeit Ihres Lebens hinter Gittern verbringen. Denn dahin gehören Monster wie sie hin.*<< Sie richtete sich auf und ging zu der Tür des Verhörsaals und sagte noch einen letzten Satz als sie den Türgriff hielt >>*Sie können sich sehr gerne einen Anwalt nehmen, aber kein Anwalt der Welt, wird sie aus der Scheiße in der Sie stecken heraus holen können.*<< Sie öffnete die Tür, verließ den Verhörsaal und knallte die Tür hinter sich zu. Bei dem Knall musste Bernhard Schneider leicht zucken und kniff dabei seine Augen fest zu. Als er sie wieder öffnete blieb ihm nichts weiteres übrig als auf die fahle Wand vor ihm zu starren.

Es war bereits Nachmittag geworden und alle Kinder im Waisenhaus hatten sich im großen Saal versammelt und waren dabei ihrem frisch verstorbenem Freund zu gedenken. Andrea Weber stand vorne am Podest direkt neben der Leiterin Steinecker während diese eine Ansprache hielt. Kenan und Karo saßen in der dritten Reihe und hörten, genau wie die restlichen Kinder und das Personal, aufmerksam zu. Karo hielt dabei Kenan's Hand ganz fest. Im ganzen Saal herrschte eine sehr traurige Stimmung, die für die meisten Kinder sehr ungewöhnlich gewesen war. Leiterin Steinecker sprach zu den Kindern. >>*Wie ihr bereits alle wisst, mussten wir den heutigen Tag mit einer großen und schrecklichen Tragödie beginnen. Der plötzliche Tod von Tobias hat uns alle mitgenommen. Ja, es stimmt. Er hatte viel Unfug angestellt und sich den einen oder anderen Regeln widersetzt, aber das hieß noch lange nicht, dass er deswegen kein guter Junge gewesen war. Er war ein einsamer Junge, der es nunmal schwer hatte eine Beziehung zu den Menschen aufzubauen. Er hatte etwas Zeit nötig. Doch diese Zeit blieb ihm leider verwehrt. Er war ein Kind, so wie ihr alle auch, der seine Träume und Erwartungen im Leben hatte. Er war ein Kind, der eine wundervolle und großartig Zukunft vor sich gehabt hätte. Ich weiß, Tief im Inneren war Tobias ein wunderbarer Junge gewesen.*

So bricht es mir umso mehr das Herz, hier, vor euch Kindern, seine Trauerrede zu halten. Ich bin immer noch geschockt und fassungslos. Das hätte einfach nicht passieren dürfen. Tobias hätte noch weiter Unfug machen sollen. Er sollte uns weiterhin ärgern und auf die Palme bringen...<< sie setzte dabei ein leichtes Lächeln auf *>>...aber er sollte sich nicht so früh von uns verabschieden. Das ist einfach nicht fair. Das ist einfach nicht gerecht.<<* Sie hielt für einen kurzen Moment Inne und fuhr danach fort *>>Drum bitte ich euch alle anderen. Bitte, seid vorsichtig beim Spielen! Geht freundlich miteinander um! Widersetzt euch nicht den Hausregeln! Wir sind alle eine große Familie hier. Wir haben sonst niemanden außer uns. Seid für einander da! Helft einander! Passt aufeinander auf, sodass wir einen solch weiteren schrecklichen Vorfall nicht erneut erleben müssen.<<* Karo sah lächelnd Kenan an, der sie auch ansah und ihr Lächeln erwiderte. Leiterin Steinecker sagte noch ihren letzten Satz, bevor sie ihre Rede beendete *>>In diesem Sinne wünsche ich für Tobias, dass seine Seele in Frieden ruhen möge und bitte euch alle für eine Schweige-minute aufzustehen.<<* Alle Kinder standen auf und hielten eine Schweigeminute für ihren verstorbenen Freund Tobias ab. Karo hielt dabei immer noch Kenan's Hand.

Das Gedenken war nun vorbei und alle machten mit ihrem Tag genauso weiter, wie sonst auch. Das Personal hatte sich seiner Arbeit gewidmet und die Kinder spielten im Spielraum während ihre Betreuerin Andrea Weber sie alle aufmerksam beobachtete. Auch wenn sie solch ein schrecklicher Vorfall ereilt hatte, ging das Leben für sie alle weiter. Was geschehen war, war geschehen und konnte nicht mehr Rückgängig gemacht werden. Sie mussten damit leben und mit der Zeit würden sie es zwar nicht vergessen, aber sie würden sich daran gewöhnen. Denn es heißt doch, man soll nicht mit den Toten sterben. Für Kenan war das alles egal gewesen. Er hatte bereits alles verdrängt und versuchte einfach nur seine Zeit im Waisenhaus zu genießen. Er war sehr kaltherzig und zeigte daher weder Reue noch Trauer. Er machte sich nur über eines Gedanken. Nämlich, ob man ihm erlauben würde, bis zu seinem achtzehnten Lebensjahr, im Waisenhaus zu bleiben. Das würde er sich sehr wünschen. Er war auch nicht an einer neuen Familie interessiert, weswegen er alles dafür tun würde um nicht adoptiert zu werden. Er hatte sich einfach in den Kopf gesetzt im Waisenhaus zu bleiben und wenn er sich etwas in den Kopf gesetzt hatte, würde Kenan auch alles dafür tun um das umsetzen zu können. So hoffte er, dass Sylvia Gruber das für ihn arrangieren könnte und er war sich sicher, dass sie es schaffen würde. Also vertrieb er sich bis dahin die Zeit und spielte ausschließlich mit Karo. Während sie miteinander spielten, sagte Karo zu ihm >>*Weißt du was?*<< Kenan sah sie an und sagte >>*Was?*<< Karo redete weiter >>*Der Tobias war ganz schön doof und hat genervt, aber ich hätte nicht gewollt, dass er stirbt.*<< Kenan sah sie still schweigend an. Karo redete weiter >>*Ich finde, Frau Steinecker hat recht. Im Herzen war er bestimmt ein guter Mensch.*<< Kenan wusste nicht, was er Karo antworten sollte und sagte nur >>*Das heißt, du bist nicht froh darüber, dass er dich nicht mehr nerven und ärgern kann?*<< Karo sah ihn an und hielt dabei Puppi in ihren Armen >>*Schon, aber es hätte nicht so sein müssen. Ich wünschte, er hätte mich irgendwie anders in Ruhe gelassen.*<< Kenan wurde nachdenklich und dachte sich, wieso Karo nicht darüber erfreut sein konnte, dass Tobias tot war und er ihr nie wieder ärger machen konnte? Er hatte doch dafür gesorgt, dass er sie für immer in Ruhe lassen würde. Er hatte das Problem beseitigt. Wieso also war sie damit nicht einverstanden? Das konnte Kenan nicht verstehen, aber er tröstete sich damit, dass Karo vielleicht doch noch zu jung wäre um das verstehen zu können. Also beschloss er ihre Reaktion darauf nicht weiter zu beachten.

Sylvia Gruber saß in einem Kaffeehaus und schlürfte an ihrer heißen Wiener Melange, dessen Dampf ihr direkt in die Nase drang, während sie über das Verhör mit Bernhard Schneider nachdachte. Sie fragte sich, ob tatsächlich etwas Wahres an der Geschichte von Bernhard Schneider sein könnte. Doch je mehr sie darüber nachdachte umso absurder kam es ihr vor. Also beschloss sie keine weiteren Gedanken mehr daran zu verschwenden und versuchte ihre Melange zu genießen. Auch der unglückliche Todesfall des kleinen Tobias' hatte sie mitgenommen. Sylvia Gruber liebte ihren Beruf sehr, doch diesen Teil konnte sie gar nicht ausstehen. Sie versuchte zwar jedes Mal vor Fremden, aber auch vor ihren Kollegen sich nichts anmerken zu lassen und stark zu bleiben, aber sie war jedes Mal davon mitgenommen gewesen. Vor Allem über Todesfälle von Kindern. Die waren besonders hart für sie. Während sie über den Tod von Tobias nachdachte, erinnerte sie sich an das Gespräch, dass sie mit Kenan nach ihrem Besuch beim Begräbnis seiner Eltern geführt hatten. Sie erinnerte sich daran, dass Kenan ihr vorgeschlagen hatte, ein bestimmtes Mädchen zu adoptieren. Erneut machte sie sich Gedanken darüber, ob sie auch tatsächlich schon so weit gekommen war, ein Kind zu adoptieren und es groß zu ziehen. So ganz abgeneigt war sie von dem Gedanken am Ende doch nicht gewesen. Sie dachte sich, dass sie bei ihrem nächsten Besuch im Waisenhaus, das Mädchen kennenlernen wollen würde, von der Kenan gesprochen hatte. Zumindest das könnte sie machen. Vielleicht würde ihr die Entscheidung ein Kind zu haben leichter fallen und sie würde endgültig wissen, ob sie bereit dazu wäre Mutter zu werden. Bei diesem Gedanken und überhaupt bei diesem Wort „Mutter" wurde sie schon ganz nervös. Das wäre für sie ein richtig harter Job werden. Ihr Beruf als Ermittlerin bei der Polizei wäre ein Witz dagegen. Sie wünschte sich zwar einerseits ein Kind, aber sie wusste auch, dass sie nicht wirklich bereit dafür war. Aber sie würde zumindest das Kind kennenlernen wollen. Doch, das würde sie mit Sicherheit machen. Also setzte sie ein verkrampftes Lächeln auf, trank ihre Melange zu Ende und verlangte vom Kellner die Rechnung.

Die Kinder im Waisenhaus aßen nun zu Abend und Kenan saß, so wie immer auch, mit Karo Seite an Seite am selben Tisch. Nachdem tragischen Vorfall war der Speisesaal viel ruhiger als sonst. Die Ruhe aber gefiel Kenan, sodass er mit größerem Appetit, im Vergleich zu den anderen Kindern, sein Essen auf aß. Karo hingegen schien keinen großen Appetit zu haben. Sonst war sie es, die hinterher auch immer fast ihren Teller aufgegessen hatte. Doch diesmal war ihr nicht so danach zu essen gewesen und spielte nur damit herum indem sie ihre Gabel hinein stocherte. Als Kenan die Unappetitlichkeit von Karo auffiel, wurde er neugierig und fragte >>*Was ist los? Bist du etwa noch traurig wegen Tobias?*<< Karo antwortete ohne ihn anzusehen und stocherte weiter in ihrem Essen herum, >>*Nein, der ist mir schon egal. Ich vermisse nur Puppi. Sie hatte auch sehr gern gegessen.*<< Nun verstand Kenan die Trauer von Karo und versuchte sie aufzumuntern >>*Ich bin mir sicher, dass es Puppi ziemlich gut geht und sie im Himmel jede Menge gutes Essen bekommt.*<< Jetzt sah Karo Kenan mit großen Augen an und fragte >>*Meinst du wirklich?*<< >>*Klar doch*<< antwortete ihr Kenan und lächelte sie dabei an. Karo fing ebenso zu Lächeln an und sagte >>*Ja, das tut sie be-stimmt. Sie isst das beste Essen, dass man essen kann. Im Himmel ist es immer schön.*<< Kenan sagte darauf >>*So ist es.*<< Nun war Karo wieder erfreut gewesen und begann ihr Essen wie eine Weltmeisterin zu schlemmen. Kenan war nun glücklich darüber Karo wieder so zu sehen und aß ebenso munter weiter.

Nachdem sich beide satt gegessen hatten, beschlossen sie in den Spielraum zu gehen und die restliche Zeit, vor dem Schlafen, dort zu verbringen. Kenan fand es zunächst sehr komisch als nur sie Zwei den Raum betraten. Denn er war sehr ruhig gewesen. Sonst waren auch immer andere Kinder drinnen gewesen, die sehr viel krach gemacht und laut gespielt hatten. Der Raum war jedoch vollkommen leer gewesen. Kenan fand das etwas unheimlich, aber es gefiel ihm. Er mochte die Ruhe. Er fand, dass der Raum, ohne die ganzen Kinder, viel größer zu sein schien. Für einen kurzen Moment, dachte sich Kenan, dass er vielleicht am Ende ganz alleine im Waisenhaus bleiben müsste, wenn alle Kinder, Karo miteinbezogen, adoptiert werden würden. Das einzige Kind in diesem großen Haus zu sein wäre gar nicht mal so schlecht, aber das würde möglicherweise nie passieren, dachte er sich. Er wendete sich von seinen Gedanken wieder ab und sah zu Karo hinüber, die inzwischen, ihren alten Platz an der Spielecke eingenommen hatte. Kenan ging zu ihr und setzte sich neben Karo hin. Er konnte deutlich erkennen, dass es für Karo sehr schwer fiel, an diesem Platz zu sein, weil sie dort sehr viel Zeit mit Puppi verbracht hatte, aber er konnte auch erkennen, dass sie ver-suchte mutig und stark zu sein und ohne Puppi weitermachte. Er wollte sie ablenken und auf andere Gedanken bringen. Daher beschloss Kenan mit Karo zu reden >>*Du Karo!*<< Karo sah ihn an und antwortete >>*Ja?*<< >>*Du hast doch heute die Frau von der Polizei gesehen, richtig?*<< Karo rollte ihre Augen nach oben, runzelte ihre Augenbrauen, strich sich an ihren Haaren, dachte intensiv nach und versuchte sich zu erinnern. Schließlich fiel ihr die Frau, die Kenan erwähnt hatte, wieder ein und sie gab ihm eine Antwort >>*Meinst du deine Freundin von heute Morgen?*<< Kenan setzte ein leichtes Lächeln auf >>*Ja, genau die meine ich.*<< >>*Was ist mit ihr?*<< wollte Karo wissen. Kenan führte seinen Gedanken zu Ende >>*Also, ihr Name ist Sylvia und sie arbeitet, wie du ja bereits weißt, bei der Polizei. Sie untersucht den Todesfall von meinen Eltern. Würde es dir gefallen, wenn sie dich adoptieren würde?*<< Karo sah Kenan mit leicht auf die Seite geneigtem Hals an und sagte >>*Hmm, weiß nicht. Ist sie nett?*<< Ohne zu überlegen gab Kenan ihr eine Antwort >>*Ja, sehr nett sogar.*<< Nun neigte Karo ihren Hals auf die andere Seite und fragte >>*Und was ist mit dir? Kommst du dann auch mit uns?*<< Kenan senkte seinen Kopf für einen kleinen Moment, richtete ihn wieder auf, sah Karo an und antwortete >>*Ich fürchte nicht, nein.*<< Mit immer noch leicht auf die Seite geneigtem Kopf fragte Karo weiter >>*Ich würde dich dann ganz doll vermissen. Nach Puppi einen weiteren Freund zu verlieren, wäre ganz schön doof.*<< Kenan konnte Karo verstehen und versuchte sie dennoch aufzuheitern >>*Ja, ich weiß, aber ihr würdet mich doch hin und wieder besuchen kommen und außerdem könnte sie dir alles kaufen, was du möchtest. Du hättest dann ein neues zu Hause, ganz für dich alleine. Du müsstest mit niemandem um Spielzeuge streiten und hättest ein schönes Leben. Und sie würde dir bestimmt auch eine neue Puppe kaufen, die du so gern haben würdest wie Puppi. Das klingt doch alles super oder nicht?*<< Karo richtete ihren Kopf wieder gerade auf und sie begann über Kenan's Worte nach zu denken. Kenan konnte sehr gut sehen, wie sich Karo's Mundwinkel auseinander zogen und immer breiter wurden bis schließlich ein großes Lächeln in ihrem kleinen Gesicht zu erkennen gewesen war. Karo lächelte bis über beide Ohren und war glücklich gewesen. Ganz unerwartet sprang sie in Kenan's Arme und teilte so ihre Freude mit ihrem besten Freund. Kenan war überrascht gewesen, aber er war glücklich darüber, dass Karo sich darüber gefreut hatte. Noch während sie ihn umarmte und dabei ihr Gesicht in Kenan's Brust versenkte, sagte sie ihm ihre Meinung mit einer sehr dumpf klingender Stimme >>*Das klingt ja wunderbar. Ich freu mich so sehr.*<< Sie ließ wieder von Kenan ab und fragte ihn überglücklich >>*Und? Wann kommt sie mich abholen?*<< Kenan lächelte und klärte sie auf >>*Na ja Karo, so schnell geht das leider nicht. Sie muss erst einmal damit einverstanden sein und dann noch mit Frau Steinecker darüber reden. Und wenn alles ok ist, kannst du dann mit ihr gehen.*<< Karo verzog ihr Gesicht und antwortete mit einer traurigen Stimme >>*Heißt das also, dass sie mich nicht abholen kommt?*<< Mit einem sanftem Lächeln antwortete ihr Kenan >>*Noch nicht, aber das wird sie schon. Ich verspreche es dir.*<< Nach diesen ermunternden Worten konnte Karo wieder leicht Lächeln und sagte >>*Na gut, dann warte ich eben noch ein wenig, was soll's?*<< Karo's Einstellung gefiel Kenan und er hoffte schon bald wieder mit Sylvia Gruber darüber sprechen zu können, aber bis dahin versuchten sie noch ihre gemeinsame Zeit, die sie miteinander hatten, zu genießen. Nun stürmten auch schon die restlichen Kinder in den Spielraum und der Raum, der bis vor wenigen Sekunden noch sehr ruhig gewesen war, erfüllte sich mit tobenden und vor Freude schreienden Kindern. Sie schienen den Tod von Tobias bereits vergessen zu haben.

KAPITEL 6

EIN NEUER LEBENSABSCHNITT

Bernhard Schneider wurde mittlerweile wegen zweifachen Mordes verurteilt und musste für viele Jahre ins Gefängnis. Obwohl die Tatwaffe nicht gefunden werden konnte, konnte er seine Unschuld einfach nicht beweisen. Es sprach zu viel gegen ihn. Noch bis zur letzten Sekunde flehte er den Richter an, den Fall erneut zu untersuchen, doch es war vergebens. Der Richter hatte sein Urteil verkündet und damit war der Fall weg vom Tisch. Das war der Beginn eines neuen Lebensabschnittes für Bernhard Schneider. Ein dunkler Lebensabschnitt. Die leitende Ermittlerin, Sylvia Gruber, befand sich ebenfalls im Gerichtssaal und war glücklich über die Entscheidung des Richters gewesen. Für sie war dieser Fall ebenso abgeschlossen. Sie konnte es kaum erwarten, die gute Nachricht dem kleinen Kenan zu überbringen. Sofort, nach Ende der Verhandlung, verließ sie das Gerichtsgebäude, stieg in ihr Auto ein und fuhr direkt zum Waisenhaus.
Auf dem Weg dorthin, dachte sie bereits über neue mögliche Fälle nach, die sie sich annehmen könnte. Als sie bei einer Tankstelle vorbei fuhr, hielt sie an, um Kenan ein kleines Geschenk mitzunehmen. Sie dachte, dass es passend wäre, einem Kind ein Geschenk zu machen, während sie ihm die gute Nachricht überbringen würde. Also ging sie in die Tankstelle hinein und sah sich um. Sie dachte zuerst an Süßigkeiten, doch wendete sich wieder vom Gedanken ab, da sie dachte, dass die Kinder im Waisenhaus, mit genug Süßigkeiten versorgt werden würden. Sylvia Gruber entschied sich weiter zu suchen. Nach nur wenigen Minuten fand sie auch schon das idealste Geschenk für einen Jungen wie Kenan. Es war eine gesteigerte

Form von dem Zauberwürfel, genannt Rubik's Cube. Nur das
dieser hier kein Würfel, sondern eher wie ein eckiger Ball
gewesen war. Es war ein sogenannter Zwölfflächner von der
Marke CUBIKON und war rundlich verbaut gewesen. Ein
„Speed Megaminx Ultimate" und Sylvia Gruber dachte sich,
dass Kenan es diesmal bestimmt nicht schaffen würde, diesen
Zauberwürfel, so schnell zu lösen wie den ersten. Mit einem
Lächeln schnappte sie sich den kniffeligen Zauberwürfel und
bezahlte ihn an der Kassa um sich hinterher wieder auf den
Weg zum Waisenhaus zu machen.

Am Waisenhaus angekommen, stieg sie aus ihrem Auto aus
und ging in das große weiße Gebäude hinein. In der Hand das
Geschenk haltend, suchte sie nach Kenan. Sie ging direkt zu
dem Spielraum, in dem sich die Kinder sonst aufhielten, doch
der Raum war leer gewesen. Auch am Spielplatz war niemand
gewesen. Sylvia Gruber dachte sich, dass sie vielleicht auf
einem Ausflug wären, aber dann würden sie das Tor nicht
aufgesperrt lassen. Also suchte sie weiter und fand alle Kinder
und die Betreuerin Andre Weber im Speisesaal. Sylvia Gruber
war erleichtert gewesen, als sie sie endlich gefunden hatte und
stieß einen leichten Seufzer aus. Andrea Weber wurde auf sie
aufmerksam und ging zu ihr um sie zu begrüßen >>*Guten Tag
Frau Gruber! Sie kommen gerade rechtzeitig zum Mittag-
essen.*<< Sylvia Gruber grüßte zurück >>*Guten Tag Frau
Weber! Danke, aber ich habe keinen Hunger. Ich wollte nur
Kenan besuchen um ihm eine erfreuliche Nachricht zu überbringen.*<< Andrea Weber wurde neugierig >>*Ach, das ist ja
toll! Was ist denn das für eine gute Nachricht? Geht es vielleicht um den Mörder seiner Eltern?*<< Sylvia Gruber fühlte
sich von Andrea Weber bedrängt, machte einen kleinen Schritt
auf die Seite und antwortete ihr schließlich >>*Ja, genau. Er

wurde vom Richter für Schuldig gesprochen und darf den Rest seines Lebens hinter Gittern verbringen.<< Andrea Weber war ganz erfreut über diese Nachricht gewesen und stieß dabei einen kleinen Schrei der Freude aus und hielt sich sofort mit beiden Händen den Mund zu. Sylvia Gruber sah sie leicht lächelnd an, während alle anderen Kinder im Speisesaal die beiden anstarrten. So konnte auch Kenan Sylvia Gruber sehen, die neben Andrea Weber stand, die sich immer noch den Mund zuhielt. Sylvia Gruber winkte Kenan zu. Kenan stand auf und ging zu ihr. Karo sah ihm, mit vollem Mund, hinterher. >>*Guten Tag Sylvia!*<< begrüßte sie Kenan >>*Hallo lieber Kenan!*<< entgegnete ihm Sylvia Gruber und wendete sich anschließend Andrea Weber zu >>*Dürfte ich vielleicht unter vier Augen mit ihm sprechen?*<< Andrea Weber war immer noch erfreut über die Nachricht gewesen und antwortete, vor Freude mit den Armen und Händen fuchtelnd >>*Ja, ja, sicher doch. Bitte! Nur zu. Ich gehe wieder weiter essen.*<< Sylvia Gruber bedankte sich bei Andrea Weber während sie zurück an ihr Tisch ging und weiter aß. Auch die restlichen Kinder aßen wieder weiter und Karo tat dies ebenso. Sylvia Gruber hockte sich zu Kenan hinunter und übergab ihm sein Geschenk. >>*Hier! Der ist für dich.*<< Kenan nahm es an sich und sah sich sein neues Spielzeug an. >>*Und? Gefällt's dir? Das ist ein viel schwieriger Zauberwürfel als der den du gelöst hast. Ich wette, den schaffst du nicht so leicht.*<< sagte sie zu ihm, während sie dabei lächelte. Kenan zeigte keine besondere Freude, aber bedankte sich höflich >>*Danke sehr! Das ist nett von dir.*<< Sylvia Gruber antwortete >>*Gern geschehen! Ich sah ihn und dachte, dass er das perfekte Geschenk für dich wäre.*<< Kenan sah sie leicht lächelnd an, während Sylvia Gruber ihm die gute Nachricht übermittelte >>*Deswegen bin ich aber nicht hier. Es gibt einen besonderen Grund dafür.*<<

Kenan hörte ihr aufmerksam zu. *>>Der Mörder deiner Eltern, Bernhard Schneider, wurde heute für Schuldig gesprochen und wandert für eine sehr lange Zeit ins Gefängnis. Ich dachte, ich muss dir diese tolle Nachricht, sofort erzählen. Und? Bist du erfreut darüber?<<* Kenan war tatsächlich erfreut darüber gewesen, dass sein Plan funktioniert hatte und, dass die Ermittlungen nun abgeschlossen waren, aber diese Freude zeigte er Sylvia Gruber nicht. Er beschloss ihr eine falsche Freude vorzuspielen. So machte er ganz große Augen, setzte ein großes Lächeln auf, sodass Sylvia Gruber seine Zähne sehr gut sehen konnte und umarmte sie schließlich. Sylvia Gruber freute sich über diese Geste und umarmte Kenan ebenso. *>>Ich danke dir für deine Hilfe!<<* sagte er zu Sylvia Gruber. *>>Das habe ich doch gern getan. Ich hatte es dir doch versprochen.<<* gab ihm Sylvia Gruber zurück. Sie ließen voneinander ab. Nach kurzem Überlegen, sagte ihr Kenan *>>Kannst du dich noch an das Mädchen erinnern, von der ich dir im Auto, nach dem Begräbnis meiner Eltern, erzählt hatte?<<* Sylvia Gruber antwortete schnell *>>Ja, kann ich. Was ist mit ihr?<<* Kenan zeigte mit seinem Finger auf den Platz, an dem Karo saß und eifrig ihr Essen auf aß und sagte, *>>Ihr Name ist Karo und sie sitzt dort drüben.<<* Sylvia Gruber sah zu Karo hinüber und sagte mit besorgter Stimme *>>Na die kann aber schnell essen. Nicht das sie erstickt oder so.<<* Kenan beruhigte sie *>>Nein, keine Sorge! Das ist so ihre Art. Sie isst nun mal so.<<* Sylvia Gruber war ein wenig erleichtert gewesen. Kenan redete weiter *>>Hast du dir schon überlegt, ob du sie adoptieren wollen würdest?<<* Sylvia Gruber sah ihn nachdenklich an und wurde leicht nervös dabei. Sie rieb ihre Hände einander und biss sich auf die Lippen bevor sie ihm antworten konnte *>>Na ja, eigentlich habe ich das schon, aber ich bin immer noch nicht bereit für so etwas denke*

ich. Ich meine das wäre ein vollkommen neuer Lebensabschnitt für mich. *Keine Ahnung, ob ich das schaffen
würde.*<< Kenan konnte Sylvia Gruber mit nur einem einzigen
Satz beruhigen und ihr die Nervosität nehmen >>*Das wirst du
auch niemals wissen, wenn du es nicht versuchst.*<< Plötzlich
verschwand Sylvia Gruber's Nervosität und sie dachte über das
nach was ihr kleiner Freund geraten hatte. Sie fand, dass etwas
wahres dran gewesen war und sagte zu Kenan >>*Du hast
Recht! Das werde ich nie herausfinden, wenn ich es vorher
nicht ausprobiere, wenn ich ständig davor weg laufe. Ich sollte
mich dem Stellen und es versuchen, aber ich brauche dennoch
etwas Zeit um darüber nachzudenken. Meinst du, du kannst das
verstehen?*<< Kenan lächelte sie an und nickte dabei mit dem
Kopf. Sylvia Gruber hielt sich mit einer Hand ihre Stirn und
sagte >>*Natürlich kannst du das. Du bist ja auch ein kleiner
Genie.*<< Danach lachte sie ein wenig. Währenddessen rief
Kenan Karo zu sich. Sylvia Gruber verging das Lachen schnell
und wusste nicht, was Kenan jetzt vor hatte. Also fragte sie ihn
neugierig >>*Du Kenan! Was wird das?*" „Ganz ruhig, ich
möchte nur, dass ihr Zwei euch kennenlernt.<< Sylvia Gruber
wusste nicht, was sie darauf antworten sollte und blieb einfach
nervös und schweigsam stehen. Sie beobachtete wie sich die
kleine Karo munter und mit nach links und rechts wackelndem
Kopf zu ihnen näherte. >>*Was gibt's denn Kenan?*<< wollte
Karo wissen. Noch bevor Kenan antworten konnte, erkannte
Karo die Frau, die vor ihr stand. >>*Hey, ist das nicht deine
Polizistenfreundin?*<< Kenan lächelte und sagte >>*Ja, das ist
sie. Und ich wollte, dass du sie auch kennenlernst und dich mit
ihr anfreundest.*<< Karo freute sich darüber sehr und sagte
jubelnd >>*Yeah, toll! Jetzt habe ich auch eine Polizistenfreundin. Danke Kenan!*<< Kenan lächelte weiter und stellte
seine zwei Freundinnen miteinander vor >>*Also Karo, das ist*

106

Sylvia und Sylvia das ist Karo.<< Sylvia Gruber hob ihre
rechte Hand zur Begrüßung auf und sagte dabei >>*Hallo Karo!*
Freut mich dich kennenzulernen.<< Karo umarmte Sylvia
Gruber vollkommen unerwartet und sagte dabei mit glücklicher
Stimme >>*Hallo Sylvia meine neue Freundin!*<< Die Umarmung hatte Sylvia Gruber überrascht, da sie damit nicht
gerechnet hatte. Doch sie fand, dass Karo ein sehr lustiges und
verspieltes Mädchen sei. Sylvia Gruber fand sie sehr sympathisch und diese Gedanken machten ihr die Entscheidung
etwas leichter, Karo doch noch am Ende zu adoptieren, aber sie
würde dennoch ein wenig darüber nachdenken und vorher
etwas Zeit mit Karo verbringen.
Karo hörte auf Sylvia Gruber zu umarmen und sah mit einem
großen Lächeln im Gesicht zu ihr auf. Sylvia Gruber war so
etwas nicht gewohnt gewesen, daher erschien ihr das ein wenig
beängstigend, aber sie versuchte ebenso leicht zurück zu
lächeln. Karo fing sofort an Sylvia Gruber viele Fragen zu
stellen >>*Hast du ein Polizeiauto? Darf ich da mal mit fahren?*
Sind da auch diese leuchtenden Lampen drauf? Machen sie
auch diese lauten Geräusche, wenn sie leuchten?<< Sylvia
Gruber sah mit erstaunten Blicken zu Kenan hinüber und sagte,
>>*Wow sie ist ja wirklich sehr hyperaktiv.*<< Und sie lachte
dabei. Sylvia Gruber antwortete lächelnd zu Karo >>*So ein*
Auto habe ich leider nicht mehr, aber ich könnte sehr leicht
eines besorgen und dich damit herum fahren.<< Die Antwort
machte Karo sehr glücklich und sie sprang jubelnd auf und ab,
>>*Ja, das wäre ganz toll.*<< Sylvia Gruber fing auch plötzlich
an herzhaft zu lachen, als sie sah wie glücklich Karo dabei
wurde. Sie fing schon an Karo langsam in ihr Herz zu
schließen. Sylvia Gruber hockte sich zu Karo hinunter und
sagte >>*Was haltest du davon schon morgen in so einem Auto*
mitzufahren?<< Nun sprang Karo ihr an den Hals und um-

klammerte ihn fest mit ihren Armen, sodass Sylvia Gruber kaum Luft bekam >>*Ja, das wäre voll super.*<< Sylvia Gruber schaffte es sich von Karo zu befreien und musste dabei feststellen, dass sie ganz schön kräftig zupacken konnte für so ein kleines Mädchen. >>*Schön, dass es dich so sehr freut.*<< sagte ihr Sylvia Gruber lachend und leicht keuchend. Karo fragte Sylvia Gruber, ob auch Kenan mitfahren durfte >>*Darf Kenan auch mit uns mitfahren?*<< Sylvia Gruber sah zu Kenan hinüber und sagte >>*Aber natürlich darf er mit uns mitfahren, keine Frage.*<< Sie lächelte Karo dabei an, die sich umso mehr freute und dann plötzlich traurig auf den Boden starrte. Als Sylvia Gruber die kleine Karo in diesem Zustand sah, wusste sie nicht, was passiert war und fragte Karo >>*Was ist denn los Mäuschen? Wieso bist du plötzlich so traurig?*<< Karo antwortete immer noch auf den Boden starrend >>*Ich wünschte Puppi könnte auch mit uns mitkommen. Es würde ihr sehr gefallen.*<< Sylvia Gruber wusste nicht, wovon Karo sprach und sah mit fragenden Blicken zu Kenan, der sie aufklärte >>*Puppi hieß ihre Puppe, die sie vor Kurzem verloren hat. Ich hatte sie dir mal kurz erwähnt.*<< Das machte Sylvia Gruber auch etwas traurig >>*O je, du Arme!*<< und streichelte dabei Karo's Schulter. Danach versuchte sie Karo zu trösten >>*Hey, hör zu! Morgen werden wir Drei einen sehr schönen Tag miteinander verbringen und dabei sehr viel Eis essen. Magst du denn überhaupt Eis?*<< Karo hob sofort ihren Kopf hoch und gab lächelnd eine Antwort >>*Ich liebe Eis.*<< Diese Antwort gefiel Sylvia Gruber sehr und sie lächelte auch wieder. Sylvia Gruber stand auf und sagte folgendes zu Kenan und Karo, >>*Also, ich werde jetzt dann gehen, aber ich komme morgen wieder und dann machen wir uns einen schönen Tag, einverstanden?*<< Beide Kinder antworteten mit einem >>Ja.<< Sylvia Gruber sagte anschließend >>*Sehr gut. Ich werde noch* *vorher mit eurer Betreuerin, der Frau Weber, sprechen und sie um Erlaubnis bitten. Ihr solltet jetzt weiter essen gehen.<<* Sie lächelte Kenan und Karo an. Die Kinder stimmten ihr kopfnickend zu, gingen wieder zurück an ihre Plätze und aßen weiter. Sylvia Gruber stand ein wenig nachdenklich da, blickte in den gesamten Speisesaal hinein und beobachtete all die Waisenkinder. Bei dem Anblick musste sie ganz leicht Schmunzeln. Wie gern würde sie all diesen Kindern Helfen ein zu Hause, eine Familie zu geben. Es brach ihr das Herz. Dann wendete sie ihre Blicke der Karo zu, die eifrig vor sich hin aß und dachte, dass sie zumindest ihr ein zu Hause schenken sollte. Dies könnte sie tun, doch zuerst müsste sie sich allgemein darauf einstellen. Denn im Moment wäre das nicht möglich. Es wäre noch etwas zu früh für eine Adoptivtochter. Das wäre ein vollkommen neues Leben, eine vollkommen andere Verpflichtung. Das wäre ein neuer Lebensabschnitt. Nicht nur für sie selbst, sondern auch für die kleine Karo. Doch über diese Sache würde sie zu Hause noch lange genug darüber nachdenken. Jetzt wollte sie Andrea Weber über den kleinen Ausflug für den nächsten Tag ansprechen, bevor sie sich verabschieden würde. So ging sie zu Andrea Weber zum Tisch und fragte um Erlaubnis *>>Verzeihen Sie mir bitte Frau Weber!<<* Andrea Weber tauchte ihren Löffel in die Suppenschale hinein und blickte zu Sylvia Gruber hinauf *>>Frau Gruber, hallo nochmals!<< >>Ja, hallo! Tut mir Leid, dass ich Sie beim Essen stören muss, aber ich würde Sie gerne etwas fragen.<< >>Ach, Sie stören mich ganz und gar nicht. Bitte! Wie kann ich Ihnen behilflich sein?<<* wollte Andrea Weber wissen. Sylvia Gruber äußerte Andrea Weber gegenüber ihr Anliegen *>>Nun ja, ich würde gerne mit Ihrer Erlaubnis Kenan und Karo morgen für einen kleinen Ausflug entführen und wollte Sie diesbezüglich um Erlaubnis bitten. Wäre das in*

Ordnung?<< Andrea Weber freute sich über diese tolle Idee und ihre Freude konnte Sylvia Gruber deutlich in ihrer Antwort hören *>>Ach, das ist ja eine hervorragende Idee. Aber selbstverständlich dürfen sie die beiden Goldstücke für einen Ausflug mitnehmen. Das geht vollkommen in Ordnung. Ich werde gleich nach dem Essen auch der Frau Steinecker Bescheid geben, sodass sie das vermerken kann.<<* Sylvia Gruber war froh darüber, dass Andrea Weber damit einverstanden gewesen war und bedankte sich daraufhin sehr freundlich bei ihr *>>Wunderbar! Ich danke Ihnen dafür. Das wird die Kinder sehr glücklich machen.<<* Andrea Weber hielt die Hand von Sylvia Gruber und sagte *>>Ich danke Ihnen Frau Gruber!<<* Sylvia Gruber wurde dabei leicht verlegen und nickte lächelnd mit ihrem Kopf. *>>Na gut, dann werde ich Sie nicht weiter beim Essen stören und verabschiede mich mal.<<* Andrea Weber stand auf und sagte *>>Ach, Sie stören doch nicht. Ich war schon fertig.<<* Sylvia Gruber reichte Andrea Weber die Hand und verabschiedete sich von ihr *>>Na wenn das so ist. Ich wünsche Ihnen noch einen angenehmen Tag und bis morgen dann!<<* Andrea Weber schüttelte ihre Hand und verabschiedete sich ebenfalls lächelnd *>>Ja danke! Habe mich über Ihren Besuch gefreut. Auch Ihnen einen angenehmen Tag und bis morgen!<<* Die beiden Damen ließen voneinander ab und winkten sich noch ein letztes Mal zu, bevor Sylvia Gruber den Speisesaal verlassen hatte. Andrea Weber setzte sich wieder hin und schlürfte noch die wenigen Tropfen Suppe aus ihrer Schüssel.

Zu Hause angekommen, machte sich Sylvia Gruber direkt auf den Weg ins Badezimmer und bereitete sich auf eine Dusche vor. Sie legte ihre Bekleidung von ihrem Körper ab und stieg in die Duschkabine hinein. Während sie duschte, überlegte sie sich schon mal, wohin sie am Besten mit den Kindern fahren sollte. Dabei fiel ihr ein, dass sie noch einen Streifenwagen reservieren musste. Das würde sie sofort nach der Dusche als Erstes vornehmen. Sie dachte, sie fährt mit den Kindern zuerst zum Tiergarten Schönbrunn und hinterher zum Wiener Prater und anschließend würden sie gemütlich essen gehen. Das klang nach einem guten Plan. Damit war sie einverstanden. Sie beendete ihre Dusche, stieg hinaus und trocknete sich ab. Nachdem sie sich die Haare geföhnt und sich angezogen hatte, ging sie ins Wohnzimmer, griff nach ihrem Telefon und rief im Polizeirevier an um einen Streifenwagen zu reservieren >>*Ja hallo! Hier ist Inspektorin Gruber. Bitte reservieren Sie einen Streifenwagen für morgen.*<< Ihr Gesprächspartner am Telefon notierte die Reservierung und Sylvia Gruber legte dankend auf. Danach warf sie sich auf ihr gemütliches Sofa und ruhte sich ein wenig aus. Sie strich sich mit beiden Händen seufzend durch ihre Haare und kam zu dem Entschluss, dass sie auch gerne etwas essen würde. Also ging sie in die Küche und begann zu kochen. Während sie kochte, dachte sie wieder über Karo nach. Wo sollte sie schlafen? Welches Zimmer sollte sie für sie umräumen? Sie lebte ohnehin schon in einer kleinen Wohnung. Besonders groß war ihre Wohnung nicht. Sie bestand aus einem kleinen Wohnzimmer, eine enge Küche, ein kleines Arbeitszimmer und ein Schlafzimmer. Das Klo befand sich im Badezimmer, direkt neben der engen Duschkabine. Die einzige vernünftige Lösung wäre für sie, ihr Arbeitszimmer aufzulösen und es für Karo zu einem Kinderzimmer zu gestalten. Ein Arbeitszimmer war für sie nicht so wichtig gewesen, da sie sowieso ein Büro am Arbeitsplatz hatte. Manchmal nahm sie ihre Arbeit mit nach Hause, doch das kam sehr selten vor. Also wäre dieses Zimmer ideal für Karo geeignet gewesen. Das erleichterte sie nun ein wenig, weswegen sie mit mehr Begeisterung kochte. Sie spielte dabei noch etwas Musik und passte ihre Bewegungen dazu an.

Es war bereits Abend geworden und somit Zeit zum Schlafen gehen. Die Kinder im Waisenhaus hatten sich teilweise schon für das Bett fertig gemacht. Einige lagen bereits in ihren Betten und andere putzten sich noch die Zähne oder zogen sich ihre Pyjamas an. Kenan und Karo lagen bereits in ihren Betten nebeneinander und starrten an die Decke über ihnen. >>*Ich vermisse das Steinewerfen in den Teich*<< sagte Karo zu Kenan. Kenan sagte nichts und hörte weiter Karo zu. >>*Wann dürfen wir wieder hinaus glaubst du?*<< wollte sie von Kenan wissen. Ohne lange zu überlegen antwortete er ihr >>*Ich weiß es nicht. Ich schätze nach ein paar Tagen. Lange kann es nicht mehr dauern.*<< Karo stieß einen leichten Seufzer aus >>*Ich hoffe du hast Recht. Ich würde gerne wieder draußen spielen.*<< Kenan konnte sie trösten >>*Das kannst du auch. Und zwar gleich morgen. Sylvia wird uns mit dem Streifenwagen abholen und den Tag mit uns verbringen, schon vergessen?*<< Karo's Augen leuchteten plötzlich vor Freude, drehte ihren Kopf zu Kenan um und sagte >>*Ja, stimmt. Ich finde deine Freundin total cool.*<< Kenan drehte auch seinen Kopf zu Karo um, lächelte und sagte >>*Sie ist auch deine Freundin.*<< Karo lächelte immer noch vor Freude und sagte, >>*Yeah, ich habe eine Polizistenfreundin. Wie cool ist das denn?*<< Kenan sagte >>*Sehr cool.*<< Er lächelte leicht und blickte wieder auf die Decke hinauf. Karo lächelte bis über beide Ohren und starrte dabei auch zu der Decke hinauf. Nach einem kurzen Moment des Schweigens, begann Karo zu gähnen und riss ihren Mund dabei ganz weit auf und versuchte zugleich zu reden. Doch ihr Gemurmel war kaum zu verstehen >>*Äch wüwschi däe eie goade nach!*<< Aber Kenan konnte sie sehr deutlich verstehen und wünschte ihr ebenfalls eine Gute

Nacht >>*Ich wünsche dir auch eine Gute Nacht Karo!*<<
Kaum hatte er seinen Satz beendet, schon begann Karo zu
schnarchen an. Kenan schmunzelte ein wenig und schloss
anschließend auch seine Augen.

Am nächsten Morgen war Karo bereits vor Kenan auf
gestanden. Sie hüpfte voller Freude und Energie aus dem Bett
und begann sofort Kenan aufzuwecken. Sie riss ihm die Decke
hinunter und rüttelte ihn mit all ihrer Kraft >>*Kenan, Kenan!*
Los, wach auf! Es ist soweit. Heute dürfen wir im Polizeiauto
mitfahren.<< Kenan's Augen öffneten sich ganz weit auf und
er sprang ebenfalls, doch panisch, aus dem Bett >>*Was ist los?*
Was ist passiert Karo?<< Mit leuchtend großen, aber auch mit
verkrümelten, Augen sah sie Kenan's verwirrtes Gesicht an und
wiederholte sich >>*Es ist soweit. Heute dürfen wir im Polizei-*
auto mitfahren.<< Nun war Kenan bewusst geworden, was
Karo so sehr aufgeregt hatte. Er kratzte sich am Kopf und sagte
>>*Ja, das weiß ich Karo.*<< Daraufhin sagte Karo >>*Los,*
machen wir uns fertig! Sie könnte jeden Augenblick
kommen.<< Kenan sah auf die Wanduhr, die sich über der Tür
befand und sagte >>*Karo, es ist erst sieben Uhr in der Früh.*
So früh wird sie nicht kommen.<< Karo hörte zu lächeln auf
>>*Wann wird sie denn kommen?*<< Kenan hob seine Decke
vom Boden auf, legte sich wieder zurück ins Bett und sagte
>>*Das weiß ich nicht, aber sie kommt bestimmt noch früh*
genug. Mach dir keine Sorgen! Na los, leg dich wieder etwas
hin!<< Karo legte sich auch wieder zurück in ihr Bett und
starrte wieder auf die Decke hinauf.
So vergingen die restlichen Sechzig Minuten und es wurde Zeit
für das Frühstück. Karo hüpfte erneut aus ihrem Bett hinaus
und weckte wieder Kenan auf. Doch diesmal flüsterte sie ihm
zu >>*Hey Kenan!*<< Kenan murmelte >>*Was ist jetzt schon*

wieder?<< Karo flüsterte weiter *>>Die Uhr hat sich verändert. Kommt sie jetzt?<<* Kenan drehte sich zu ihr um und
sah anschließend zu der Uhr und sagte *>>Es ist acht Uhr. Das
heißt, es ist Zeit für's Frühstück. Ich denke, sie kommt gleich
nach dem Frühstück.<<* Karo lächelte ein wenig und sagte mit
normaler Lautstärke *>>Oh gut, ich hatte eh schon hunger.
Komm, lass uns frühstücken gehen!<<* So ging sie schon mal
vor und Kenan sah ihr lächelnd hinterher.

Alle Kinder waren bereits aufgestanden und frühstückten im
Speisesaal. Karo aß schneller als sonst. Als Kenan das merkte,
begann er sie zu fragen *>>Du isst schneller als sonst.
Wieso?<<* Mit vollem und verschmiertem Mund gab sie
Kenan eine fast unverständliche Antwort und spuckte dabei ein
wenig *>>Wäwn ich so schnöll össö dann kawn ich umso
schnöllör mitfahwn.<<* Kenan lachte ein wenig, schüttelte sein
Kopf hin und her und sagte *>>Wir können sowieso nur dann
erst mitfahren, wenn sie uns abholen kommt. Vorher nicht. Du
kannst also in aller Ruhe essen. Du musst dich nicht
beeilen.<<* Karo gab ihm eine schnelle Antwort *>>Ich göwhe
ouf eine nommer sicha.<<* Und sie aß weiterhin wie eine
Weltmeisterin, die ihren Titel beim Wettessen nicht verlieren
wollte. Kenan konnte nur mit seinem Kopf schütteln und
versuchte in aller Ruhe weiter zu frühstücken.
Nachdem sie fertig waren und ihr Geschirr abgeräumt hatten,
gingen sie in den Spielraum und versuchten ihre Zeit bei
Spielen zu vertreiben. Karo konnte es nicht mehr erwarten
endlich mit dem Polizeiauto zu fahren. Sie war die ganze Zeit
über sehr aufgeregt gewesen. Kenan tat nichts anderes als sie
dabei zu beobachten, wie sie ständig auf ihre Oberschenkel
klopfte und mit ihrem Kopf hin und her wackelte, als hätte sie
einen sechsfachen Espresso getrunken. Und genau in diesem

Moment kam Andrea Weber in Begleitung mit Sylvia Gruber, die ein kleines Sackerl in ihrer Hand hatte, in den Raum hinein und rief Kenan und Karo zu sich. Als Karo Sylvia Gruber sah, sprang sie jubelnd auf und lief mit großer Freude zu ihr. Sie klammerte sich sofort um die Beine von Sylvia Gruber und sagte >>*Endlich bist du da!*<< Sylvia Gruber hatte so viel Freude nicht erwartet und sagte lächelnd >>*Wow, hallo! Hast du mich so sehr vermisst oder freust du dich etwa über den Polizeiwagen?*<< Karo, immer noch die Beine fest um-klammernd, gab ihr eine Antwort >>*Über euch Beide.*<< Sylvia Gruber befreite sich von der netten und über-raschenderweise festen Umarmung von Karo, beugte sich zu ihr hinunter und sagte >>*Dann wirst du dich über das hier bestimmt noch mehr freuen.*<< Sie griff in das Sackerl hinein, holte eine Puppe heraus und übergab sie Karo. >>*Hier, die habe ich für dich gebracht.*<< Karo schnappte sich sofort die Puppe und war überglücklich gewesen. >>*Wow, eine neue Puppe. Ich danke dir! Die ist sehr hübsch.*<< Sie hörte vor Freude nicht mehr zu springen auf. Andrea Weber freute sich ebenfalls darüber. >>*Hey Kenan! Sieh mal! Ich habe eine neue Puppe bekommen.*<< Kenan freute sich für Karo und sagte >>*Ja, das ist schön.*<< >>*Ich denke, ich werde sie Puppi die Zweite nennen.*<< Kenan und Sylvia Gruber sahen sich mit verwirrter Mine an. Dann schlug Sylvia Gruber Karo einen anderen Namen vor >>*Hör mal Karo! Wie wäre es, wenn du sie, anstatt Puppi die Zweite, anders nennen würdest? Wie zum Beispiel, ähm lass mich nachdenken, ja, Molly.*<< Karo runzelte ihre Stirn und dachte über den Namen nach. Dann sagte sie voller Freude >>*Ja, Molly. Das ist ein schöner Name.*<< Danach sah sie sich die Puppe an und sprach zu ihr >>*Von heute an ist dein Name Molly.*<< Andrea Weber, Sylvia Gruber und auch Kenan lachten alle gemeinsam.

>>*Also dann, lasst uns gehen!*<< sagte Sylvia Gruber und deutete mit einer Handbewegung zu der Tür hin. Kenan und Karo verließen den Spielraum und gingen zum Haustor hin. Sylvia Gruber bedankte sich bei Andrea Weber und verließ ebenfalls den Raum.

Als Karo den Streifenwagen draußen stehen sah, freute sie sich umso mehr. Sie machte eine ganze Runde um den Wagen herum und bestaunte ihn. >>*Und gefällt dir der Wagen?*<< wollte Sylvia Gruber wissen. >>*Ja, und wie. Der ist echt toll! Sieh mal Molly! Ein richtiges Polizeiauto.*<< Sylvia Gruber lachte und sagte >>*Na dann! Setzt euch hinein!*<< Kenan und Karo saßen auf der Rückbank und Molly saß zwischen den Beiden. Sylvia Gruber stieg ebenfalls ein und startete den Motor. Noch bevor sie losfahren konnten, bat Karo Sylvia Gruber um eine Sache >>*Können wir bitte auch mit den Sirenen fahren?*<< Sylvia Gruber drehte ihren Kopf nach hinten zu Karo um und antwortete lächelnd >>*Aber klar können wir das.*<< Karo hob ihre beiden Arme jubelnd in Höhe und stieß ein „*Hurra*" aus. Sylvia Gruber schaltete das Blaulicht und die Sirenen ein und fuhr mit den Beiden davon.

Sie verbrachten einen wunderschönen Tag gemeinsam. Zuerst waren sie im Tiergarten Schönbrunn und haben sich stundenlang die verschiedensten Tiere von ganz Nahe beobachtet. Karo war überwältigt gewesen. Es war ihr erster Besuch im Tiergarten Schönbrunn. Sie war fasziniert über all die Tiere, die sie dort sehen konnte. Das war für sie fast wie ein magischer Moment gewesen. Es gab so viele Tiere zu bestaunen. Die meisten Tiere kannte sie noch gar nicht. Sie war fröhlich, verblüfft und verzaubert zugleich gewesen. Sylvia Gruber und Kenan konnten klar und deutlich ihre Freude darüber sehen und auch wie sehr diesen Ausflug genossen hatte. Sie hatte die ganze Zeit über, mit ihrer neuen Freundin Molly, über die Tiere geredet. Und der Eis am Ende war die Krönung gewesen. Sie hatte eine große Eistüte mit vier verschiedenen Eissorten drauf. Es waren ihre Lieblingssorten. Erdbeere, Himbeere, Vanille und Schokolade. Sylvia Gruber fand die Eistüte für ein sechsjähriges Mädchen wie sie zwar etwas zu viel, aber diesen Spaß wollte sie ihr gönnen. Denn es sollte der Tag von Kenan und Karo werden, doch es wurde viel mehr ein großer Tag für Karo. Nachdem sie das Eis aufgegessen hatten, fuhren sie im Streifenwagen weiter zum Wiener Prater. Auch dort war Karo zum ersten Mal gewesen. Als sie das Riesenrad zum ersten Mal in echt gesehen hatte, konnte sie nicht glauben, wie groß es wirklich gewesen war. Sonst kannte sie es nur aus dem Fernsehen oder aus Büchern. Und jetzt stand sie direkt davor und bewunderte eines der bekanntesten Wahrzeichen Österreichs. Es dauerte nicht lange und sie stiegen ein und fuhren eine Runde damit. Drinnen war es sogar noch schöner, fand Karo und hielt Molly an das Fenster, damit sie auch hinaus sehen konnte. Von ganz Oben, sah alles so klein aus. Das gefiel ihr sehr gut. Sie fand, dass es Molly ebenso gut gefallen hatte. Nachdem Riesenrad fuhren sie mit den verschiedensten Attraktionen. Sie fuhren mit dem Autodrom für Kinder. Kenan erwies als ein richtiger Gentleman, als er Karo anbot zu fahren. Karo sprang mit Molly vor Freude in die Luft und sie setzte sich an das Lenkrad. Kenan setzte sich dazu und hielt Molly in die Höhe, während Karo ganz frech und wild in die Fahrzeuge von anderen Kindern hineinfuhr und dabei jedes Mal Siegesschreie von sich gab, als wäre sie gerade mitten im Gefecht. Sylvia Gruber feuerte sie von außen an und jubelte dabei. Es war ein totaler Spaß für sie gewesen. Danach ging es zur Wilden Maus, zum Kinder Karussell, zum Kinderparadies, in die Luftburg, zur Riesenrutsche, und, und, und. Sie ließen nichts aus. Bis zum frühen Abend waren sie dort und hatten jede Menge Spaß. Sie aßen auch Zuckerwatte, Langos, Mais, Mini Donuts und tranken jede Menge Limonade. Es war ein zauberhafter Tag für Karo gewesen. Sie war überglücklich. Kenan hatte zwar auch seinen Spaß, aber er hielt seine Freude in Grenzen. Ihm war es wichtig, dass Karo sich voll und ganz austoben konnte. Und das konnte sie auch. Sylvia Gruber hatte auch jede Menge Spaß dabei. So einen wundervollen Tag hatte sie zuletzt vor vielen, vielen Jahren. Als sie zusammen mit den Kindern ihren Spaß hatte, kam bei ihr die kindische Seite zum Vorschein. Sie lachte, sie bekleckerte sich beim Essen und war die ganze Zeit über glücklich denn je. Auch für sie war das ein toller Ausflug gewesen. Auch sie genoss die Zeit mit den Kindern. Vor Allem mit Karo. Denn seit dem Beginn des Ausfluges, kamen sie sich viel näher. Karo hielt ständig ihre Hand und saß sich bei den verschiedensten Fahrten neben sie. Sylvia Gruber wischte jedes Mal Karo's Mund ab, nachdem sie sich bekleckert hatte. Und bei jedem Mal merkte sie, dass sie dabei richtige mütterliche Gefühle entwickelte. Anfangs war sie etwas vorsichtiger, aber je mehr sie Zeit mit Karo verbracht hatte, umso mehr gewöhnte sie sich daran und es fing ihr richtig Spaß zu machen. Auch Kenan konnte das sehr gut mit beobachten und war glücklich darüber, dass es zwischen den Beiden so gut funktioniert hatte. Mittlerweile wurde es bereits spät und es war Zeit für das Abendessen. Sylvia Gruber hatte versprochen, die Kinder rechtzeitig zum Abendessen zurück zu bringen. Somit mussten sie, vorerst, diesem tollen Tag ein Ende bereiten und wieder zurück in das Waisenhaus fahren. Karo wollte natürlich nicht, dass der Tag endete, aber Sylvia Gruber konnte sie beruhigen, indem sie ihr versprochen hatte, in Kürze, wieder einen gemeinsamen Ausflug zu unternehmen. Sie kaufte Karo noch

118

ein Luftballon mit dem Kopf von Winnie The Pooh und tröstete sie damit.

Der Streifenwagen fuhr in die Einfahrt des Waisenhauses ein. Sylvia Gruber ließ den Motor an, während sie zu den beiden Kinder sprach >>*So, da wären wir wieder.*<< Sowohl Kenan als auch Karo sahen sie leicht lächelnd an. Sylvia Gruber sagte lächelnd >>*Ich hoffe, es hat euch Beiden Spaß gemacht.*<< Noch bevor Kenan darauf antworten konnte, fiel Karo ihm in den Mund und sagte ganz überwältigt >>*Ja, total Spaß gemacht...*<< dann sagte sie mit einer traurigen Stimme >>*....schade, dass der Tag schon zu Ende sein muss.*<< Kenan lächelte. Sylvia Gruber antwortete leicht lächelnd >>*Schon bald werden wir wieder so einen tollen Tag haben. Versprochen!"*<< Das munterte Karo auf und sie begann wieder zu lächeln. Sylvia Gruber bat die Kinder auszusteigen und gleich danach sprang Karo vom Rücksitz und packte Sylvia Gruber am Gesicht und drückte einen fetten Kuss auf ihre Wange. Sylvia Gruber warf einen Arm um sie und sagte >>*Danke Karo!*<< Daraufhin sagte Karo >>*Ich danke dir! Und Molly dankt dir auch!*<< Sie hob Molly in die Höhe und wackelte sie hin und her. Hinterher schnappte sie sich ihren Winnie The Pooh Luftballon und stieg aus dem Streifenwagen aus. Kenan blieb noch ein wenig sitzen und sah leicht lächelnd Sylvia Gruber an. Als Sylvia Gruber ihn sah, fragte sie >>*Was ist?*<< Kenan antwortete >>*Sie mag dich sehr.*<< >>*Ja, ich weiß. Ich mag sie auch sehr*<< sagte Sylvia Gruber lächelnd. >>*Gib ihr bitte ein zu Hause! Nimm sie bei dir auf!*<< Noch bevor Sylvia Gruber Kenan antworten konnte, stieg Kenan aus dem Streifenwagen ebenfalls aus und ging zu Karo hinüber. Sylvia Gruber sah die beiden Kinder schmunzelnd und nachdenklich an. Sie winkten zu ihr. Sie winkte ihnen zurück und fuhr anschließend los. Kenan und Karo blieben in der Einfahrt und sahen ihr hinterher bis sie nicht mehr zu sehen war. Dann sagte Kenan zu Karo >>*Zeit für das Abendessen!*<< Er hielt ihre Hand und sie gingen in das Waisenhaus hinein.

KAPITEL 7

MOLLY

Es war soweit. Der große Tag für die Inspektorin Sylvia Gruber war gekommen. Sie hatte sich nun endgültig dazu entschlossen Karo zu adoptieren. Sie war vollkommen aufgeregt gewesen. Aber es war eine gute Aufregung. Sie fühlte sich mit ihrer Entscheidung sehr gut. Sie hatte sich bereits schon ganz früh am Morgen geduscht, hatte ihr schönes Kleid an, war beim Frisör und hatte sich die Haare schön richten lassen. Sie hatte ihr zu Hause ordentlich aufgeräumt und auch das Arbeitszimmer hatte sie vor längerer Zeit zu einem Kinderzimmer für Mädchen umgestellt. Sie wollte, dass alles perfekt wird. Sie wollte, dass es Karo gefällt, sobald sie ihr neues zu Hause betreten sollte.
Sylvia Gruber trank noch ein Glas kaltes Wasser, wischte sich mit einem Taschentuch den leichten Schweiß von ihrer Stirn ab und machte sich auf den Weg zum Waisenhaus.

Im Waisenhaus wurde Karo ebenfalls, gleich nachdem Frühstück, von Andrea Weber schön angezogen, nachdem sie gebadet wurde. Auch ihre Haare wurden sehr schön zu zwei Zöpfen gemacht. Selbst Molly war für den großen Tag vorbereitet gewesen. Karo war überglücklich gewesen und konnte es kaum erwarten, dass ihre neue Adoptivmutter sie endlich abholen kommen würde. Kenan war die ganze Zeit über bei ihr und war glücklich darüber, dass Karo endlich ein neues zu Hause gefunden hatte. Ganz besonders freute er sich darüber, dass es Sylvia Gruber gewesen war, die Karo von nun eine Familie sein sollte. Er lächelte die ganze Zeit über und wich nicht von Karo's Seite.

Andrea Weber hatte noch zum Schluss die Unterlagen für die Adoption zusammengelegt und in eine Mappe gesteckt.
Sylvia Gruber sollte sie, sobald sie angekommen war, ausgehändigt bekommen.
Und da war sie auch schon. Kenan konnte sie kaum wieder erkennen, so schön gepflegt wie sie war. Eine weiße Bluse und drunter ein blauer Rock mit schwarzen, glänzenden Stöckelschuhen. Auch ihre Haare trug sie zum ersten Mal offen und nicht in einem Pferdeschwanz. Er wusste gar nicht, dass sie so wellige Haare hatte. Sie sah umwerfend hübsch aus.
Als Karo sie sah, rannte sie sofort zu Sylvia Gruber in die Arme und wurde von ihr mit viel Liebe und einem herzhaftem Lachen empfangen. Andrea Weber kamen schon fast die Tränen als sie diesen Anblick miterleben durfte. Sie freute sich sehr über Karo. Auch als die Leiterin Steinecker kurzer Zeit später dazu gestoßen war, war sie über diesen Anblick mehr als nur erfreut gewesen.
>>Endlich bist du da<< sagte Karo Sylvia Gruber fest umklammernd. >>Ja, jetzt geht es ab nach Hause!<< sagte Sylvia Gruber mit einem großen Lächeln. >>Das ist ja herzallerliebst<< fügte die Leiterin Steinecker dazu und lachte ebenfalls.
Andrea Weber überreichte Sylvia Gruber die Mappe mit den Unterlagen und sagte >>Herzlichen Glückwunsch Mami!<< und lachte auch. Mami, an das Wort müsste sie sich noch gewöhnen. Das war so neu für sie. >>Vielen Dank!<< sagte sie drauf und nahm die Mappe entgegen.
Die Leiterin Steinecker wendete sich an Karo und sagte >>Nun Karo Liebes! Jetzt wird es wohl an der Zeit, dass wir uns verabschieden, aber wir hoffen doch sehr, dass du uns ab und zu besuchen kommst.<< Daraufhin sagte Karo mit einer traurigen Stimme >>Ich werde sie vermissen Frau Steinecker und ich

werde sie auch vermissen Frau Weber...<< sie hielt Molly in die Höhe und fügte noch hinzu *>>...und Molly wird sie auch vermissen.<<* Alle zusammen fanden das sehr lieb und süß und gaben ein gemeinsames „*Oooohhhh!*" von sich. Hinterher ging Karo zu Kenan und verabschiedete sich *>>Machs gut lieber Kenan! Ich und Molly werden dich sehr vermissen.<<* Sie umarmte ihn anschließend ganz fest. Kenan sagte *>>Machs gut Karo! Ich werde euch zwei auch vermissen. Es wird nicht mehr dasselbe sein ohne euch.<<* Daraufhin versprach ihm Karo, *>>Wir werden so oft wie möglich besuchen kommen, versprochen!<<* Kenan lächelte sie an und winkte ihr hinterher als sie sich wieder auf den Weg zu Sylvia Gruber machte und ihre Hand hielt. Sylvia Gruber bedankte sich bei der Frau Steinecker und bei der Frau Weber und ging mit Karo Hand in Hand hinaus zum Auto. Sowohl die Leiterin Steinecker als auch Frau Weber und auch Kenan begleiteten sie hinaus und warteten darauf bis sie davon gefahren fahren. Kurz bevor sie eingestiegen war, winkte Sylvia Gruber ihrem kleinen Freund Kenan lächelnd zu.
Kenan winkte ihr ebenfalls lächelnd zu und er würde diesen Anblick von ihr niemals in seinem Leben vergessen.
Wie konnte er auch nur solch eine großartige Frau vergessen? Einen so liebevollen Menschen?
Dieser Moment, so wie sie da stand, mit ihrer weißen, kurzärmeligen Bluse, ihrem blauen Rock und den drum herum gebundenem dicken, schwarzen Gürtel. Ihrem, unter der Sonne, gold schimmerndes, welliges, blondes Haar. Sie sah eines Engels gleich. Dieses Bild würde er für immer vor seinen Augen haben. So etwas könnte er nicht, nein, durfte er nicht vergessen.
So stiegen also seine zwei Freundinnen ein und er blieb zurück und konnte ihnen nur noch hinterher winken und zusehen, wie

sie die Einfahrt verließen und aus seinem Blickwinkel verschwunden waren.

Da fuhren sie also. Glücklich, zufrieden und bereit für ein neues gemeinsames Leben. Zum ersten Mal in ihrem Leben war Sylvia Gruber eine Mutter gewesen und Karo hatte nach so einer langen Zeit wieder eine Mutter bekommen. Es war der Beginn eines vollkommen neuen Lebens für Beide gewesen. Die Sonne strahlte am blauen Himmel, das Wochenende stand vor der Tür und die Laune von Beiden war auf höchster Skala. Es war alles perfekt gewesen. Das war der Beginn einer vollkommen neuen Mutter und Tochter Beziehung. So wurden sie eine Familie.

Sie fuhren bereits seit einigen Minuten und lange würde es nicht mehr dauern bis sie ihr gemeinsames zu Hause erreichen würden. Karo war schon ganz aufgeregt ihr neues Zimmer zu sehen. Sylvia Gruber beobachtete sie hin und wieder vom Rückspiegel aus und konnte sehen wie sie vor Freude mit Molly hin und her wippte, so als würden die Beiden tanzen. Bei diesem Anblick musste sie leicht lächeln und trat gleichzeitig auf die Bremse um bei der roten Ampel stehen bleiben zu können.

Es dauerte nicht lange bis die Ampel auf Grün schaltete und Sylvia Gruber ihre Fahrt fortsetzte. Sobald sie sich mitten in der Kreuzung befand, fuhr ihr ein LKW, mit voller Wucht, von der Seite hinein und überschlug ihr Fahrzeug. Sylvia Gruber und Karo rollten im Fahrzeug über die Straße entlang bis sie schließlich kopfüber am Dach zu stehen gekommen waren. Ihr Fahrzeug hatte einen Totalschaden, durch den bei Rot gefahrenen LKW, erlitten. Der schuldige LKW Fahrer war auf der Stelle tot. Sylvia Gruber und Karo ebenfalls. Sylvia Gruber war bis zur Unkenntlichkeit entstellt gewesen. Ihr leuchtend blondes Haar war durch ihr Blut vollkommen Rot gefärbt. Ihr Gesicht, ihre Hände und ihr Oberkörper mit der weißen Bluse waren mit ihrem Blut überströmt gewesen.

Auch die kleine Karo und ihr Körper waren vollkommen mit Blut überströmt gewesen. Schaulustige und schockierte Passanten hatten sich rund um das beschädigte Fahrzeug versammelt und redeten durcheinander. Einige zückten ihre Handy's und riefen sowohl einen Krankenwagen als auch die Polizei zum Unfallort. Es war für viele von ihnen ein tragischer Vorfall gewesen. Diejenigen, die es nicht verkraften konnten, entfernten sich ganz schnell vom Unfallort.

Es dauerte nicht lange und die ersten Einsatzkräfte trafen mit viel Blaulicht und Sirengengeheul ein. Zwei Krankenwagen und vier Streifenfahrzeuge waren bereits vor Ort und sahen sich das unglückliche Ereignis genauer an.

Während die Polizisten die neugierige Versammlung zurück-zuhalten versuchte, versuchten die Sanitäter die Unfallopfer von den total entstellten Fahrzeugen heraus zu bekommen. Sobald alle Drei geborgen werden konnten, wurden sie in die Krankenwägen getragen und zum nächsten Krankenhaus abtransportiert. Es war eine schreckliche Tragödie gewesen und wurde noch schrecklicher als die einzelnen Leichen, eine nach der anderen, von den Sanitätern abgeführt wurden und die Passanten die völlig entstellten Leichen zu sehen bekamen. Ganz besonders betroffen waren sie als sie den kleinen und leblosen Körper von einem Mädchen gesehen hatten, die noch wenige Minuten zuvor, ein lebensfrohes Kind gewesen war, die man Karo nannte. Es sollte ein neuer Lebensabschnitt für sie werden. Sie hatte sich auf ihr neues Leben gefreut. Sie hatte sich auf ihr neues zu Hause gefreut. Sie hatte sich auf ihr neues Zimmer gefreut, das nur ihr alleine gehören sollte. Sie war, vor lauter Freude, ganz aufgeregt eine neue Mutter gefunden zu

haben. Sie wollte sehr viel mit ihr unternehmen. Sie wollte mit ihr kochen und backen. Sie wollte mit ihr Einkaufen gehen. Sie wollte von ihr gebadet werden. Sie wollte mit ihr eine schöne Mutter und Tochter Beziehung haben, so wie sie es aus dem Fernseher gekannt hatte. Doch jetzt, würde sie all dies nicht mehr machen können. Sie würde nicht mehr herausfinden können, wie schön das alles werden könnte. Sie würde nicht zu einer Frau heran wachsen, die später mal genau so Karriere im Beruf machen würde, wie ihre Mutter. Und ganz besonders würde sie nicht mehr die Gelegenheit bekommen, eine eigene Familie zu gründen und ihr eigenes Kind groß ziehen. All das würde nicht mehr passieren können, weil ein unachtsamer LKW Fahrer Schuld an ihrem Tod gewesen war. Nur weil er nicht vorsichtig genug gewesen war. Nur weil er sich nicht an die Vorschriften gehalten hatte. Nur weil er die Straßenverkehrsordnung nicht beachtet hatte. Wieso nur musste er bei Rot über die Straße fahren? Wieso nur konnte oder wollte er nicht bremsen? Wieso nur hatte er es denn so eilig? Ist er vielleicht betrunken am Steuer gewesen? War er während der Fahrt mit etwas anderem beschäftigt? Hatte er während der Fahrt telefoniert? War er auf der Flucht? Haben seine Bremsen nicht mehr funktioniert? Hatte er gesundheitliche Probleme? Was könnte es nur gewesen sein, so dermaßen unvorsichtig zu sein um zwei unschuldige Leben auszulöschen? Wieso nur musste er sowohl sein Leben als auch das von zwei weiteren Menschen auf's Spiel setzen?
So schnell konnte es eben zu Ende sein. So schnell konnten ganze Lebensjahre plötzlich vorbei sein. So schnell konnte es enden. Kein neues Leben, kein neues zu Hause, keine neue Familie.
Nur noch ein dunkles, kaltes und feuchtes Grab.

Es waren bereits einige Stunden seit dem Unfall vergangen. Im Waisenhaus bekam noch niemand mit was passiert gewesen war. Auch Kenan wusste somit nichts über den tragischen Vorfall, der seinen beiden Freundinnen widerfahren war. Sie alle waren noch ahnungslos und machten mit ihrem alltäglichen Leben weiter wie sonst auch.

Da die Kinder wieder mittlerweile in den Garten hinaus durften, hatte sich Kenan auf eines der Schaukel drauf gesetzt, auf denen er und Karo sehr oft geschaukelt hatten. Er schaukelte nicht wirklich, sondern wippte sich, mit seinen Füßen am Boden stützend, leicht vor und zurück, starrte auf den Boden und dachte an die schöne Zeit mit Karo nach. Er vermisste sie jetzt schon. Von der ersten Sekunde an, an dem sie nicht mehr bei ihm war, war es nicht mehr dasselbe ohne sie. Sie brachte sehr viel Farbe und Freude in das Waisenhaus. Sie war die einzige dort, bei der er sich wohl gefühlt hatte und die ihn zum lächeln bringen konnte. Doch Karo's Glück war Kenan viel wichtiger. Er wollte unbedingt, dass sie eine Familie und ein zu Hause bekommt.

Irgendwie wollte er sie aber auch von seinem anderen Ich, seinem bösen Ich schützen. Er wollte nie, dass sie diese Seite von ihm kennenlernt. Er wollte sie nicht erschrecken, ihr keine Angst einjagen. Er wollte sie um nichts auf der Welt verletzten. Sie war ihm sehr wichtig gewesen. Vielleicht würde er ihr eines Tages von seiner dunklen Seite erzählen. Doch bis dahin bevorzugte er es zu schweigen und sich ganz gewöhnlich zu benehmen.

Es klopfte an der Tür und Andrea Weber machte auf und sah zwei Polizeibeamte vor der Tür des Waisenhauses stehen. Einer von ihnen hatte eine kleine Tasche in seiner Hand. Sie konnte von ihrem Gesichtsausdruck erkennen, dass sie nichts

Gutes zu berichten hatten. Diese leeren und hohlen Augen, die sie anstarrten. Diese vertrockneten Lippen, die ununterbrochen von der Zunge befeuchtet wurden. Die Köpfe, die leicht abgewinkelt auf den Boden gerichtet waren. Die Hände, die sich nervös und unkontrolliert aneinander gerieben hatten. All das sorgte bei Andrea Weber für ein schlechtes Omen und ließ ihr einen kalten Schauer über den Rücken laufen.

Sie schluckte einmal hinunter, atmete tief ein und fragte >>*Guten Tag! Wie kann ich Ihnen behilflich sein?*<< Einer der Polizisten sah den anderen an und teilte Andrea Weber mit, weswegen sie gekommen waren. >>*Guten Tag! Es tut uns sehr Leid Ihnen diese schreckliche Nachricht übermitteln zu müssen. Vor zwei Stunden ereignete sich ein Verkehrsunfall durch den drei Personen um's Leben gekommen sind. Laut den Ergebnissen unserer Untersuchungen handelt es sich bei zwei dieser Personen um unsere Kollegin Inspektorin Sylvia Gruber und ihrer neuen Adoptivtochter Karoline Gruber, ehemals Mayr. Anhand den Unterlagen, die wir im Unfallfahrzeug gefunden haben, konnten wir feststellen, dass das Mädchen, Karoline Gruber, von hier adoptiert wurde. Daher wollten wir Sie kontaktieren und Ihnen einige persönliche Gegenstände und Unterlagen, die wir aus dem Unfallfahrzeug herausholen konnten, übergeben. Unser tiefstes Beileid!*<< Die Polizisten überreichten der vollkommen fassungslosen Andrea Weber die Tasche mit den persönlichen Gegenständen und verabschiedeten sich wieder. Völlig schockiert und regungslos stand Andrea Weber vor der Tür, während sich die beiden Beamten auf dem Weg zu ihrem Fahrzeug machten und davon fuhren. Ihre Augen füllten sich mit Tränen und sie fasste sich mit ihrer zittrigen Hand auf den Mund und ließ ihre Tränen fließen. Schluchzend machte sie die Tür zu und stand eine kurze Weile davor stehen. Danach machte sie den Reißverschluss der Tasche auf und brach vollkommen in Tränen aus als sie, ganz oben, die Puppe namens Molly zu sehen bekam, die einst Karo gehört hatte. Die Puppe war teilweise mit Karo's Blut verschmiert gewesen. Dieser Anblick machte Andrea Weber so sehr zu schaffen, dass nicht einmal mehr ihre Beine stark genug waren, sie weiterhin zu tragen. So setzte sie sich also auf den Boden, sah die mit Karo's Blut verschmierte Puppe Molly an und weinte vor sich hin.

In diesem Augenblick ging Kenan zufällig vorbei und sah Andrea Weber in diesem Zustand. Er hatte keine Ahnung was mit ihr los gewesen war und beobachtete sie ein wenig von der Ferne. Als er die Puppe Molly in ihrer Hand erkannte, rannte er sofort zu ihr und wollte wissen, was geschehen war.

Andrea Weber richtete sich sofort auf und wischte sich die Tränen mit ihren Händen ab als sie sah, dass Kenan ihr entgegen lief. Gleichzeitig versuchte sie ihm schonend bei zu bringen, was passiert war und als Kenan das alles zu hören bekam, brach seine ganze Welt auseinander. Er stand regungslos da und starrte mit seinen Augen nach vorne. Obwohl er stillschweigend da stand, krachte es in seinem Inneren. Es war so als ob mehrere Vulkane zur selben Zeit ausgebrochen waren. Als würden sich verschiedene Naturkatastrophen zugleich ereignen. Als würde ein großer Krieg stattfinden. Er war innerlich vollkommen zerfressen und wütend gewesen. Er war sehr verärgert gewesen. Er wusste nicht, was er tun sollte. Er ballte seine Hände zu Fäusten zusammen und atmete sehr langsam ein und aus. Sein Gesicht fing langsam an Rot zu laufen. Schweißperlen bildeten sich auf seiner Stirn. Er war wütend darüber was geschehen war, aber noch wütender war er darüber, dass er nichts daran ändern konnte. Er war gezwungen zu akzeptieren, dass seine zwei besten Freundinnen nicht mehr lebten, dass sie gestorben waren, dass sie für immer fort waren, dass er sie nie wieder sehen würde, dass er nie wieder mit ihnen sprechen würde. Während all diese Gedanken in seinem Kopf herum schwirrten, kochte er in seinem Inneren.

Die ganze Zeit über, versuchte Andrea Weber auf ihn einzureden und ihn zu trösten, aber Kenan zeigte keinerlei Reaktionen darauf. Er stand einfach da und starrte in Leere. Er war so tief in seine Gedanken versunken, dass er sie weder hörte noch ihre Hände spürte, die auf seinen Schultern lagen. Es war so als hätte sich die ganze Welt um ihn herum aufgelöst. Als würde nichts mehr existieren. Als gäbe es nur noch ihn. So stand er Minutenlang da und schwieg.

Nach einigen mehreren Versuchen schaffte es Andrea Weber Kenan zurück zu holen. Er sah sie mit einer finsteren Miene an, streckte seine Hand aus und sagte >>*Geben Sie mir bitte Molly Frau Weber!*<< Andrea Weber hielt das nicht für eine gute Idee. Zum Einen wollte sie nicht, dass er durch die Puppe an dieses schreckliche Ereignis erinnert wird und zum Anderen dachte sie nicht daran einem Kind eine Puppe zu geben auf dem das Blut eines anderen Kindes klebte. >>*Also Kenan, ich halte das...*<< sie wurde von Kenan unterbrochen. Er schrie sie an und war vollkommen wütend gewesen >>*Nun geben sie mir schon Molly Frau Weber!*<< So kannte sie ihn gar nicht. So hatte sie ihn bisher nicht erlebt. Dennoch zeigte sie seiner Reaktion gegenüber Verständnis angesichts des Vorfalles. Also tat sie was Kenan wollte und übergab ihm die blutige Molly. Kenan nahm sie und sah sich die vollkommen mit Blut verschmierte Puppe an. Er strich mit seiner Hand über das vertrocknete Blut das zu Karo gehörte und erinnerte sich an seine Zeit, die er mit ihr verbracht hatte.

Andrea Weber versuchte ihr Glück erneut und wollte Kenan ausreden, die Puppe zu behalten >>*Also Kenan, es ist bei Gott keine gute Idee, dass du diese Puppe behalten möchtest. Ich*

*weiß wie tragisch das für dich ist und wie gern du die Zwei
hattest. Vor Allem Karo, aber als deine Betreuerin muss ich dir
sagen, dass das nicht sehr gesund für dich wäre. Daher bitte
ich dich mir die Puppe zurück zu geben.<<*
Kenan schwieg vorerst und antwortete, seine Blicke auf die
Puppe Molly gerichtet >>*Ich werde für den Rest meines
Lebens auf Molly aufpassen.<<* Danach hob er seinen Kopf
und sah Andrea Weber an >>*Keiner wird sie mir weg
nehmen.<<*

TEIL 2

KAPITEL 8

DER PROFESSOR

Kenan ist inzwischen ein zweiunddreißig jähriger erwachsener Mann geworden und unterrichtet erfolgreich als Professor der Geometrie an der Universität für angewandte Kunst in Wien. Kenan war der Meinung, dass die Kunstuniversität genau der richtige Arbeitsplatz für ihn gewesen war. Er der Meinung auch ein Künstler zu sein. Und zwar ein sehr intelligenter und sehr begabter Künstler. Damit ist nicht etwa sein Talent in der Geometrie gemeint, sondern die Art und Weise wie er seine Opfer „erlöst". Er verstand etwas von seinem Handwerk und die Ergebnisse sprachen für sich. Kenan unterrichtete bereits seit zwei Jahren an der Kunstuniversität als Professor der Geometrie. Man hatte angefangen die Kunstuniversität erst kürzlich zu renovieren von daher befand sie sich immer noch in der Renovierungsphase. Es gab noch einiges zu tun. Die Kunstuniversität teilte sich in drei Gebäuden auf. Zwei davon waren zusammengelegt worden, sodass man sie darin voneinander unterschied, dass man sie ganz einfach „Altbau oder auch Fersteltrakt", benannt nach dem österreichischen Architekten und Hochschullehrer Heinrich von Ferstel und „Neubau, der auch das Hauptgebäude war, oder auch Schwanzertrakt", benannt nach dem österreichischen Architekten Karl Schwanzer, nannte. Kenan unterrichtete im sogenannten „Altbau" also im „Fersteltrakt" der Kunstuni. Das dritte Gebäude befand sich gegenüber dem Hauptgebäude „Schwanzertrakt" auf der anderen Straßenseite. Die Kunstuniversität war sehr groß und hatte ihre eigene Cafeteria, die sogenannte Mensa und ein Innenhof mit gut gepflegtem Rasen auf der sich hin und wieder auch Enten gemütlich machten. Sowohl im „Schwanzertrakt" als auch im dritten Gebäude gegenüber befand sich jeweils eine Portierloge bei der man sich über so einiges informieren konnte, dass die Kunstuniversität betraf. Sie diente zudem auch für Schlüsselausgaben für die verschiedenen Unterrichts- bzw. Arbeitsräume. Zudem bat sie den Studentinnen und Studenten eigene Küchenräume mit Kühlschränken, Kaffeemaschinen, Geschirrspülern, Toastern und Mikrowellen, die sich fast in allen Stockwerken befanden. Auf dem Dachgeschoss vom „Fersteltrakt" durften sie sogar Party's machen und bis in die Morgenstunden feiern. Die Kunstuniversität hatte so einiges im Angebot und war sehr beliebt bei den Studentinnen und Studenten. Für manche von ihnen war sie wie eine zweite Wohnung. Denn die Studentinnen und Studenten waren sehr fleißig und arbeiteten meist bis spät in die Nacht und verbrachten somit die gesamte Nacht dort. Die Universität für angewandte Kunst in Wien war ein Muss für jede angehende Künstlerin und jeden angehenden Künstler. Auch der bekannte Maler Gustav Klimt hatte zu seiner Zeit hier studiert. Draußen, vor dem Haupteingang, also dem Eingang zum Schawanzertrakt, befindet sich auch ein Denkmal für den österreichischen Schriftsteller und Maler Oskar Kokoschka.

Kenan's Zeit im Waisenhaus ist längst vorbei. Vieles hatte sich seitdem verändert. Er hatte nicht allzu leichten Werdegang um die Person zu werden, zu dem er geworden ist. Doch im Endeffekt war er glücklich über seinen jetzigen Zustand. Er hatte einen hervorragenden Hochschulabschluss und seine berufliche Karriere ging sehr gut voran. Er war beliebt bei seinen Kolleginnen und Kollegen, aber auch bei seinen Studentinnen und Studenten. Er mochte seine Arbeit und dies konnte man ihm ansehen. Er wünschte nur, dass seine beiden ehemaligen Freundinnen, die vor vierundzwanzig Jahren bei

einem schrecklichen Verkehrsunfall um's Leben gekommen
waren, das miterleben könnten. Zu gerne würde er diese Zeit
mit ihnen verbringen und auskosten. Doch das Schicksal hatte
es nunmal anders vorgesehen. Schlussendlich musste er
akzeptieren was geschehen ist, auch wenn das Anfangs sehr
schwer für ihn gewesen war.

Jetzt lebte er sein Leben alleine weiter und war, im Großen und
Ganzen, glücklich damit. Sein böses Ich, hatte er jedoch, auch
nach so vielen Jahren, nicht unter Kontrolle. Für Kenan schien
es so, als würde das Böse in ihm sich einfach nicht
kontrollieren lassen wollen. So sehr er auch dagegen
ankämpfte, gewann am Ende doch immer der Dämon, der seit
seinem achten Lebensjahr in ihm schlummerte und immer dann
von Kenan Besitz ergriff, wenn er der Meinung war, dass
jemand erlöst werden musste.

Kenan versuchte sein Leben, wie sonst jeder anderer Mensch
auch, ganz normal zu leben. Er hatte das Waisenhaus ohne
weitere Vorfälle gut überstanden. Er hatte studiert und bekam
sein Abschluss. Und jetzt unterrichtete er als Professor auf
einer Universität. Es lief alles ziemlich gut. Besser hätte sich
Kenan sein Leben nicht vorstellen können. Doch, das konnte
er. Sein Leben wäre viel besser, wenn Sylvia und Karo noch
am Leben und somit bei ihm wären, aber er musste jetzt damit
leben. Alles was ihm zurückgeblieben ist, war Karo's Puppe
Molly, die sie von Sylvia geschenkt bekam kurz bevor sie den
tödlichen Autounfall hatten. Von daher bedeutete Molly dem
Kenan sehr viel und er trug sie immer bei sich. Molly war zu
seiner besten Freundin geworden. Er nahm sie überall hin mit
und wollte, dass sie ihm Gesellschaft leistet. Er nahm sie mit
ins Kino. Sie gingen gemeinsam Eis essen. Sie durfte ihn zur
Arbeit begleiten. Ja selbst während seiner Studienzeit war sie
die ständige Begleiterin von Kenan. Er ließ sie keinen Moment

alleine. Auch nicht wenn er duschen oder mal aus Klo musste. Da durfte Molly dann jedes Mal am Waschbeckenrand sitzen und darauf warten bis Kenan fertig war.

Die ganzen verwunderten Blicke der Menschen und deren Geflüster hatte Kenan mit der Zeit gelernt zu ignorieren. Ihn interessierte es nicht was die Leute darüber dachten. Die Puppe hatte einfach eine sehr große Bedeutung für ihn und er war nicht bereit es den Menschen zu erzählen. Er war niemandem eine Erklärung schuldig.

Seine Studentinnen und Studenten hatten sich auch schon mittlerweile daran gewöhnt ihren Professor stets mit der Puppe zu sehen. Molly wurde für sie wie zu so eine Art Maskottchen. Eine der Studentinnen fragte ihn eines Tages ganz neugierig, was es mit der Puppe auf sich hat und Kenan sagte ihr, dass sie ein Geschenk von einer sehr guten Freundin war, die vor vielen Jahren gestorben ist. Das war der einzige Moment in der Kenan den Grund für die ständige Begleitung der Puppe, wenn auch nicht ganz detailliert, erklärt hatte. Weder davor noch danach musste er ein Statement dazu abgeben.

Molly war seine beste Freundin und damit war er glücklich und zufrieden.

Eine Sache beschäftigte seit Jahren seine Gedanken dennoch. Diese Sache ließ ihn auch nicht gut schlafen, weswegen er, an manchen Nächten, gar nicht schlafen konnte.

Er machte sich Gedanken über Bernhard Schneider. Über den Mann, dem er die Schuld an den Tod seiner Eltern angehängt hatte. Der Mann, der wegen zweifachen Mordes über viele Jahre im Gefängnis sitzen musste. Genau dieser Mann, hatte mittlerweile seine Strafe längst abgesessen und war erneut unter Menschen. Kenan hatte Bernhard Schneider die ganze Zeit über, seit seiner Entlassung, im Visier. Er hatte ihn stets verfolgt und observiert. Kenan wollte wissen was er wohl

vorhaben könnte, jetzt wo er wieder draußen ist. Er wollte wissen, wie Bernhard Schneider sein Leben von nun an Gestalten würde. Wo würde er wohnen? Wo würde er arbeiten? Kenan musste es genau wissen. Er wusste nämlich ganz genau was er ihm angetan hatte. Er wusste, dass Bernhard Schneider all die Jahre unschuldig im Gefängnis gesessen hatte. Er wusste, dass er ihm viele schreckliche Jahre bereitet hatte. Er wusste, dass er ihm sein halbes Leben gestohlen hatte. Kenan wusste ganz genau, dass Bernhard Schneider all die Jahre sehr viel gelitten hatte. Deswegen wollte Kenan ihn die ganze Zeit über von seinem Leiden erlösen. Er wusste, dass wenn er es tun würde, dass es hinterher ihnen beiden gut gehen würde.
Ihm war klar, dass er damit auch sich von diesen quälenden Gedanken und den schlaflosen Nächten erlösen würde. Kenan wusste ganz genau wo Bernhard Schneider wohnte, wo er arbeitete, wo er einkaufte, wo sein Stammlokal war. Er wusste auch mit welchen Menschen er Kontakt hatte. Kenan wusste alles über ihn. Er musste nur noch auf den richtigen Moment warten um Bernhard Schneider zu überraschen und ihn endlich von seinem Leid zu erlösen. Damit ihm das gelingen konnte fuhr er jeden Abend zu Bernhard Schneider's Wohnadresse und wartete auf eine sich gut anbietende Gelegenheit. Doch dies brauchte seine Zeit. Sein böses Ich rief ihm immer wieder zu, dass er sich beeilen solle. Dass er jetzt endlich Bernhard Schneider erlösen solle. Dass er das endlich hinter sich bringen solle. Doch Kenan konnte sich jedes Mal zusammen reißen und den Dämon in sich unterdrücken. Er wollte es zwar auch so schnell wie möglich hinter sich bringen, aber so intelligent wie er war, wusste er, dass er auf den richtigen Moment warten musste. Kenan mochte und wollte keine Fehler. Und das musste sein böses Ich, ob es ihm nun gefiel oder nicht, akzeptieren.

Bernhard Schneider fand nur ein paar Wochen nach seiner Entlassung wieder einen Job und arbeitete seitdem als Lagerarbeiter für ein kleines Verpackungsunternehmen. Die Tatsache, dass er als „Mörder" nicht so schnell einen Job finden würde, nahm ihm zwar jede Hoffnung auf ein Neuanfang, aber zu seiner Überraschung fand er schlussendlich doch noch eine Stelle. Das erfreuliche daran war für ihn auch, dass sein Arbeitgeber nicht nach einem Leumundszeugnis oder ähnliches gefragt hatte. Es wurde nur Pünktlichkeit, Genauigkeit und Ordnung von ihm verlangt. Er soll rechtzeitig ein- und ausstempeln. Seine Vergangenheit war für das Unternehmen uninteressant. So arbeitete er mittlerweile schon seit vier Jahren dort und war ganz zufrieden. Die fünfzehn Jahre, die er im Gefängnis büßen musste, hatten ihm zwar sowohl optisch als auch mental sehr viel zugesetzt, aber solange er arbeitete, merkte man davon nichts. Er war mehr als nur glücklich diesen Job bekommen und somit eine Chance für ein neues Leben bekommen zu haben. Der Job war ihm, nach so einem schrecklichen Schicksalsschlag, sehr wichtig. Er wüsste sonst nicht, was er mit seinem Leben anfangen sollte. Entweder würde er ein Obdachloser werden oder er würde sich am Ende selbst das Leben nehmen. Beides wollte er nicht. Er wollte kämpfen. Er wollte es unbedingt dem Leben, dem ganzen Universum heimzahlen. Er wollte sich nicht fertig machen lassen. Die erste Runde hatte er verloren, aber in der zweiten Runde würde er auf jeden Fall als Gewinner hervor gehen. Diesmal würde er seinem Schicksal einen rechten Haken geben und es zu Boden bringen. Egal um welchen Preis auch immer, Bernhard Schneider wollte seine zweite Chance nutzen. Er würde nie wieder zulassen, dass ihm so etwas ungerechtes und schreckliches im Leben je wieder passiert. Und bis jetzt schien alles ganz gut für ihn zu laufen.

Er arbeitete fleißig, fand neue Freunde, verstand sich gut mit seinen Kollegen, er verdiente ganz gut. Diesmal würde ihn keine Kraft der Welt niederstrecken. Er war sich des Sieges bewusst. Er wünschte nur, dass er auch im Gerichtssaal als Sieger hervor gehen würde, doch spielte alles gegen ihn. Egal was er tat, was er auch sagte, er konnte seine Unschuld vor Gericht nicht beweisen. Auch sein Anwalt konnte da nichts machen. Die Beweise waren einfach viel zu eindeutig. Die Spuren am Tatort waren nunmal seine und daran hätte niemand etwas ändern können. Obwohl Bernhard Schneider seinem Anwalt die Wahrheit darüber erzählt hatte, was damals in der Wohnung von den Kaya's passiert war und auch, dass er nicht der Einzige war, der aus diesem bestimmten Grund, die Kaya's in ihrer Wohnung besucht hatte, sondern auch viele andere vor ihm, konnte ihm sein Anwalt nicht helfen. Denn obwohl Bernhard Schneider einige Namen von anderen Besuchern seinem Anwalt bekannt gegeben und dieser die Männer besucht hatte um die Sache zu überprüfen um somit die Wahrheit aufzudecken, hatten alle Männer Bernhard Schneider's Aussage dementiert. Sie alle kannten ihn nicht und wüssten auch nicht wovon der Anwalt sprechen würde. Somit konnte Bernhard Schneider seine Unschuld nach wie vor nicht beweisen und musste seine, zu unrecht verurteilte, Haftstrafe absitzen.
Es war ein einziger Albtraum für ihn gewesen. Doch dieser Albtraum war nun vorbei und der Beginn von einem neuen Leben war angebrochen.

Es war wiedereinmal viel zu tun im Lager und so kam Bernhard Schneider erneut müde und erschöpft nach Hause. Es war Achtzehn Uhr und der Himmel verdunkelte sich langsam. So wie immer nach der Arbeit ging er duschen und bereitete sich anschließend das Abendessen zu. Nachdem er die halbe Pizza vom Vortag gegessen hatte, schnappte er sich eine kühle Flasche Bier aus dem Kühlschrank und machte es sich damit auf der Couch gemütlich. Er schaltete den Fernseher ein und sah sich eine Sitcom an. Bernhard Schneider trank zwar oft Bier, aber das Bier am Feierabend schmeckte viel besser als die Biere, die er sonst so trank. Das Feierabendbier genoss er so richtig. Und während er sein kühles und schmackhaftes Feierabendbier vor seinem Fernseher genoss, bemerkte er nicht, dass schon die ganze Zeit über, noch vor seiner Ankunft zu Hause, ein ungebetener Gast auf ihn wartete. Er hatte sich schon die ganze Zeit über in Bernhard Schneider's Wohnung versteckt und verhielt sich ganz ruhig. Er gab kein Mucks von sich und wartete einfach seelenruhig darauf bis Bernhard Schneider ihn entdeckt.

Als Bernhard Schneider seinen Kopf ganz weit nach hinten beugte und dabei die Flasche im 180 Grad Winkel nach oben hielt um auch das letzte Schlückchen Bier durch seinen Rachen hinunterspülen zu können, blieb es ihm regelrecht im Hals stecken als er die fremde männliche Gestalt, von Kopf bis Fuß gekleidet in Schwarz, gesehen hatte. Sofort richtete er sich hustend und keuchend auf, wischte sich mit dem Handrücken Mund und Nase ab und richtete die Flasche, während er sie fest am Hals hielt, bedrohlich dem fremden Mann in Schwarz entgegen, so als würde er diesen damit erschlagen wollen. Der fremde Mann blieb dabei die ganze Zeit über ruhig stehen und bewegte sich kein Millimeter vom Fleck.

Bernhard Schneider wurde bei diesem unerwarteten Anblick sehr nervös und das konnte man deutlich an seiner zitternden Körperhaltung und auch an seinem verzweifelten Versuch, den fremden Mann zur Rede zu stellen, sehen.

>>W...ww...wer zum Teufel sind Sie u...und w...was haben Sie

in meiner Wohnung verloren?<< Der fremde Mann in Schwarz begann sich vorzustellen. >>*Es tut mir Leid, dass ich Ihnen ein Schrecken gejagt habe Herr Schneider. Mein Name ist Kenan Kaya und ich bin hier um Sie von Ihrem Leiden zu erlösen.*<< Bernhard Schneider war verwirrt und wusste nicht wovon dieser seltsame Mann gesprochen hatte. Doch dann, ganz plötzlich, verschwand seine Nervosität und sein Gesicht nahm langsam eine finstere Miene an. Bernhard Schneider machte ganz große Augen und sah mit ihnen direkt in die dunkel und kalt blickenden Augen von Kenan hinein. Langsam nahm er seinen Arm mit der Bierflasche hinunter und fragte mit leiser Stimme >>*Sagten Sie eben, dass Sie mit dem Nachnamen Kaya heißen?*<< Kenan Kaya sagte nichts. Er nickte leicht lächelnd mit dem Kopf zustimmend. Bernhard Schneider war fassungslos darüber was gerade in seinem Wohnzimmer abspielte. Er konnte es nicht glauben. Für einen Moment dachte er, dass es vielleicht an dem Bier liegen könnte und, dass er das alles nur träumen würde, doch so war es nicht. Es war alles zu einhundert Prozent real gewesen.
Er fasste noch einmal all seine Kraft zusammen und stellte Kenan eine weitere Frage >>*Sind...sind Sie etwa mit den Kaya's verwandt für deren Tod ich verantwortlich gemacht und dafür fünfzehn Jahre im Gefängnis verbringen musste?*<< Und erneut nickte Kenan ihm diesmal schief lächelnd und Kopf nickend zu und antwortete >>*Um genau zu sein, ich bin deren einziger Sohn.*<< Nun riss Bernhard Schneider noch weiter seine Augen auf und es war so als ob sein Herz jeden Moment aufhören würde zu schlagen. Er ließ die Bierflasche aus seiner Hand fallen und griff sich mit beiden Händen auf seinen kahlen Kopf. Die vielen Jahre im Gefängnis und die damit verbundenen Sorgen hatten ihm auch seine Haare gekostet.

Er starrte erneut Kenan's finstere Augen an, die eindeutig die Augen seines bösen Ich's gewesen waren und nicht seine eigenen. >>*Ich...ich meine...ich wusste gar nicht, dass die Kaya's einen Sohn, geschweige denn, überhaupt Kinder hätten. Hören Sie, ich habe ihre Eltern nicht umgebracht. Das müssen Sie mir bitte glauben. Ich bin vollkommen unschuldig und bin sogar zu unrecht ins Gefängnis gegangen. Ich bitte Sie, egal was Sie von mir möchten, es tut mir Leid, aber bitte glauben Sie mir doch! Ich bin nicht der Mörder ihrer Eltern. Bitte!*<< Kenan Kaya machte einen Schritt zu ihm und wollte ihn über seinen unangekündigten Besuch aufklären >>*Ich weiß, dass Sie nicht der Mörder sind. Ich weiß, dass Sie meine Eltern damals nicht getötet haben.*<< Bernhard Schneider sah Kenan mit fragenden Blicken an und versuchte ihn zu verstehen. Kenan half ihm dabei >>*Ich war es. Ich hatte damals meine Eltern umgebracht und es ihnen untergejubelt. Es hätte jeden erwischen können, aber in dem Fall waren Sie der Sündenbock.*<< Bernhard Schneider konnte nicht glauben was er da eben gehört hatte. Er wusste nicht was das für ein abscheuliches Spiel war das ihm hier gespielt wurde. >>*Was soll das alles heißen? Was hat das alles zu bedeuten?*<< Kenan klärte ihn weiter auf >>*Nun ja, lieber Herr Schneider. Da ich die kranke Art und Weise wie mein Bastard von Vater mit meiner Mutter umgegangen war nicht mehr länger ertragen konnte, beschloss ich dem Ganzen ein Ende zu setzen. Ich erlöste meine Mutter von ihren Qualen und die Welt erlöste ich von meinem elendigen Vater. Möge er in der Hölle gegrillt werden wie einst seine furchtbaren Kebap's...*<< er blickte hinauf und redete Kopfschüttelnd weiter >>*...Gott weiß, er konnte nicht grillen, fürchterlich.*<< Bernhard Schneider war fassungslos. Er wusste nicht mehr was er sagen sollte. Sein Gehirn hatte ausgesetzt. Er war kurz davor wie ein alter

Computer in Rauch aufzugehen. Sein System hatte versagt. Kein Wort. Keine Bewegung. Nichts. Er stand wie erstarrt vor Kenan und tat einfach nichts. Doch dann überkamen ihn Wut und Trauer zugleich und sein Gesicht fing an langsam rot anzulaufen. Seine beiden Augen schwollen an. Seine Hände zitterten. Sein kahler Kopf begann furchtbar zu schwitzen an. Es war so als würde er jeden Moment explodieren. Doch dann kullerten die ersten Tränen seine beiden Wangen hinunter und klatschten auf das Parkett am Fußboden. Mit tränenden Augen blickte er Kenan an und versuchte seine beiden Lippen zu bewegen. Mit viel Mühe schaffte er es am Ende doch und folgendes Wort verließ, fast flüsternd, seinen bebenden Mund >>*Wieso?*<< Ohne lange zu zögern antwortete Kenan >>*Weil ich das Richtige getan hatte und nicht wollte, dass man mich dafür zur Rechenschaft zieht. Unser Justizsystem ist wirklich für den Arsch. Sie jedoch, hatten es durchaus verdient, da Sie bei dem kranken Spiel meines beschissenen Vater's mitgemacht hatten. Denn das was er da tat war nichts anderes als Prostitution. Das geht gar nicht.*<< Nun explodierte Bernhard Schneider tatsächlich, bewegte sich aber nicht vom Fleck >>*Sie verdammtes Arschloch! Was reden Sie denn da? Ich wurde wegen zweifachen Mordes fest genommen und kam dafür fünfzehn verfluchte Jahre lang ins Gefängnis! Fünfzehn verfluchte, verdammte, beschissene Jahre.*<< Er schrie dabei so laut, dass seine Spucke direkt vor Kenan's Füßen, der gute drei Meter vor ihm stand, landete. Sein Kopf wurde noch roter und sowohl seine beiden Augen als auch seine Adern drohten zu platzen. Er ballte seine beiden Hände fest zu Fäusten, sodass auch diese vollkommen rot angelaufen waren. Kenan redete in einem sehr ruhigen und gelassenem Ton weiter >>*Deswegen bin ich hier. Sie mussten all die Jahre lang diese Schmerzen diesen Leid mit sich herumschleppen. Sie mussten mit ihnen leben. Das war sehr hart für Sie. Doch jetzt wird all das ein Ende haben. Ich werde Sie davon erlösen. Sie werden nun für immer und ewig Ihre Ruhe finden.*<< Bernhard Schneider drehte nun vollkommen durch und griff fluchend Kenan an >>*Sie mieses Dreckssschwein, Sie verdammtes Arsch....*<< Noch bevor Bernhard seinen vulgären Satz zu Ende bringen konnte, holte Kenan ein scharfes Küchenmesser aus seinem Hosenbund hervor und sagte >>*Halt!*<< Bernhard Schneider blieb auf der Stelle stehen und sah auf das Küchenmesser. Er erkannte es. Es war sein Küchenmesser, das Kenan in seiner, mit einem schwarzen Lederhandschuh umkleideten, Hand hielt. Kenan warf das Messer vor die Füße von Bernhard Schneider und sagte >>*Hier! Nimm es und töte mich damit!*<< Bernhard Schneider war verwirrt gewesen. Er sah immer abwechselnd zu Kenan und dann wieder auf das Messer am Boden. Schluss-endlich fasste Bernhard Schneider all sein Mut zusammen, griff nach dem Messer und stürzte sich sofort auf Kenan. Doch Kenan war ihm körperlich sehr überlegen und schaffte es mit Leichtigkeit Bernhard Schneider zu überwältigen und ihn aufzuhalten. Kenan hielt Bernhard Schneider's Unterarm fest und drückte anschließend mit seiner anderen Hand Bernhard Schneider's Hand, in der er immer noch das Messer hielt, zu seinem Bauch und stach es Bernhard Schneider direkt in den Unterleib hinein. Als die Klinge des Messers seinen Bauch durchbohrte, konnte Bernhard Schneider nur einen leisen Seufzer von sich geben. Kenan zog das Messer, immer noch von Bernhard Schneider's Hand umklammert, aus seinem Bauch heraus und sein lebloser Körper fiel wie ein großer, schwerer Sack Mehl zu Boden. Er war auf der Stelle tot. Kenan stand ganz gelassen über der Leiche des Mannes, der es irgendwie geschafft hatte, nach so einem schrecklichen Schicksalsschlag wieder auf die Beine zu kommen und sein

Leben neu zu beginnen. Dieser Mann musste jetzt sterben. Kenan war bewusst, dass Bernhard Schneider sein größtes Opfer war. Er musste zuerst für viele Jahre ins Gefängnis für ein Verbrechen das er nicht verbrochen hatte und nun musste er dafür auch noch mit seinem Leben bezahlen. Kenan war aber auch bewusst, dass es anders gar nicht ginge. Es musste sein. Er musste Bernhard Schneider, aber vor Allem sich selbst davon erlösen. Er musste die Vergangenheit ein für alle Mal hinter sich lassen und im hier und jetzt leben. Und der einzige Weg dafür war es Bernhard Schneider zu töten und es wie ein Selbstmord aussehen zu lassen.

So stand er mit einem schiefen Lächeln und auf die Leiche herabblickend im Wohnzimmer für eine Minute und verließ anschließend Bernhard Schneider's Wohnung.

Zurück in seiner Wohnung zog Kenan sofort seine schwarzen Lederhandschuhe aus und stellte sie wieder an ihren Platz ganz hinten im Abstellkammer ab. Danach ging er ins Wohnzimmer in der bereits Molly auf ihn wartete. Die einzigen Anlässe Molly nicht bei sich zu haben waren seine Morde die er beging. Die musste Molly nicht miterleben. Er wollte es ihr ersparen. Er nahm Molly in die Hand, strich ihr mit seiner Hand über ihre Haare und starrte sie eine Weile nachdenklich an. Danach nahm er sie mit in sein Schlafzimmer und stellte sie auf seinen Stuhl, der sich neben seinem Bett befand, ab und legte sich anschließend vollkommen erschöpft ins Bett und schlief sofort ein. Als am nächsten Morgen sein Wecker klingelte und er von seinem Schlaf gerissen wurde, wurde ihm klar, dass er seit Ewigkeiten nicht mehr so gemütlich geschlafen hatte. Er hatte schon vergessen was für ein tolles Gefühl das war. Er fühlte sich voller Energie und zum ersten Mal, nach so einer langen Zeit, wieder ausgeschlafen. Es war ein herrlicher

Morgen für Kenan. Jetzt wo er nicht mehr an Bernhard Schneider denken musste, waren seine Gedanken frei von Allem. Er konnte es kaum erwarten erneut Schlafen zu gehen. Doch vorher hatte er einen langen Arbeitstag vor sich. Nachdem er bemerkt hatte, dass er mit seiner schwarzen Kleidung geschlafen hatte, zog er sie sofort aus und stopfte sie in die Wachmaschine hinein. Er schaltete die Waschmaschine ein und schon begannen sie sich darin zu drehen. Kenan sprang danach unter die Dusche und machte sich frisch für seine Arbeit auf der Kunst Universität. Unter der Dusche meldete sich erneut sein böses Ich zu Wort und sprach aus Kenan's Mund >>*Das war wieder eine sehr gelungene und vor Allem eine sehr erlösende Aktion gestern Abend. Bravo Herr Professor!*<< Kenan grinste befriedigt und starrte, ohne zu blinzeln, auf die Kacheln in der Dusche und ließ weiter das Wasser über sein Kopf fließen.

KAPITEL 9

KEINE GEDULD

Die Kunstuniversität stand kurz vor den Sommerferien und die Studentinnen und Studenten bereiteten sich alle fleißig auf ihre Abschlussarbeiten vor. Unter ihnen waren in der Tat sehr begabte und kreative Köpfe dabei. Auch die Studentinnen und Studenten von Kenan waren sehr talentierte junge Menschen. So hatte Kenan umso mehr Freude daran zu unterrichten. Sie waren alle ausgezeichnet.

Bis auf einen einzigen Studenten. Sein Name war Clemens. Clemens war zwar auch ein recht fleißiger Student und ein besonders gepflegter junger Mann, aber er hatte einfach kein Talent und auch nicht das nötige Feingefühl für Geometrie. Er fiel bereits von Anfang an Kenan auf, der auch versucht hatte Clemens zu helfen und ihn zu unterstützen, aber er wusste ganz genau, dass Clemens ein hoffnungsloser Fall gewesen war. Dennoch wollte Kenan ihm noch etwas Zeit geben sich zu bessern, aber Clemens machte nicht wirklich Fortschritte.

Daher war Kenan der Meinung, dass die Kunstuniversität nicht der richtige Ort für Clemens sei. Kenan wusste auch, dass Clemens seine Abschlussarbeit nicht rechtzeitig abgeben würde. Kenan hatte einfach keine Geduld mehr mit Clemens und machte ihm ein Angebot.

Kenan wollte, dass Clemens, genau wie alle anderen, voran kommt und seine Abschlussarbeit rechtzeitig abgeben kann. Daher beschloss er Clemens zu sich nach Hause einzuladen um ihm private auch ein wenig zu unterrichten. Clemens fand die Idee zwar gut, aber es wäre für ihn lieber gewesen, wenn sie auf der Universität und nicht bei seinem Professor zu Hause arbeiten würden. Kenan wusste natürlich, dass diese Idee

Clemens stutzig machen würde. Also hatte er sich bereits eine Ausrede einfallen lassen. Er überredete Clemens indem er ihn anlog und sagte, dass er zu Hause eine kranke Katze hätte um die er sich auch noch kümmern muss. Clemens dachte ein wenig darüber nach, stimmte jedoch am Ende zu.

Für Kenan war die Sache so gut wie gelaufen. Er froh über den Gedanken, dass er schon in wenigen Stunden seinen nicht so begabten Studenten namens Clemens zu erlösen. Für Kenan würde Clemens nur seine eigene Zeit verschwenden. Für Kenan war Clemens auf dem falschen Weg. Die Geometrie war nichts für ihn. Er wusste das. Und auch einige von seinen Studienkolleginnen und Studienkollegen wussten das. Clemens war die einzige Person, die das nicht wusste. Er war einfach ein hoffnungsloser und untalentierter Fall gewesen, der nach Kenan's Sicht darunter gelitten hatte. Daher musste er, so schnell wie möglich, von seinem Leiden erlöst werden. Kenan war es lieber ihn zu erlösen, als ihm zu sagen, dass er es nicht schaffen würde und, dass er kein Talent hätte, weil er ihm sein Herz nicht brechen wollte. Kenan war der Meinung, dass die Erlösung die bessere Alternative wäre.

Mittlerweile war Kenan's Lehrprogramm zu Ende und er wartete darauf bis alle den Raum verlassen hatten. Clemens war immer der letzte, der ging. Das kam Kenan sehr gelegen. Er wollte nämlich nicht als letzte Person mit ihm gesehen werden. Nachdem bereits alle draußen waren bis auf Clemens ging Kenan sofort zu ihm hinüber und erinnerte ihn an die Einladung, die er ihm gemacht hatte. Er fügte noch hinzu, dass er schon mal voraus gehen würde und, dass Clemens anschließend, sobald er fertig war, ihn bei seinem Auto treffen solle. Kenan wollte auch, dass Clemens niemandem sagen soll, dass er zu seinem Professor nach Hause gehen würde. Denn man könnte das falsch verstehen und das wollten ja schließlich beide nicht. Clemens stimmte erneut zu. Kenan lächelte Clemens an und klopfte ihm dabei auf die Schulter, als würde er ihm damit ein „Guter Junge" andeuten und verließ hinterher ebenfalls den Arbeitsraum. Nachdem Clemens fertig war packte er seine Sachen, ging, ganz unauffällig, zum Auto von seinem Professor und stieg hinten ein. Kenan sah von seinem Rückspiegel aus zu Clemens und setzte dabei ein schiefes Grinsen auf. Clemens nickte lächelnd mit dem Kopf. Gemeinsam fuhren sie auf direktem Weg zu Kenan nach Hause. Unterwegs wollte Clemens wissen, ob Kenan das öfter tun würde. Ob er schon mal einen Studenten zu sich nach Hause eingeladen hätte um diesem private Nachhilfe zu geben. Kenan stimmte ihm zu und hoffte ihn damit etwas zu beruhigen. Und tatsächlich setzte Clemens ein lächeln auf, blickte verträumt vom geschlossenen Fenster hinaus und sah die Stadt an sich vorbei ziehen. Nicht ahnend, dass er nie wieder einen Fuß in diese schöne Stadt setzen würde.

Clemens stammte ursprünglich aus Stuttgart, aber er hatte sich in Wien genau so verliebt wie in seine Heimatstadt. Er mochte die Wiener Art und all die Besonderheiten, die die Stadt zu bieten hatte. Er mochte wie die Stadt ihre Geschichte immer noch schützte. Er mochte auch das multikulturelle an der Stadt. Ihm gefiel es, dass viele Menschen aus allen Winkeln der Welt hier zusammen gefunden hatten. Die Stadt hatte einfach sehr viel zu bieten. Er ging gerne an die Donau um zu entspannen und im Sommer dort die Sonne zu genießen. Seine Bücher las er am liebsten im Burggarten. Kaffee und Kuchen genoss er stets beim Demel. Er sah dabei gerne den Konditorinnen und Konditoren beim verzieren der Ware zu. Das fand er immer sehr faszinierend. Ja, Clemens war ein Genießer. Doch mit dem Genuss sollte es nun bald vorbei sein. Vor drei Jahren kam

Clemens nach Wien um an der Universität für angewandte Kunst Geometrie zu studieren. Seine Mutter hatte hier ebenfalls studiert und ihr einziger Sohn sollte es ihr gleich tun. Er lernte in Wien seine Freundin namens Sabine kennen, die aus Burgenland stammte. Sabine arbeitete Vollzeit in einem der vielen Cineplexx Kinos in Wien und verdiente somit ihren Lebensunterhalt. Mal verkaufte sie Tickets, mal entwertete sie die Tickets, mal räumte sie in den Kinosälen auf und mal stand sie hinter der Theke und verkaufte Popcorn, Nachos und Getränke an die Kinobesucher. Sie mochte ihren Job und auch die Atmosphäre. Sie war beliebt bei ihren Kolleginnen und Kollegen. Sie und Clemens lernten einander vor acht Monaten kennen als eines Abends Clemens das Kino besuchte, in dem sie zufälligerweise die Abendschicht hatte und Clemens Nachos mit Käse Dip verkaufte. Clemens fand Sabine sehr sympathisch und zudem war sie auch sehr hübsch, sodass er beschloss Sabine ein Kompliment zu machen in dem er folgendes zu ihr sagte >>*Wenn ich vor hätte ein Liebesbuch zu schreiben, würde ich mir dein Gemälde ansehen um meine Zeilen schmücken zu können.*<< Sabine war zuerst fassungslos und wurde bei der Schmeichelei ganz rot. So etwas schönes hatte noch nie ein Mann zuvor zu ihr gesagt. Es überkam sie ein verlegenes Schmunzeln. So hatte Clemens es geschafft ihr Herz zu erobern. Sie verstanden sich auf Anhieb und waren seither glücklich zusammen. Sie teilten sich auch eine kleine Zweizimmerwohnung und kamen ganz gut zu recht. Nun, diese kleine Zweizimmerwohnung in der es nur von Liebe so strotzte, würde Clemens nie wieder betreten können. Und auch Sabine würde ihren Freund, den sie über alles liebte, nicht mehr wieder sehen. Sie konnte es kaum erwarten nach ihrer Schicht nach Hause zu fahren und mit ihrem geliebten Clemens zu kuscheln. Denn Clemens hatte auch ihr nichts davon erzählt, dass er bei seinem Professor zu Besuch sein würde. Denn Kenan bestand darauf, dass absolut niemand davon Bescheid wüsste.

Kenan fuhr sein Auto, er hatte ein VW Golf 5 in Schwarz, in die Garage hinein und stellte sein Fahrzeug an einem frei stehenden Parkplatz ab. Als beide ausgestiegen waren, folgte Clemens ganz gelassen seinem Professor bis zu seiner Wohnung. Kenan wohnte in einem sehr ruhigen Gebäude mit drei Stockwerken. Seine Wohnung befand sich im obersten Stockwerk. Da es keinen Aufzug gab, mussten sie die drei Stockwerke zu Fuß hinauf gehen. Clemens war ein fitter Junge, weswegen es ihm nichts ausgemacht hatte all die Stufen hinauf zu steigen. Er ging dicht hinter Kenan, im Stiegenhaus umher schauend, weiter und fragte sich womöglich, ob hier sonst niemand mehr wohnen würde außer sein eigenartiger Professor. In der Tat fand Clemens Kenan eigenartig. Ganz besonders wegen der Puppe, Molly, die er immer bei sich hatte. Im Moment war sie in seiner Tasche verstaut gewesen. Während Clemens noch weiterhin über die Puppe grübelte, waren sie bereits angekommen. Sie standen nun beide vor Kenan's Wohnung, der in seine Hosentasche griff und den Schlüsselbund, an dem auch der Wohnungsschlüssel dran gehangen hatte, heraus und sperrte damit die Wohnung auf. Noch während Kenan die Tür zu seiner Wohnung aufmachte, wurden er und Clemens von dem aufmerksamen Nachbarn gegenüber empfangen, der dachte, er hätte etwas gehört. >>*Oh, Sie sind es mein lieber Junge. Ich dachte schon, es wäre jemand anderes gewesen.*<< Eva Kranz war eine einsame, gebrechliche alte Dame in den Siebzigern und lebte alleine. Sie hatte weder Haustiere noch Freunde oder Verwandte, die sie besuchen kamen. Ihren Ehemann, Rudolf Kranz, hatte sie bereits vor sieben Jahren an Lungenkrebs verloren. Er war ihr

Ein und Alles gewesen. Ihre ganze Familie.

Kinder hatten sie, obwohl sie sich so gern welche gewünscht hatten, keine. Frau Kranz war leider unfruchtbar, weswegen mehrere Versuche schwanger zu werden scheiterten. Sie und ihr verstorbener Ehemann hatten sich bereits damit abgefunden und lebten unzertrennlich weiter. Unzertrennlich, bis der Tod sie voneinander getrennt hatte.

Frau Kranz kannte Kenan bereits seit seinem Einzug in die Wohnung gegenüber und hatte ihn sofort ins Herz geschlossen. Er war die einzige Person, die ihr hin und wieder behilflich gewesen war. Kenan begleitete sie zum Arzt, er ging für sie Einkaufen und er räumte auch ab und an bei ihr in der Wohnung auf. Ohne Kenan hätte Frau Kranz wesentlich größere Probleme gehabt den Alltag zu meistern. Doch, dass ausgerechnet sie die Beiden gesehen hatte, gefiel Kenan ganz und gar nicht. Also antwortete er mit einer raunzenden Stimme >>*Guten Tag Frau Kranz! Ja, ich bin es. Gehen Sie bitte wieder zurück in ihre Wohnung und schließen Sie die Tür ab!*<< >>*Oh ja, das mache ich wieder. Jetzt wo ich weiß, dass du das bist, kann ich wieder in Ruhe mein Tee genießen.*<< Gab sie ihm zu verstehen. Doch kurz bevor Frau Kranz zurück in ihre Wohnung hinein gegangen war, fiel ihr der junge Mann neben Kenan auf. Also fragte sie ganz neugierig >>*Ach, du hast ja Besuch mitgebracht. Wie schön das doch ist. Manchmal denke ich mir nämlich, dass du einsamer bist als ich.*<< Sie lachte. >>*Schönen Tag wünsche ich Ihnen Frau Kranz!*<< antwortete Kenan und nickte ihr mit einem falsch aufgesetztem Lächeln. Frau Kranz verabschiedete sich >>*Wünsche ich euch beiden auch mein lieber Kenan! Also bis später dann!*<< ging in ihre Wohnung hinein und machte die Tür hinter sich zu. >>*Eine nette Nachbarin haben Sie da*<< sagte Clemens zu Kenan. >>*Ja nett und leider auch neugierig*<< antwortete

Kenan weiterhin mit einem falsch aufgesetztem Lächeln.

Nun betrat Kenan seine Wohnung und bat Clemens ebenfalls herein zu treten.

Clemens legte seinen Rucksack ab, zog sich seine Nike Air Max aus, begab sich ins Wohnzimmer und setzte sich auf die Couch. Kenan legte seine Sachen ebenfalls ab, holte Molly aus seiner Tasche heraus und setzte sie auf die Couch, direkt neben Clemens, der zu seinem Professor sah und schmunzelte. Kenan schmunzelte zurück. >>*So mein lieber Clemens! Willkommen in meinem bescheidenen zu Hause! Hättest du gerne etwas zu trinken bevor wir anfangen?*<< Hieß Kenan seinen Studenten bei sich zu Hause willkommen und fragte ihn, ob er etwas trinken wollte. Clemens schüttelte mit seinem Kopf und sagte >>*Oh, nein danke Herr Professor! Mir wäre es lieber wenn wir gleich anfangen könnten.*<< Kenan lächelte freundlich und ließ nicht locker >>*Bist du dir auch sicher? Ich kann dir einen hervorragenden türkischen Kaffee kochen. Der ist absolut herrlich.*<< Clemens wurde etwas unbehaglich und schüttelte erneut mit seinem Kopf und nahm diesmal auch seine beiden Hände, mit denen er herum winkte, dazu und gab seinem etwas aufdringlichem Professor deutlicher zu verstehen, dass er absolut nichts trinken möchte >>*Nein, wirklich nicht Herr Professor. Ich möchte nichts. Es wäre besser, wenn wir gleich zur Sache kommen und ich mich so schnell wie möglich auf den Weg nach Hause machen kann. Meine Freundin, Sabine, hat bald Dienstschluss und ich hatte ihr versprochen heute für uns zu kochen. Ich müsste noch Einkaufen gehen und so.*<< Kenan schwieg für einen Moment. Er war nicht erfreut darüber, dass Clemens, den türkischen Kaffee abgelehnt hatte, aber er kam damit klar und lächelte Clemens am Ende doch noch zu. Kenan setzte sich gegenüber auf sein Fauteuil, zwinkerte lächelnd Molly zu, wobei Clemens das vollkommen

152

irre fand, aber nichts an sich merken ließ, und kam direkt zur Sache. Er legte seine Beine übereinander, verschränkte seine Finger ineinander und sprach zu Clemens, dem die ganze Sache offensichtlich unangenehm gewesen war >>*Nun denn mein lieber Clemens. Du weißt doch, dass ich dir schon des Öfteren gesagt hatte, dass du, im Gegensatz zu deinen Studienkollegen, ziemlich weit hinten liegst...*<< Clemens nickte leicht zustimmend mit seinem Kopf und hörte seinem Professor weiter zu >>*...ich hatte zwar gewartet, war geduldig und wollte, dass du dich von alleine besserst, die anderen einholst und deine Abschlussarbeit rechtzeitig abgibst. Doch leider scheinen sich deine Leistungen nur noch mehr verschlechtert zu haben anstatt besser zu werden....*<< Clemens verzog seine Lippen und sah nachdenklich auf die Decke, während Kenan weiter redete >>*...daher möchte ich dir heute etwas Nachhilfe geben, damit du dich verbesserst. Ich habe hier ein Zimmer eingerichtet...*<< er zeigte mit seinem Finger in die Richtung, in der das Zimmer sich befand und Clemens sah genau dort hin >>*...in der ich dir alles zeigen kann, was für die Geometrie notwendig ist. Dort werde ich dich von deinem Problem erlösen.*<< Daraufhin sagte Clemens schlicht und einfach, >>*Ok.*<< >>*Wunderbar!*<< sagte Kenan, stand auf und gab Clemens mit einer Armbewegung zu verstehen ihm zu folgen. Clemens stand auf und folgte seinem Professor zu dem besagten Arbeitsraum für Geometrie. Sie standen nun beide vor der Tür. Clemens konnte das kleine Schild auf der Tür sehen auf dem „ERLÖSUNG" stand. Er hatte keine Ahnung, was das zu bedeuten hatte und dachte sich nichts dabei. Kenan öffnete sie und bat Clemens zuerst einzutreten. Clemens tat ihm wie geheißen. Kenan verschwand für einen Augenblick. Sobald Clemens das sogenannte Arbeitszimmer für Geometrie betreten hatte, war er sehr verwundert gewesen. Überall, an allen

Wänden, auf der Decke und am Fußboden klebten große
Mengen an Folien. Das Fenster war zudem dunkel ab geklebt
worden. Es gab kein einziges Möbelstück. Kein Arbeitstisch.
Nichts. Nur die Folien. Clemens war noch vollkommen verwirrt und begriff einfach nicht was das zu bedeuten hatte.
Kenan war mittlerweile wieder zurück. Er hatte sich ganz
schnell eine transparente Schürze über gezogen und seine
Lederhandschuhe angezogen. In seiner Hand hielt er ein großes
Küchenmesser. Clemens hatte gehört, dass Kenan wieder
zurück war und drehte sich um. Als er seinen Professor in
dieser Bekleidung mit einem großen Messer in der Hand sah,
machte er reflexartig einen Schritt zurück. Schon wurde es ihm
dabei heiß und er brach in Schweiß aus. Sofort hob er seine
Hände und hielt sie vor Kenan, so als würde er ihn von sich
weg drängen wollen und fragte mit ängstlicher Stimme
>>*Ww...was soll dd...denn das Herr, Herr Professor?*<<
Kenan machte die Zimmertür hinter sich zu, hob das Küchenmesser in die Höhe, mit dem Messer gingen auch die Blicke
von Clemens hoch und folgten dem Messer, und er fing zu
grinsen an und sagte >>*Nun mein lieber Clemens...das ist
deine Erlösung!*<< Noch bevor Clemens überhaupt etwas
verstanden hatte, noch bevor er reagieren konnte, noch bevor er
etwas sagen konnte, stürzte sich Kenan wie ein tollwütiger
Wolf auf ihn und stach ihm mehrmals das Messer in sein
Oberkörper. Clemens brach zusammen und fiel auf den mit
Folien bedeckten Boden. Er hatte bereits vier Messerstiche
abbekommen. Sein Blut quoll ihm aus seinem Mund heraus
und er versuchte panisch nach Luft zu schnappen. Mit seiner
letzten Kraft hob er sein Arm und gab seinem Professor, mit
weit aufgerissenen Augen, zu verstehen, dass er ihm helfen
solle. Doch Kenan stand einfach kaltherzig über ihm und sah
zu wie sein Student in seinem eigenen Blut erstickte. Nach

154

wenigen Sekunden kniete sich Kenan über Clemens und fing an weiter auf ihn einzustechen. Nachdem fünften Stich war Clemens bereits tot, doch Kenan war noch längst nicht fertig. Er stach immer und immer wieder auf den leblosen Körper von seinem einstigen Studenten ein. Er verwandelte sich regelrecht in eine wilde Bestie. Seine Augen und sein Gesicht waren vollkommen Rot angelaufen. Seine Zähne drückte er dabei ganz fest zusammen, dass sie im Begriff waren wie ein Glas zu zerbrechen. Seine Schweißtropfen vermischten sich mit dem Blut das aus Clemens heraus spritzte. So viel Wut und zugleich auch sehr viel Genuss waren miteinander verbunden. Das kam daher, weil Kenan besonders hoffnungslose, untalentierte und erfolglose Menschen nicht ausstehen konnte. Er war der Meinung, dass sie auf der Welt nichts zu suchen hätten und deswegen alle erlöst werden sollten, sodass sie nicht länger als jämmerliche Versager leben müssen. Er war der Meinung, er täte diesen Menschen und all seinen anderen Opfern einen Gefallen. All diese Menschen, die auf irgendeiner Art und Weise gelitten hatten, mussten erlöst werden, damit ihr Leiden ein Ende findet. Er würde dafür sorgen. Er war ihr Erlöser. So hatte er auch Clemens, nach insgesamt fünfundzwanzig Stichen am Oberkörper, erlöst. Es war ein Overkill. Clemens' Körper war von Messerstichen übersät und von Blut ertränkt gewesen. Es hatte sich bereits auf der Folie am Fußboden weit ausgebreitet. Kenan war erschöpft. Er schwitzte und atmete ganz laut. Er musste erst einmal wieder verschnaufen und zu sich kommen, bevor er Clemens' Leiche entsorgen konnte. Die Stimme in seinem Kopf, die Stimme, die er zum aller ersten Mal hörte als er acht Jahre alt gewesen war, die Stimme, die zu seinem bösen Ich gehört hatte, meldete sich wieder in seinem Kopf >>*Wie wunderbar befriedigend.*<< Kenan atmete immer noch laut kniend über der Leiche von Clemens. Nachdem er sich wieder erholt hatte, würde er die Leiche zerstückeln und später in der Nacht im Hörndlwald in Hietzing begraben. Danach würde er nach Hause fahren, die Blut getränkten Folien austauschen und schlafen gehen. So tat er das immer. In seinem Folien bedecktem Zimmer hatte er bereits zuvor einige „erlöst". Seine Opfer waren vorwiegend Obdachlose und schwer kranke Menschen gewesen. Die hatte er zu sich eingeladen, ihnen eventuell etwas zu Essen und zu Trinken angeboten und sie hinterher in diesem Zimmer umgebracht, zerstückelt, in große, wasserdichte Säcke eingepackt und sie anschließend im Hörndlwald begraben. Doch diesmal müsste er das anders angehen. Denn er müsste sich noch um seine Nachbarin, die Frau Kranz, kümmern. Sie war eine Augenzeugin. Sie hatte Clemens mit ihm zusammen gesehen. Das war nicht gut für sie. Denn wie sollte solch eine alte und gebrechliche Dame sich einem Polizeiverhör stellen? Wie sollte sie all ihre Fragen beantworten können, wenn sie sie über ihn und Clemens ausfragen? Wie sollte sie diesen ganzen Stress ertragen? Das wäre nicht möglich, dachte sich Kenan. Sie musste davor beschützt werden. Sie musste erlöst werden. Und er wusste auch schon wie.

KAPITEL 10

KENAN KAYA

Seit seiner Zeit im Waisenhaus hatte Kenan viel erlebt. Ohne Karo und Sylvia waren es zwar einige harte und vor allem langweilige Tage im Waisenhaus gewesen, doch mit dem Beginn seines Geometrie Studiums an der Universität Wien begann auch ein vollkommen neues Leben für ihn. Anfangs dachte er noch, dass er seine Vergangenheit, all das was in seiner Kindheit geschehen war, vergessen würde, aber die Erinnerungen daran waren einfach viel zu stark, sodass er immer und immer wieder zurück denken musste. Immerhin wusste er, wie er sich davon ablenken konnte. Mit dem „Erlösen" von Menschen. Irgendwann war es ihm genug, sodass er sich davon distanziert hatte. Er wollte sich nur noch voll und ganz seinem Studium widmen. Molly gab ihm dabei die nötige Unterstützung. Denn jedes Mal, wenn er die Puppe ansah, sah er in ihr Karo und dachte sich, dass Karo es bestimmt nicht wollen würde, dass er sein Leben vergeudet. Und auch Sylvia wäre bestimmt von ihm enttäuscht gewesen. Daher versuchte Kenan ein normales Leben, wie alle anderen zu führen. Er studierte, ging ins Kino, vertrieb sich die Zeit in Kaffeehäusern und in Parks. Er versuchte neue Freunde zu gewinnen und auch die Liebe zu finden. Kenan wollte nämlich auch später mal eine eigene Familie haben. Eine Frau, die ihn liebte und Kinder, die er groß ziehen wollte. Ganz bestimmt würde er kein so schlechter Ehemann und ein noch schlimmerer Vater, wie sein eigener Vater es gewesen war, sein. Er wäre um vielfaches besser als dieser elendiger Säufer und Schläger. Er würde nicht die selben Fehler machen wie er. Er würde seine Frau und sein Kind nicht schlagen. Und ganz bestimmt würde er seine Frau nicht zur Prostitution und das auch noch in ihren eigenen vier Wänden zwingen. Er war etwas besseres und er war bereit das auch zu zeigen. Doch Kenan fand weder Freunde noch die große Liebe. Für seine Altersgenossen war er viel zu ernst und schwer zu begeistern. Und, dass er ständig mit einer Puppe herum lief, machte den Eindruck von einem Außenseiter nicht besser. Niemand wollte etwas mit ihm zu tun haben. Er wirkte für die anderen abstoßend und unsympathisch. Er redete kaum und lachen hatte man ihn auch nie gesehen. So sehr es Kenan auch versuchte sich zu integrieren, so sehr er versucht hatte dazu zu gehören, so sehr wandte man sich von ihm ab. Er wusste einfach nicht was er falsch machte. Er war der Meinung, dass wenn er mal eine feste Freundin haben würde, dass er dann auch schon Freunde gewinnen würde. Doch auch in der Liebe scheiterte Kenan ständig. Im Laufe seines Lebens traf Kenan sehr viele Frauen, die er attraktiv und hübsch fand. Es gab da mal eine Studienkollegin von ihm. Ihr Name war Patricia und sie stammte aus Wien. Sie war das erste Mädchen, nach Karo, für die er Liebesgefühle empfand. Kenan war kein scheuer Mensch. Er hatte keine Angst davor offen und ehrlich über diese Gefühle zu sprechen. Also ging er eines Tages zu Patrizia und sagte ihr, dass er sie sehr hübsch finden würde und ob sie nicht Lust hätte mit ihm ein Kaffe zu trinken. Er wolle sie unbedingt kennenlernen. Doch Patrizia schüttelte, mit einem Gesichtsausdruck den man macht, wenn man sich vor etwas anwidert, und lehnte Kenan's Angebot ab. Von dem Moment an vermied sie jeglichen Kontakt mit ihm. Kenan nahm das gelassen hin. Er hatte keine Herzschmerzen oder etwas in der Art. Wieso sollte er denn auch so etwas haben. Er war ja nicht mit ihr schon zusammen, sodass sie ihn einfach so verlassen hätte. Nein. Er fand sie charmant und teilte ihr das auch mit.

Und sie konnte dabei nur zu- oder absagen. In dem Fall war es eben eine Absagen. Das war halb so schlimm, dachte er sich. Es gab viele Frauen. Eine von ihnen würde ihn schon akzeptieren. Also suchte er weiter. Nach einigen Wochen traf er vor dem Universitätsgelände auf eine andere Studentin, die er attraktiv gefunden hatte. Ihr Name war Aysu und sie stammte ebenso aus der Türkei wie Kenan auch. Er ging bei Aysu genau so vor wie er es schon bei Patrizia gemacht hatte. Er fragte sie, ob sie Lust hätte mit ihm ein Kaffee trinken zu gehen damit sie sich besser kennenlernen konnten. Doch auch bei ihr hatte Kenan keine Chance. Sie bedankte sich für seine Offenheit und gab ihm zu verstehen, dass sie bereits in festen Händen ist. Auch hier zeigte Kenan Verständnis und sah Aysu nie wieder. So gingen seine Studienjahre dahin. Er versuchte es immer und immer wieder, doch er konnte nie ein Erfolg erzielen. Er wurde ständig abgewiesen und von manchen sogar ausgelacht. Denn Kenan war kein gut aussehender Mann gewesen. Seine Nase war viel zu groß und seine Augenbrauen viel zu dick. Er hatte keinen durchtrainierten Körper und von Mode verstand er auch nichts. Er war ein einfacher Typ, der nichts zu bieten hatte. Zu der Zeit hatte er auch kein Auto. Noch nicht mal den Führerschein. Er arbeitete Geringfügig in einem Call Center, wodurch er auch finanziell nicht viel anbieten konnte. Er war weit unter dem Durchschnitt. Doch kurz vor seinem Abschluss an der Universität machte Kenan den Führerschein und fing auch an sich ordentlich zu kleiden. Später konnte er sich sein erstes Auto, es war ein Renault Clio RN 1.4, leisten. Er hatte ihn über eine Internetplattform, die unter Anderem auch gebrauchte Fahrzeuge verkaufte, zu einem sehr günstigen Preis bekommen. Doch auch mit einem Auto und einem eleganten Freizeitanzug hatte er kein Glück bei den Frauen. Jedes Mal, wenn er eine Frau angesprochen hatte, selbst als er sie nach irgendeiner Adresse fragte, oder sich ganz einfach über irgendetwas informieren wollte, konnte er in den Augen dieser Frauen sehr deutlich das Ekeln sehen. Es war ihnen einfach unangenehm gewesen von so einem hässlichen Mann angesprochen zu werden. Kenan konnte sehr gut fühlen, dass die Frauen das Gespräch mit ihm so schnell wie möglich beenden und sich von ihm entfernten wollten. Auch als er sich jedes Mal im Burggarten oder im Schönbrunn auf eine Bank neben eine Frau gesessen hatte, ohne jegliche Gedanken diese Frau anzusprechen, hatten sie sich sofort von ihm wegsetzt oder sind einfach aufgestanden und weiter gegangen. Er konnte auch sehr gut beobachten, wie die Kellnerinnen in Kaffee-häusern die restlichen männlichen Gäste nett und freundlich bedienten, ja sogar teilweise flirteten, scherzten und lachten, aber ihn hatten sie kein einziges Mal freundlich bedient, ob-wohl er immerzu recht gutes Trinkgeld gegeben hatte oder mit ihm gelacht als er seine Witze erzählte. Nichts hatte geholfen. Es war ihnen schlicht und einfach unangenehm gewesen mit ihm zu kommunizieren. Sie wollten einfach nichts von ihm wissen. Sie wollten nichts mit ihm zu tun haben. Die Frauen wollten einfach nur, dass er sie in Ruhe lässt.

Irgendwann hatte Kenan das eingesehen und sprach einfach keine Frau mehr an. Es sei denn es war nicht zu vermeiden. Wie zum Beispiel bei Einkaufen an der Kassa, an der Theke bei der Bäckerei oder auf der Arbeit mit Kolleginnen oder Schülerinnen. Kenan war nämlich für sechs Monate als Dozent auf einer Fachhochschule beschäftigt, bevor er als Geometrie Professor auf die Universität für angewandte Kunst wechselte. So blieb ihm nichts anderes übrig als den Kontakt mit Frauen zu vermeiden und ihnen aus dem Weg zu gehen. Er war der Meinung, dass das seine Zeit verschwendet. Dass es keinen Sinn hätte weiterhin eine Frau fürs Leben zu suchen. Wenn es ihnen schon allein davon unangenehm gewesen war, wenn er mal wissen wollte, ob es noch eine Apfeltasche gegeben hatte, dann wäre ihnen ein ganzes Leben mit ihm voll und ganz unvorstellbar. Da würden ihm eher Hörner aus der Stirn heraus wachsen. Nein, er hatte es eingesehen, dass er kein Glück bei den Frauen hatte. Abgesehen davon wollte er ihnen nicht von seinem zweiten Ich erzählen. Von seinen Taten, die sie beide verbrochen hatten. Er würde das Geheimnis ohnehin mit in den Grab nehmen, doch er wusste, dass das nicht möglich wäre. Die Wahrheit würde früher oder später herauskommen. Dann würde die Frau ihn sowieso verlassen. Denn keine Frau der Welt würde mit so einer Person zusammen sein wollen. Das Ganze hätte ohnehin kein Sinn gehabt. Vielleicht lag es nicht an seiner Hässlichkeit, dass die Frauen ihn so dermaßen verabscheuten. Vielleicht konnten sie irgendwie sein böses Ich spüren. Vielleicht lag es aber auch an Beidem. Vielleicht lag es aber auch daran, dass er dazu bestimmt gewesen war der Erlöser zu sein. Vielleicht war das seine Bestimmung. Seine eigentliche Berufung. Vielleicht war er dazu auserwählt worden. Vielleicht hatte sich sein anderes Ich nicht ohne Grund auserwählt. Um seine Taten erfolgreich vollbringen zu können, musste er ungebunden sein. Er musste sich frei bewegen können. Er durfte sich nicht ablenken lassen. Vielleicht war genau das der Grund, wieso er kein Glück bei den Frauen hatte. Vielleicht hatte das Schicksal etwas anderes für ihn vorgesehen. Er wusste es nicht genau. Alles was er wusste, war, dass er mit seinem Leben alleine weiter machen musste. So allein war er außerdem gar nicht. Denn er hatte ja seine kleine Freundin Molly bei sich. Sie war schon immer bei ihm und daran würde sich auch nichts ändern. Sie blieb an seiner Seite, obwohl er Menschen umbrachte. Denn er wusste, dass Molly ihn verstand. Molly wusste wieso er das tat was er tat.

Sie verurteilte ihn nicht dafür und sie verließ ihn auch nicht deswegen. Sie war da. Sie war ihm treu. Molly war seine beste Freundin.

So begann er wieder mit dem „Erlösen" von Menschen an. Er verkaufte sein altes Auto und kaufte sich ein neues. Er zog in eine größere Privatwohnung ein. Er lernte dort die alte Frau Kranz kennen, mit der er hin und wieder Zeit verbrachte. Hobby's hatte er keine. Hin und wieder ging er in die Innere Stadt und setzte sich in eines der Kaffeehäuser und trank zwei bis drei Tassen doppelten Espresso. Sonst verbrachte er die meiste Zeit in seiner Wohnung. Wenn er mal nichts kochte, ließ er sich per App etwas zu essen liefern. Manchmal, wenn ihm nichts besseres einfiel, spielte er etwas klassische Musik von seinem Smartphone, nahm Molly in seine Arme und tanzte mit ihr. Sonst widmete er sich voll und ganz seiner Aufgabe. Er besorgte sich neues Equipment für seine Zwecke als Erlöser und verwandelte eines seiner Zimmer in ein Raum der Er-lösung.

So machte er dort weiter, wo er aufgehört hatte. Seine ersten Opfer in seinem neuen Raum für Erlösung waren meist Ob-dachlose. Er gewann ihr Vertrauen und konnte sie so dazu überreden mit ihm nach Hause zu kommen. Er versprach ihnen eine warme Mahlzeit, eine Duschmöglichkeit, neue Bekleidung und ein richtiges Bett zum Schlafen. Die Obdachlosen fanden das alle sehr großzügig und nahmen das freundliche Angebot von Kenan an. Doch als sie bei ihm zu Hause waren und das Zimmer der Erlösung betraten war es vorbei mit der Freundlichkeit. Es war vorbei mit ihrem Leben. Kenan hatte sie alle von ihrem elendigen und hoffnungslosen Leben erlöst. Er tat ihnen einen Gefallen. Davon war er, so wie immer auch, fest überzeugt gewesen. Er tat das Richtige.

Und er ging jedes Mal gleich vor. Nachdem er seine Opfer

getötet hatte, zerteilte er sie in viele einzelne Stücke. Er schnitt ihnen ihre Köpfe ab, zersägte ihre Gliedmaßen, schnitt ihnen den Bauch auf und holte ihre Organe und teile von ihren Knochen heraus, sodass er sie viel besser in seine wasserfesten Säcke hinein stopfen konnte. Eines dieser Obdachlosen war sogar so dick, dass Kenan für ihn mehrere Säcke gebraucht hatte um seine Leichenteile los zu werden. Danach wartete er bis es spät Nachts wurde und fuhr mit den Leichenteilen in den Hörndlwald und vergrub sie dort sehr sorgfältig in die Erde hinein. So tat er das immer und wieder. Und es schien alles sehr gut und sauber zu laufen. Bis auf den Tag, an dem Clemens zu Besuch gekommen war. Denn da wurde er mit ihm gesichtet. Diesmal gab es einen Augenzeugen. Und dieser Augenzeuge, der auf den Namen Eva Kranz hörte, musste beseitigt werden. Egal wie alt und senil sie gewesen war, sie war zu einer Gefahr geworden. Kenan wollte nichts riskieren. Es wurde Zeit, dass Frau Kranz ihrem geliebten Ehemann Gesellschaft leistete.

Kenan Kaya musste sich nur darauf vorbereiten.

KAPITEL 11

INSPEKTOR HELMUT STADLER

Helmut Stadler war vierundvierzig Jahre alt und schon seit vierundzwanzig Jahren bei der Polizei beschäftigt. Er war bei der Mordkommission. Er leitete immer seine Fälle und konnte sie alle lösen. Inspektor Stadler hatte schon viele Mörder hinter Gitter gebracht. Kein Mörder konnte ihm entkommen. Er wusste alles über diesen Abschaum, so bezeichnete nämlich Inspektor Stadler, diese Mörder. Er kannte all ihre Tricks und Vorgehensweisen. Die meisten von ihnen waren auch richtige Amateure, die es ihm viel zu einfach machten, sie zu fassen. Entweder wussten sie nicht wie man mordete oder sie waren einfach viel zu Faul um ihre Spuren zu verwischen bzw. möglichst wenige Spuren zu hinterlassen. Bei vielen waren die Motive meist die selben. Streit unter Eheleuten. Von denen gab es jede Menge. Je mehr Inspektor Stadler davon gesehen hatte umso mehr klammerte er sich an seine Frau und an seine Beziehung mit ihr. Er wusste zwar, dass das niemals vor-kommen würde, aber er hoffte dennoch, dass es nicht so enden würde. Sonstige Familienmitglieder brachten sich wegen Geld um. Es war für ihn vollkommen unverständlich. Wie konnten sich Familien einander so etwas grausame tun? Er verstand es einfach nicht. Waren die Menschen wirklich so gierig nach Geld, sodass sie selbst ihre eigenen, leiblichen Geschwister töteten? Eines seiner härtesten Fälle war ein Amoklauf in einem Gymnasium in Wien. Ein siebzehn Jähriger Schüler war, aufgrund von Mobbing, bei der er über eine längere Zeit hinweg, von seinen Mitschülern zum Opfer gefallen war, mit der Schusswaffe seines Vaters Amok gelaufen. Er richtete zuerst seine beiden Eltern und seine einzige Schwester hin und schoss

anschließend in der Schule wild um sich und tötete dabei insgesamt vier Schülerinnen und Schüler und drei Lehrbeauftragte. Noch bevor die Polizei ihn festnehmen konnte schoss er sich selbst in Mund. Er war auf der Stelle tot. Inspektor Stadler war, damals noch ganz frisch als Inspektor, vor Ort und musste zu sehen, wie ein Jugendlicher sich selbst das Gehirn weggeschossen hatte. Es war ein unbeschreiblich grausamer Anblick für ihn gewesen. Er hatte in seinen vielen Dienstjahren, vor Allem als Inspektor, sehr viele furchtbare Momente erlebt. Die meisten Todesopfer, die er gesehen hatte, die auch zum Teil, grässlich entstellt gewesen waren, konnte er genauso nicht vergessen. Doch Inspektor Stadler hatte sehr viel erlebt und er hatte viel zu viel gesehen. Mehr als ihm lieb gewesen war, doch das gehörte einfach zu seinem Beruf. Er selbst hatte sich das ausgesucht und er war auch mittlerweile ein taffer und robuster Mann mittleren Alters. Doch ganz egal wie taff und robust er geworden war, die Todesfälle nahmen ihn jedes Mal sehr mit. Auch wenn er sich bemühte sich nichts anmerken zu lassen, man sah es einfach in seinen Augen. Er hatte eine zweiundvierzig Jährige Ehefrau namens Erika Stadler, die Krankenschwester war. Sie hatten sich vor siebzehn Jahren in dem Krankenhaus kennengelernt, in der Erika arbeitete. Inspektor Stadler hatte einen seiner damaligen Kollegen von der Streife besucht als dieser von einem Jugendlichen mit dem Messer attackiert worden war. Erika war seine Krankenschwester. So trafen sie sich an jenem Tag zum ersten Mal und verstanden sich gut. So sehr, dass sie kurzer Zeit später heirateten und ein gemeinsames Kind zeugten. Sie hatten einen vierzehn Jährigen Sohn namens Peter. Er war ihr einziges Kind.
Als vor Kurzem eine Meldung bei der Polizei einging bei dem eine vermisste männliche Person, der seit zwei Tagen nicht

mehr zur Arbeit gekommen war und auch nicht an sein Handy ging, wurde sie vom Inspektor Stadler vorerst ignoriert, da Fälle von vermissten Personen nicht seine Abteilung waren. Doch als zwei Polizeibeamte von der Streife den Fall näher untersuchten und zur Wohnung von der vermissten Person fuhren, machten sie einen schrecklichen Fund. Der vermisste Mann, lag tot in seiner Wohnung. Somit wurde dieser Fall schlagartig ein Fall für Inspektor Stadler.

Als Inspektor Stadler die Wohnung des toten Mannes, der sich als Bernhard Schneider erwies, der vor wenigen Jahren aus dem Gefängnis entlassen worden war, langsam und vorsichtig betrat, sah er sich erst einmal um. Die Wohnung sah recht ordentlich aus. Weder die Eingangstür noch die Fenster waren eingebrochen. Der Fernseher war abgedreht gewesen und die Möbel waren alle sauber. Der Tote hatte ein Messer in seinem Bauch stecken, das er immer noch mit seiner rechten Hand hielt. Für Inspektor Stadler war es ganz klar. Es sah ganz danach aus, als hätte Bernhard Schneider Selbstmord begangen. Doch etwas in ihm sagte, dass das nicht das ist, was es zu sein scheint. Denn ein Abschiedsbrief hatte der Tote nicht hinterlassen. Er hatte auch seinen Kollegen in der Arbeit nichts davon erzählt oder ihnen angedeutet, dass er Selbstmord gefährdet sei. Und wieso hat er sich nicht in seinem Schlafzimmer auf dem Bett oder im Wohnzimmer auf der Couch oder in seiner Badewanne umgebracht? Wieso stand er mitten im Wohnzimmer als er sich das Messer in den Bauch rammte? Vor Allem, wieso sollte sich ein Mann, der erst seit einigen Jahren wieder in Freiheit ist, ein Job und eine Wohnung hatte, sich einfach so, wie aus dem Nichts, umbringen? Inspektor Stadler vermutete zuerst, dass Bernhard Schneider es vielleicht schwer hatte im Leben, nach so vielen Jahren im Gefängnis, wieder zurecht zu kommen. Doch er war sich nicht sicher, ob das tatsächlich jemanden zum Selbstmord treiben hätte können. Auch wenn dass für all seine anderen Kolleginnen und Kollegen ganz offensichtlich war, er konnte es noch nicht als Selbstmord abschließen. An diesem Fall war etwas dran. Das konnte er richtig fühlen. Auch wenn er es im Moment noch nicht beweisen konnte, er wusste, dass da etwas nicht stimmen konnte. Und er war fest entschlossen, der Sache auf den Grund zu gehen. Diesbezüglich wollte er auf den genauen Autopsiebericht warten. Dann konnte er, je nach dem, diesem Fall nachgehen.

Zurück in seinem Büro konnte Inspektor Stadler immer noch nicht aufhören über Bernhard Schneider's Tod nachzugrübeln. Es ließ ihm einfach keine Ruhe. Er trank bereits seine fünfte Tasse Kaffee und konnte es kaum erwarten den Autopsiebericht zu lesen. Er war der Meinung, dass er etwas frische Luft nötig hatte, sodass er sein letztes Schlückchen Kaffe durch seinen Hals hindurch goss, sein Sakko schnappte und nach draußen ging. Er setzte sich in sein Wagen hinein und fuhr in ein Kaffeehaus, wo er noch mehr Kaffee trank. Er bestellte sich eine Melange und zündete sich eine Zigarette an. Es war ein recht angenehmes Wetter draußen. Die Sonne schien und es zog ein leichter Wind. Der Sommer stand schon ganz nah an der Tür. Inspektor Stadler machte sich schon seine Urlaubspläne. Er und seine Familie würden dieses Jahr den Sommer nicht in Wien verbringen. Seine Frau Erika wollte schon immer nach Venedig und mit der Gondel durch die Stadt fahren. Das fand sie schon immer sehr faszinierend. Sie wollte es auch mindestens einmal im Leben erlebt haben. Somit war das Reiseziel für Inspektor Stadler geklärt. Er würde mit seiner Ehefrau und seinem Sohn nach Venedig fahren. Doch dafür hatten sie noch einen ganzen Monat Zeit. Im Moment hieß es noch arbeiten, arbeiten und wieder arbeiten. Vor Allem würde Inspektor Stadler auf keinen Fall in den Urlaub fahren ohne vorher den Fall mit dem fragwürdigen Tod von Bernhard Schneider aufgeklärt zu haben.

So verging eine ganze Stunde voller Gedanken, vier Tassen Melange und eine halbe Schachtel Chesterfield Blue. Inspektor Stadler bezahlte die Rechnung, stand auf, setzte sich in sein Wagen hinein und fuhr nach Hause. Er war schon recht müde geworden und wollte sich zu Hause ein wenig ausruhen. Der Autopsiebericht würde ohnehin erst am nächsten Tag fertiggestellt werden. Also konnte er sich in aller Ruhe zu Hause niederlassen.

Seine Frau Erika empfing ihn wie immer voller Freude. An diesem Tag hatte sie die Nachtschicht, weswegen sie noch für zwei Stunden zu Hause mit ihrem geliebten Ehemann verbringen konnte. Ihr gemeinsamer Sohn Peter war mit ein paar Schulkollegen unterwegs gewesen.

Inspektor Stadler erzählte seiner Ehefrau was er an diesem Tag erlebt hatte und wie sein Tag so verlief. Das tat er jeden Tag. Er erzählte seiner Ehefrau immer wie sein Tag verlaufen war. Und sie erzählte ihm genauso alles über ihren Arbeitstag. Sie teilten sich immer alles mit. Das half ihnen auch viel besser im Alltag zurecht zu kommen. Es tat ihnen beiden gut sich gegenseitig zuzuhören und sich Ratschläge zu geben. Sie waren ein gutes Team. Auch ihr Sohn Peter erzählte ihnen, wenn auch nicht immer, wie sein Schultag verlaufen war. Doch jetzt wo er langsam zu einem Teenager heranwuchs erzählte er immer weniger von sich. Seine Eltern jedoch hatten Verständnis dafür und wollten ihn nicht bedrängen. Sie wollten, dass er sich selbst öffnet, wenn er auch wirklich das Bedürfnis dazu hat. Ansonsten würde er sich nur noch weiter von ihnen entfernen.

168

Es war eben nicht einfach ein Kind groß zu ziehen. Inspektor Stadler bewunderte immer die Eltern, die zwei oder drei Kinder erziehen mussten. Ganz großen Respekt hatte er vor Allem zu alleinerziehenden Eltern. Die waren in seinen Augen die wahren Helden.

So begann er also seiner Ehefrau über Bernhard Schneider und seinen angeblichen Selbstmord zu erzählen. Erika Stadler hörte sich die ganze Geschichte an. Doch da es nicht ihr Spezialgebiet war, konnte sie nicht viel sagen. So wie es ihr Ehemann ihr jedoch geschildert hatte, würde sie eher seine Theorie unterstützen. Sie entschuldigte sich mit einem tröstendem Lächeln bei ihrem Ehemann, dass sie ihm nicht viel dazu sagen konnte. Inspektor Stadler lächelte zurück, hielt an ihrer Hand fest und küsste diesen. Dann sagte er >>*Du musst dich dafür doch nicht entschuldigen. Es reicht mir schon vollkommen, wenn du mir einfach nur zuhörst. Dafür müsste ich Dankbar sein. Und das bin ich auch meine liebe Erika. Ich danke Gott für jeden Tag, dass ich mit dir verbringen kann. Dass ich heil und gesund nach Hause kommen und dich in meine arme schließen kann. Ich danke Gott, dass du noch bei mir bist. Für all das bin ich unendlich dankbar.*<< Sie hielten ihre Hände fester zusammen, sahen sich tief in die Augen. Erika Stadler's Augen füllten sich mit Freudentränen.

Sie fingen an sich sinnlich zu küssen. Noch bevor sie auf die nächste Stufe schalten konnten, kam ihr Sohn Peter nach Hause und gab seine Bemerkung dazu ab >>*Oh, entschuldigt bitte! Ich wollte euch nicht stören, aber könnt ihr nicht irgendwo knutschen, wo man euch nicht sieht? Am Besten in einem dunklen Kammer, ganz weit weg von hier.*<< Inspektor Stadler musste schmunzeln, doch seine Erika beschloss sich etwas dazu zu sagen >>*Nicht in diesem Ton junger Mann! Werd ja nicht frech!*<< Daraufhin zuckte Peter mit seinen Schultern und sagte murmelte etwas vor sich hin, das so klang, als würde er gesagt haben, „I*hr seid die Frechen.*" Seine Mutter konnte das hören und sagte daraufhin >>*Hey, das habe ich gehört junger Mann!*<< Peter reagierte nicht darauf und verschwand in seinem Zimmer. Inspektor Stadler stand lächelnd auf, umklammerte seine Ehefrau und sagte >>*Lass ihn doch Schatz! Er kommt in die Pubertät. So sind Kinder nun mal.*<< Erika lächelte ihm zurück und sagte >>*Ja, sie werden viel zu schnell groß. Es kommt mir wie gestern vor, da musste ich ihn eigenhändig füttern und jetzt will er nicht einmal mit uns am selben Tisch essen.*<< Inspektor Stadler lächelte weiter und sagte >>*Der wird schon wieder.*<< Erika Stadler gab ein langes seufzen von sich und sagte >>*Ja, das hoffe ich doch sehr.*<< Inspektor Stadler drückte ein Kuss auf ihre Lippen und sagte >>*Ich liebe dich!*<< Erika Stadler sagte ihm ebenfalls >>*Ich liebe dich!*<< und fügte hinzu >>*Jetzt muss ich leider schon los. Die Nachtschicht wartet.*<< Sie ließen voneinander ab. Erika Stadler nahm ihre Handtasche, verabschiedete sich von ihrem geliebten Ehemann und verschwand hinter der Eingangstür. Inspektor Stadler sah ihr nach und ging anschließend zum Zimmer seines Sohnes. Er klopfte an und eine etwas gelangweilt klinge Stimme ertönte von innen >>*Herein!*<< Inspektor Stadler öffnete die Tür und trat hinein. Er wollte etwas Zeit mit seinem Sohn verbringen. Er wollte wissen, wie sein Tag so gelaufen war. Doch Peter schien keine große Interesse daran zu haben, weswegen er sehr abweisend redete und weiter an seinem Smartphone herum spielte. >>*Und? Möchtest du mir von deinem Tag erzählen?*<< fragte ihn sein Vater. Als Antwort bekam Inspektor Stadler zu hören >>*Nein, möchte ich nicht.*<< Inspektor Stadler verrenkte seine Hände ineinander, wackelte mit dem Kopf und sagte >>*Gut, wenn du dich mal doch unterhalten möchtest, dann weißt du ja, wo du deine*

Eltern findest.<< Er lachte dabei und versuchte mit so einem Witz die Aufmerksamkeit seines Sohnes zu gewinnen. Doch dieser hatte nach wie vor keine Interesse auf ein Gespräch mit seinem Vater und sagte, während er immer noch auf das Display seines Handy's starrte >>*Ja, das weiß ich.*<<

>>*Gut...*<< sagte Inspektor Stadler und fügte hinzu >>*...also dann, noch viel Spaß mit deinem Handy und bis nachher!*<< Peter würdigte ihm keine Antwort. Er war zu sehr in sein Handy vertieft gewesen. Inspektor Stadler verließ das Zimmer wieder, schloss die Tür hinter sich zu und ging auf die Couch um ein wenig Fern zu sehen.

In den Nachrichten wurde schon über den Tod von Bernhard Schneider berichtet. Man sprach von einem Selbstmord. Doch wieder überkam Inspektor Stadler ein mulmiges Gefühl bei diesem Wort. Es war kein Selbstmord. Es war etwas dahinter. Und er konnte nicht einfach so zu Hause sitzen und auf den nächsten Tag warten. Er musste wieder zurück in sein Büro und musste dieser Sache nach gehen. Er musste Bernhard Schneider's Leben überprüfen. Dass er wegen zweifachen Mordes angeklagt gewesen war und ins Gefängnis musste, war ihm bereits bekannt gewesen. Doch wer genau war dieser Mann noch? Welche Freunde hatte er? Wie stand er zu ihnen? Hatte er eine Geliebte? Eine Freundin? Hatte er streit mit jemandem?

Es waren einfach viel zu viele fragen, die alle dringend eine Antwort nötig hatten und diese Antworten würde er nicht zu Hause vor dem Fernseher finden. Er musste zurück in sein Büro und mit der Überprüfung anfangen. So machte er sich bereit für eine lange Nacht. Er dachte sich, dass seine Frau nicht die einzige war, die Nachtschicht hatte. Auch er musste nun die Nacht durcharbeiten. Er verabschiedete sich von seinem Sohn Peter und verließ die Wohnung.

Zurück in seinem Büro schlug er die alten Akten von Bernhard Schneider auf und sah sich alles gründlich an. So fand er heraus, dass Bernhard Schneider keine eigene Familie hatte. Er hatte auch keine Freundin. In den Akten stand, dass zu der Zeit seiner Verhaftung, Bernhard Schneider als Kassierer an einer Tankstelle gearbeitet hatte und ursprünglich aus Linz stammte. Inspektor Stadler fand auch heraus, dass Bernhard Schneider wegen Mordes an einem Ehepaar verhaftet worden und für schuldig gesprochen war. Er fand auch heraus, dass das zum Opfer gefallene Ehepaar einen gemeinsamen achtjährigen Sohn namens Kenan Kaya hatten, der nach dem Tod seiner Eltern, im Waisenhaus aufgewachsen war. Sofort überkam Inspektor Stadler wieder ein mulmiges Gefühl und er dachte sich, ob sich der Täter und der Nachwuchs des Ehepaares gekannt hatten. Er wollte wissen, ob sie während der Haftzeit von Bernhard Schneider und/oder danach Kontakt miteinander hatten. Um das herausfinden zu können, musste Inspektor Stadler zuerst diesen Kenan Kaya ausfindig machen. Sofort legte er die Akten beiseite und setzte sich vor seinem Computer hin. Schon recherchierte er ein wenig über Kenan Kaya und zu seinem bedauern, war im Internet nicht viel vorhanden. Nur das was er bereits wusste. Kenan Kaya hatte nicht einmal irgendwelche Konten bei den Sozialen Medien eingerichtet.
Er konnte lediglich nur Wohnadresse und Arbeitsplatz von Kenan Kaya herausfinden und das würde auch schon genügen. Also machte er sich sofort auf den Weg zur Wohnung von Kenan Kaya um ihn zum Tod von Bernhard Schneider zu befragen. Inspektor Stadler erhoffte sich nicht allzu viel, aber er war dennoch sehr optimistisch bei dieser Sache. Das wäre zumindest ein Schritt weiter um sein Verdacht, dass es sich nicht wirklich um Selbstmord handeln konnte, näher bringen. So setzte er sich erneut in sein Auto hinein und fuhr auf dem

direkten Weg zu Kenan Kaya's Wohnadresse. Eine recht ruhige Gegend im dreizehnten Wiener Gemeindebezirk.

KAPITEL 12

ES WAR MIR EIN VERGNÜGEN

Es war bereits halb zehn am Abend als es überraschenderweise an der Tür von Kenan Kaya klopfte. Im Bett war er noch nicht, sondern genoss sein Abendtee während er sich eine Komödie im Fernsehen anschaute. Die Puppe Molly sah ebenfalls mit. Kenan dachte sich, wer das wohl um diese Uhrzeit noch sein konnte und wartete noch ein wenig bis er sich meldete. Es klopfte ein weiteres Mal und auch dieses Mal reagierte Kenan nicht darauf. Er dachte sich, wer auch immer das sein mag, würde schon wieder weg gehen und so trank er weiterhin genüsslich sein Tee und sah fern. Doch es klopfte ein weiteres Mal und dieses Mal, meldete sich eine raue männliche Stimme hinter der Tür *>>Herr Kaya! Hier ist Inspektor Stadler von der Mordkommission. Falls Sie zu Hause sind, bitte ich Sie die Tür zu öffnen!<<* Und schon verschwand Kenan's abendliche Stimmung und er wurde leicht nervös. Er legte seinen Tee auf den Tisch und überlegte ein wenig. Er dachte sich, ob die vielleicht herausgefunden haben, dass er Bernhard Schneider getötet hatte. Wenn ja, wie konnten sie das schaffen und dann auch noch so schnell. Dann dachte er sich, dass es vielleicht doch um etwas anderes ginge. Er wusste es nicht. Das klopfen hörte nicht auf. Inspektor Stadler meldete sich erneut zu Wort *>>Herr Kaya! Ich bitte Sie, machen Sie auf!<<* Kenan Kaya sah zu Molly hinüber und fragte Sie *>>Was sagst du Molly? Was kann dieser Inspektor nur wollen?<<* Nach kurzem Schweigen nickte er mit dem Kopf und sagte *>>Du hast recht. Das kann ich nur herausfinden, wenn ich ihm die Tür öffne.<<* So stand er auf und ging zu der Tür. Als Kenan die Tür öffnete, stand ein groß gewachsener und stattlicher Mann vor ihm, der

ihn begrüßte >>*Guten Abend Herr Kaya! Mein Name ist Helmut Stadler und ich bin von der Mordkommission. Verzeihen Sie mir bitte, dass ich Sie so spät noch zu Hause störe, aber es geht um einen sehr wichtigen Fall, zu dem ich Sie befragen möchte. Ein Mordfall, versteht sich. Dürfte ich vielleicht bitte eintreten?*<< Ohne lange zu überlegen, ließ Kenan den Inspektor lächelnd eintreten.
Sofort bat ihm Kenan etwas zu trinken an, doch Inspektor Stadler lehnte dankend ab und setzte sich auf die Couch, auf der bereits auch Molly saß. Inspektor Stadler sah die Puppe und sagte >>*Hübsche Puppe.*<< Kenan bedankte sich und sagte >>*Oh ja, danke! Sie war ein Geschenk von einer guten Freundin.*<< >>*Hmmm, verstehe...*<< sagte der Inspektor und fügte hinzu >>*...dürfte ich Sie fragen, wieso Sie so lange gebraucht haben, die Tür zu öffnen?*<< Auch hier überlegte Kenan nicht lange und gab dem Inspektor lächelnd eine Antwort >>*Tut mir aufrichtig Leid Herr Inspektor, aber ich war vor dem Fernseher eingeschlafen. Es war ja auch ein recht anstrengender Tag auf der Universität.*<< Inspektor Stadler nahm das mal so hin und sagte >>*Ja richtig. Sie unterrichten ja derzeit an der Universität für angewandten Kunst.*<< Kenan bestätigte das mit einem einfachen >>*Korrekt.*<< Nun wollte Kenan den Besuch vom Inspektor Stadler wissen und fragte ihn danach >>*Dürfte ich Sie fragen, worum es bei Ihrem netten Besuch tatsächlich geht?*<< >>*Oh ja, klar. Es geht um den kürzlich verstorbenen Mann namens Bernhard Schneider. Wissen Sie wenn ich meine?*<< Kenan runzelte seine Stirn und gab dem Inspektor eine Antwort >>*So? Er ist also gestorben?*<< Inspektor Stadler sagte >>*Ja, vor ein paar Tagen. Selbstmord. Kam heute in den Nachrichten. Wussten Sie das nicht?*<< Kenan antwortete >>*Nein, das wusste ich nicht. Ich sehe auch nur selten fern.*<<

Inspektor Stadler sagte >>*Kann ich verstehen. Das heißt also, Sie kannten den Mann noch?*<< >>*Könnten Sie jemals den Mörder Ihrer Eltern vergessen? Die Person, die Sie zum Waisen gemacht und Ihnen die Kindheit genommen hat?*<< gab ihm Kenan als Antwort. Inspektor Stadler verschränkte seine Hände ineinander, sah verlegen auf den Boden und antwortete >>*Nein, vermutlich könnte ich das nicht. Und an diesem Punkt möchte ich Ihnen mein aufrichtiges Beileid zum Tod Ihrer Eltern ausrichten.*<< Kenan sagte nichts dazu und nickte nur langsam mit dem Kopf und teilte so dem Inspektor, der gegenüber ihm gesessen war, sein Verständnis mit. Inspektor Stadler machte weiter. >>*Herr Kaya, ich weiß, dass dieses Gespräch Ihnen unangenehm ist, aber diese Fragen muss ich Ihnen stellen. Ich hoffe, Sie haben Verständnis dafür?*<< Daraufhin fragte Kenan >>*Wird das hier etwa ein Verhör?*<< Inspektor Stadler nahm eine aufrechte Position an und antwortete lächelnd >>*Oh nein, keineswegs. Um den Fall richtig abschließen zu können, muss ich Sie dazu befragen. Können Sie das verstehen?*<< Kenan blieb ruhig sitzen, nahm ein Schluck von seinem Tee und sagte >>*Ja, voll und ganz sogar.*<< Inspektor Stadler bedankte sich daraufhin und fuhr mit seinem Anliegen fort. >>*Wie gut kannten Sie Bernhard Schneider?*<< Kenan überlegte nicht lange und gab dem Inspektor Stadler eine sehr kurze Antwort >>*Gar nicht.*<< >>*So, Sie kannten ihn also nicht?*<< Kenan antwortete >>*Nicht persönlich, falls Sie das meinen....*<< eine kurze Stille folgte und dann redete Kenan weiter >>*...ich war damals acht Jahre alt, als er meine Eltern umgebracht hatte. Ich hatte weder davor noch danach Kontakt mit ihm. Selbst wenn ich in Kontakt zu ihm gestanden wäre, dann würde ich ihn, spätestens nach dem er meine Eltern getötet hatte, abbrechen. Wer möchte denn schon mit so einem Mörder in Kontakt*

176

bleiben?<< Kenan redete sehr überzeugend. Er ließ sich nichts anmerken. Seine Körperhaltung, seine Mimik, seine Gestik, er beherrschte sie alle gut. Er konnte sie allesamt sehr gut kontrollieren und somit den erfahrenen Inspektor vor ihn täuschen. Er setzte sogar Krokodilstränen ein um seine Aussagen noch glaubwürdiger erscheinen zu lassen. Er wusste ganz genau, wie man eine Person beeinträchtigen konnte. Selbst wenn es sich dabei um so ein Profi wie Inspektor Stadler gehandelt hatte.

Inspektor Stadler machte weiter *>>So Herr Kaya, ich bin auch schon fast fertig. Ich möchte nur für's Protokoll vermerken und ganz sicher gehen, dass ich nichts vergessen habe. Daher würde ich gerne noch einmal von Ihnen wissen, dass Sie sich mit Bernhard Schneider, nach seiner Entlassung aus dem Gefängnis, nicht getroffen haben? Weder viel früher noch vor kurzer Zeit? Also kurz bevor er Selbstmord beging?<<* Kenan antwortete kaltherzig, aber sehr überzeugend *>>Das sagte ich Ihnen bereits. Ich kannte ihn nicht und ich habe mich auch nie mit ihm getroffen....<<* dann stand er plötzlich auf und fügte mit einer wütenden Stimme hinzu *>>...machen Sie mich etwa für sein Tod verantwortlich? Wie kann das auch überhaupt sein, wenn Sie von einem Selbstmord reden?<<* Inspektor Stadler stand ebenfalls auf und sagte *>>Nein, nein Herr Kaya! Sie werden hier nicht für irgendetwas beschuldigt. Wie gesagt, es war nur für's Protokoll. Ich darf nichts auslassen, müssen Sie verstehen. Es geht hier einzig und allein um mein Job, sonst nichts.<<* Dann sagte Kenan folgendes während er ein paar Schritte näher zum Inspektor machte *>>Ich sage Ihnen wieso er sich umgebracht hat. Er kam einfach mit seiner schrecklichen Tat nicht mehr klar. Er konnte nicht länger damit leben. Es hat ihn fertig gemacht. Ihn innerlich zerrissen. Vielleicht bereute er es, wer weiß? Und weil er es nicht*

Rückgängig machen konnte, fand er die Lösung bei einem Selbstmord.<< Und dann ging er noch ein paar Schritte näher zum Inspektor und sagte >>*Und soll ich Ihnen etwas verraten Herr Inspektor?...*<< Inspektor Stadler hörte aufmerksam zu >> *...er hat uns allen damit einen großen Gefallen getan. Jetzt hat die Welt einen weniger von seiner Sorte.*<< Dann schwieg er und sah mit rot angelaufenen Augen in die Augen des Inspektor's, der daraufhin die Stille unterbrach und sagte >>*Es tut mir wirklich sehr Leid Herr Kaya, dass ich Sie in eine solch unangenehme Situation gebracht habe. Ich werde jetzt gehen und Sie in Ruhe lassen. Ich hoffe erneut, dass Sie mich verstehen können.*<< Kenan sagte nichts darauf. Inspektor Stadler ging zu der Wohnungstür voraus und Kenan folgte ihm hinter her.

Noch bevor er gegangen war drehte sich Inspektor Stadler zu Kenan um und bedankte sich für das Gespräch >>*Ich bitte Sie erneut um Verzeihung Herr Kaya und bedanke mich für das Gespräch!*<< Kenan antwortete darauf mit einer sehr ruhigen Stimme und setzte dabei ein kleines Lächeln auf >>*Es war mir ein vergnügen.*<< >>*Also dann, ich wünsche Ihnen einen angenehmen Abend!*<< sagte der Inspektor und verabschiedete sich. Kenan wünschte ihm ebenfalls einen angenehmen Abend >>*Das wünsche ich Ihnen auch und auch viel Erfolg bei Ihrem Fall!*<< >>*Danke, sehr freundlich!*<< sagte Inspektor Stadler und ging die Stufen hinab. Kenan sah ihm einen kurzen Moment hinterher, ging dann zurück in seine Wohnung, machte die Tür zu und schloss sie ab.

Inspektor Stadler stand vor seinem Auto und war etwas aus der Fassung geraten. Er holte seine Packung Churchill Blue aus der Sakkotasche und zündete sich eine Zigarette an.

Währenddessen war ging Kenan in seiner Wohnung nervös auf und ab. Er musste nachdenken. Er musste vielleicht einiges umplanen. Er fing an laut nachzudenken. >>*Wer zum Teufel ist dieser Inspektor Stadler? Wieso kann er den Tod von diesem Wappler nicht einfach als Selbstmord hinnehmen, so wie es alle anderen auch tun? Wieso muss er so tief graben? Er wird mir bestimmt keine Ruhe lassen. Er wird noch tiefer graben. Er wird nicht locker lassen.*<< Dann blieb er plötzlich stehen, sah zu Molly auf der Couch hinüber und sagte zu ihr mit einer nahezu flüsternd >>*Wir müssen hier verschwinden.*<<

Inspektor Stadler machte einen letzten Zug von seiner Zigarette und und atme das Nikotin tief in seine Lungen hinein, bevor er den Zigarettenstummel auf den Gehsteig warf, auf dem er stand. Er blies den Rauch aus, setzte sich in seinen Wagen hinein und fuhr nach Hause. So lang wie er sich das vorgestellt hatte wurde es am Ende doch nicht. Jetzt brauchte er tatsächlich etwas Pause. Er brauchte seine Ruhe. Er musste für den nächsten Tag in Form sein. Wenn sich sein Verdacht bei dem Autopsiebericht bestätigen würde, würde Kenan Kaya sein Hauptverdächtiger werden. Dann würde er ihn festnehmen und im Polizeirevier verhören. Denn Rache war ein ganz großes Motiv um einen Mord zu begehen. Es traf zwar auf Kenan Kaya zu, aber die Tatsache, dass er so glaubwürdig geklungen hatte, irritierte ihn. Und das machte die Sache nicht so einfach. Die Chancen waren im Moment Fifty-Fifty. Doch schon morgen würde diese Berechnung variieren. Denn so oder so, ganz egal, ob es tatsächlich ein Selbstmord oder doch ein Mord gewesen war, eines davon musste ausgeschlossen werden. Er war ganz gespannt darauf auf welches das zutreffen würde.

Kenan Kaya packte bereits seine Sachen in seine Sporttasche hinein. Er wollte flüchten und nahm nur das wesentliche mit. Er wollte nicht warten und mit seinem Leben, unter diesem

Stress und den Gedanken aufzufliegen, weiter machen. Das war einfach viel zu Riskant für ihn. Er packte vorwiegend seine Messer, Schürze, Lederhandschuhe und nur ein wenig Bekleidung in die Sporttasche hinein. Molly nahm er ebenfalls mit. Sein Handy und seine Autoschlüssel ließ er in der Wohnung. Er wollte nicht, dass man ihn dadurch leichter findet. Die Wohnung ließ er genau so stehen, wie sie war. Er wollte nur so schnell wie möglich fertig packen und sofort untertauchen. Er wollte nicht länger darüber nachdenken, was er vergessen hatte. Alles was ihn interessierte, war, so schnell wie möglich zu verschwinden. Zunächst musste er mal irgendwo die Nacht verbringen. Hotels kamen nicht in Frage, da er Namen und sonstige Informationen über sich geben musste. Er wollte keine Spuren hinterlassen. Niemand sollte wissen, wo er überall war, nachdem er von zu Hause geflüchtet war. Er musste sich in Luft auflösen. Also ging er sehr vorsichtig voran.

Nach zwei Stunden fand er einen Ort zum Übernachten. Es war eine Baustelle. Es befand sich niemand dort. Keine Bauarbeiter. Woher denn auch um diese Zeit? Keine Sicherheitsleute, die die Baustelle überwachten. Es war der perfekte Ort um die Nacht dort zu verbringen. Kurz bevor er es sich gemütlich machen konnte, sprach ihn eine fremde männliche Stimme mit einem Wiener Dialekt von hinten an >>*Hey! Eigentlich schlof i hia.*<< Kenan zuckte sofort zusammen und drehte sich ganz schnell um und konnte sehen, dass die Stimme zu einem Obdachlosen gehört hatte, der ebenfalls auf der Baustelle übernachtete. Kenan sagte zu ihm >>*Oh, tut mir Leid! Das wusste ich nicht.*<< Der Obdachlose sagte zu ihm, >>*Is scho guad, du koannst den Platz hobn. Glei do hint'n...*<< er zeigte mit dem Zeigefinger hin und Kenan sah in die Richtung, die ihm vom Obdachlosen gezeigt wurde, und sagte weiter >>*...gibt es an weiteren Platz, der a g'schmeidig is. I werd mi heut Noacht durtn hinlegn. Moachs du dia hia g'mütlich.*<< Kenan antwortete ihm >>*Sehr großzügig, danke!*<< Der obdachlose Mann drehte sich um und machte sich auf den Weg zu dem Platz, von dem er gesprochen hatte. Sowie er sich umgedreht hatte, holte Kenan ein Jagdmesser aus seiner Sporttasche hervor, packte den Obdachlosen von hinten und schnitt ihm die Kehle durch. Sein Blut spritzte auf den Boden wie eine Sprinkleranlage. Kenan ließ ihn los und er sackte zu Boden. Kenan ließ ihn einfach so liegen, sagte >>*Jetzt bist du erlöst*<< und ging seelenruhig an sein Platz zurück und legte sich hin.

Er nahm Molly in die Hand, sah sie an und sagte >>*Gute Nacht meine süße Molly!*<<küsste sie auf die Wange, drückte sie gegen seine Brust und schlief ein.

Inspektor Stadler war bereits zu Hause angekommen und lag in seinem Bett. So sehr er es auch versuchte, er konnte einfach nicht schlafen. Sein Sohn Peter schlief bereits und seine Ehefrau Erika war in ihrer Nachtschicht. Er drehte sich von einer Seite auf die andere und versuchte nicht nachzudenken. Doch es wollte ihm nicht gelingen. Trotz seiner Müdigkeit, konnte er nicht schlafen. Also stand er auf und ging in die Küche. Er machte den Kühlschrank auf und holte die Milchtüte heraus. Aus dem Küchenschrank holte er ein Wasserglas und den Honig heraus. Er goss die Milch bis zur Hälfte des Wasserglases auf, stellte sie in die Mikrowelle und wärmte sie ein wenig auf. Danach nahm er von der Schublade ein Teelöffel heraus und mischte etwas Honig in die warme Milch hinein. Danach trank er das Wasserglas mit Milch mit Honig darin nach zwei Schlucken leer, stellte das Glas in den Waschbecken, die Milchtüte in den Kühlschrank und den Honig in den Küchenschrank zurück. Danach ging er wieder zurück in Bett und versuchte wieder einzuschlafen. Und diesmal konnte er auch einschlafen. Nach nur fünfzehn Minuten schlief er ein wie ein Baby. Jetzt konnten sich sein Verstand und sein Körper ausruhen. Jetzt konnte der nächste, mit voller Spannung erwarteter Tag, kommen.

Und es kam schneller als gedacht und anders als erwartet. Denn Mitten in der Nacht bekam Inspektor Stadler ein Anruf vom Polizeirevier. Er reagierte nicht sofort, doch das klingeln seines Handy's wollte einfach nicht aufhören. Es läutete und läutete. Bis irgendwann Inspektor Stadler mit viel Mühe und müden Augen das Handy in die Hand nahm und auf den grünen Punkt, der auf dem Display erschienen war, gedrückt hatte. Er legte das Handy an sein Ohr und antwortete mit gähnender Stimme >>*Inspektor Stadler hier. Wer ist dran?*<< Eine weibliche und leicht hysterische Stimme am anderen Ende der Leitung meldete sich zu Wort >>*Verzeihen Sie bitte vielmals die Störung so spät in der Nacht, aber wir haben einen Notfall.*<< Inspektor Stadler richtete sich im Bett etwas mehr auf und fragte >>*Was für ein Notfall denn?*<< Die hysterisch klingende weibliche Stimme antwortete >>*Es wurden mehrere Leichen entdeckt, die im Wald begraben wurden. Besser gesagt, Leichenteile von verschiedenen Personen.*<< Inspektor Stadler konnte nicht glauben, was er da gehört hatte. Er sprang, mit dem Handy an seinem Ohr, schlagartig aus dem Bett heraus und sagte mit lauter Stimme >>*Schnell! Geben Sie mir die Adresse! Ich bin schon auf dem Weg!*<<

So bekam Inspektor Stadler doch noch seine lange Nacht.

Kenan wurde es etwas kalt in der Nacht, weswegen er aufstand und zu dem toten Obdachlosen hinüber ging. Er zog ihm die Jacke aus und deckte sich damit selbst und auch Molly zu. Seine eigene Sporttasche diente Kenan als Polster. Er war zwar bisher bequemeres gewohnt gewesen, aber die Umstände, die ihn dazu gebracht hatten, erforderten das nun mal. Zudem würde es nur für diese Nacht sein. Schon am nächsten Tag würde er sich etwas Neues überlegen. Jetzt musste er erst mal in Ruhe schlafen.

KAPITEL 13

DER WALD DER TOTEN

Als Sabine von ihrer langen Schicht nach Hause kam und den anstrengenden Arbeitstag hinter sich ließ, fiel ihr auf, dass ihr Freund Clemens noch nicht nach Hause gekommen war. Sie dachte sich nichts dabei, weil sie es von ihm bereits gewohnt war, dass er sich an manchen Tagen verspätete, da er noch unbedingt an seiner Arbeit auf der Universität arbeitete. Also dachte sich Sabine, dass Clemens schon bald zu Hause ankommen würde und ging vorerst ganz gespannt duschen. Sie wollte unbedingt den Stress von sich abwaschen, sich einen kleinen Snack zubereiten und es sich hinterher auf der Couch gemütlich machen.

Vielleicht würde ja auch bis dahin Clemens schon zurück sein, dachte sie sich, zog sich dabei ihre Jeanshose und ihr T-Shirt mit einem Blumenmuster drauf aus und stieg in die Duschkabine hinein.

Nach Fünfzehnminuten war sie fertig und verließ das Badezimmer und ging auf dem direkten Weg in die Küche um sich auf die Schnelle ein belegtes Brötchen zu machen. Dabei fiel ihr auf, dass Clemens immer noch nicht zurück gekehrt war. Doch Sabine sorgte sich weiterhin nicht und dachte, dass er wohl erst wieder spät am Abend kommen würde. Manchmal kam er ja sogar nach Mitternacht. Daher wollte sie ihn mit einem Anruf nicht belästigen und vertraute darauf, dass er schon bald zu ihr nach Hause zurück kommen würde. Also schnappte sich Sabine zwei Scheiben Toastbrot und fing an auf das eine Erdbeermarmelade und auf das andere Erdnussbutter zu schmieren. Dann klappte sie die beiden Brotscheiben zusammen, schenkte sich ein Glas Eiskaffee ein, den sie sich aus dem Kühlschrank heraus geholt hatte und setzte sich anschließend auf die Couch. Genüsslich biss sie in ihr Erdnussbuttersandwich hinein und trank auf einem Schluck die Hälfte vom Eiskaffee aus. Das hatte sie jetzt nötig. So konnte sie entspannen. Sie schnappte sich die Fernbedienung und schaltete damit den Fernseher ein. Es war gerade Zeit für ihre Lieblingssitcom gewesen. Sie hatte es gerade noch so geschafft, die Sitcom nicht zu verpassen. So ließ es sich für Sabine leben. Mit Erdnussbuttersandwich dazu Eiskaffee und ihre Lieblingsserien. Wenn auch noch ihr Freund zum kuscheln da wäre, wäre es absolut perfekt gewesen. Doch umso mehr freute sie sich auf später. Denn je mehr sie ihren Freund vermisste umso sehr wollte sie sich an ihn heran kuscheln. Und sie wusste, dass Clemens das auch gern hatte.

Mittlerweile war es bereits halb zehn Uhr am Vormittag geworden. Sabine war vor dem Fernseher eingeschlafen während sie immer noch auf Clemens wartete. Der Fernseher war die ganze Nacht über an gewesen. Sabine richtete sich auf, gähnte mit weit offenem Mund und streckte dabei ihre beiden Arme mit offenen Händen ganz weit nach oben. Sie blickte auf die Wanduhr über dem Fernseher. Es war fast schon wieder Zeit für ihre nächste Schicht gewesen. Sie schweifte ihre Blicke, während sie noch immer auf der Couch saß, über die Wohnung herum. Von Clemens war immer noch keine Spur vorhanden. Sie dachte sich, dass er höchstwahrscheinlich gekommen war als sie gerade geschlafen und sie es daher nicht mitbekommen hatte. Sie wusste, dass Clemens ein Gentlemen war, weswegen sie dachte, dass er sie nicht aufwecken wollte. Bei dem Gedanken musste sie mit leicht zur Seite geneigtem Kopf schmunzeln. Sie dachte sich, dass er bestimmt schon wieder auf die Universität gegangen sein muss, so fleißig und zielstrebig wie er war. Also dachte sie nicht länger daran und machte sich für ihre bevorstehende Schicht im Kino fertig. Um zwölf Uhr Mittags sollte sie damit anfangen und um zwanzig Uhr die Schicht beenden.

So wie sie im Kino angekommen war, zog sie sich um und begann sofort mit der Arbeit an. Zuerst half sie ihrer Kollegin Krisztina, die aus Ungarn stammte beim Vorbereiten der Theke. Sie füllten frischen Popcorn auf, befüllten die Dip- und Getränkespender, befüllten die leeren Stellen im Kühlschrank mit Getränkeflaschen, stockten die Getränke und Popcorn-becher auf, putzten, reinigten und machten alles fix und fertig für die Kinobesucher. Danach ging sie im gesamten Kino und in den Kinosälen herum und überprüfte, ob alles in Ordnung und sauber gewesen war. Sie musste rechtzeitig mit Allem fertig werden, sodass sie pünktlich an der Kassa ihren Platz für den Verkauf von Tickets nehmen konnte. So sah sie zu, dass sie auch diesen Tag gut überstehen und so wie schnell wie möglich damit fertig werden konnte.

Als Sabine am Abend wieder nach Hause gekommen war, stellte sie die Abwesenheit von Clemens fest. Er war immer noch nicht zu Hause angekommen. Jetzt fing sie sich schon ernsthaft zu sorgen an. Er hatte sich denn ganzen Tag auch nicht bei ihr gemeldet. Zur Sicherheit holte sie ihr Handy aus ihrer Tasche und wollte sich vergewissern, ob Clemens viel-leicht doch angerufen, sie es aber nicht gehört haben könnte. Doch auf dem Display erschienen weder verpasste Anrufe noch eingegangene Nachrichten von Clemens. Während Sabine daran dachte, fiel ihr ein, dass Clemens sich bisher immer ge-meldet hatte. Wieso meldete er sich also nicht jetzt? So langsam wurde ihr mulmig in der Magengegend und sie fing sich so langsam zu sorgen an. Somit beschloss sie Clemens selbst anzurufen. Am anderen Ende konnte sie hören, dass sein Handy klingelte, er aber nicht abhob. Sie runzelte die Stirn und dachte sich, dass er sich, jetzt wo sie ihn angerufen hatte, bestimmt zurück rufen würde. Also legte sie das Handy weg und ging unter die Dusche.

Nachdem sie fertig war, sah sie sofort wieder auf ihr Handy und auch diesmal waren keine Anrufe oder Nachrichten von Clemens vorhanden. Sabine hatte großen Hunger und machte sie sich daher vorerst wieder ein Erdnussbuttersandwich in der Küche und setzte sich anschließend auf die Couch vor dem Fernseher. Den Eiskaffee hatte sie dabei auch wieder nicht vergessen. Sabine machte einen gierigen Biss in ihr Erdnussbuttersandwich und nahm ihr Handy vom Tisch, das neben ihrem mit Brotkrümel bedecktem und Erdbeermarmelade verschmiertem Teller, lag und rief damit Clemens erneut an. Sein Handy läutete, doch Clemens nahm nicht ab. Sie legte auf und rief sofort danach erneut an. Sein Handy läutete wieder und auch diesmal hob er nicht ab. Sie wurde dabei sehr stutzig und ließ sein Handy länger läuten. Es läutete und läutete, aber abnehmen tat niemand. Nun machte sich Sabine richtige Sorgen, legte ihr halbes Erdnussbuttersandwich auf den Teller und stand, mit dem Handy an ihrem Ohr, auf. Sie versuchte es weiter und nahm dabei einen großen Schluck vom Eiskaffee um das letzte Bissen besser hinunter spülen zu können. Es läutete wieder. Doch Clemens hob immer noch nicht ab. Sabine wurde nervös. Sie legte auf und wusste nicht was das sollte. Nach kurzem Überlegen fiel ihr ein, dass sowohl ihr Handy als auch das von Clemens eine Suchfunktion haben. Also nutzte sie die Suchfunktion ihres Handy's mit dem sie den Standort von Clemens zurückverfolgen bzw. sehen konnte, wo er sich aktuell befand. Das war eine sehr praktische Funktion von den Smartphones, die sie beide besaßen. So konnten sie jederzeit sehen, wo sie gerade waren. Sabine drohte sogar Clemens damit, als Scherz versteht sich, dass Clemens es ja nicht wagen sollte sie zu betrügen oder gar zu verlassen. Denn mit dieser Suchfunktion würde sie ihn überall auf der Welt finden. Er könne sich nicht verstecken.

Also aktivierte Sabine die Suchfunktion ihres Handy's und es dauerte einen kleinen Moment bis der Standort von Clemens angezeigt werden konnte. Somit wartete sie ganz gespannt die fünf Sekunden, die für sie in diesem Moment viel länger erschienen, ab.

Als die Suchfunktion das Handy von Clemens orten konnte, konnte sie auf dem Display erkennen, dass es als Standort den Hörndlwald, direkt unter der Schrift „HIETZING" und über der Schrift „Friedensstadt", angezeigt hatte. Sabine war verwundert darüber. Sie dachte sich, was ihr Freund um diese Uhrzeit wohl dort, mitten in einem ihr unbekannten Wald, machen würde. Noch dazu im dreizehnten Bezirk. Es war nicht in der Näher ihrer Wohnung und auch nicht in der Näher der Universität die Clemens besuchte. Was also trieb er so spät in der Nacht dort? Und vor Allem, war er alleine oder war noch jemand bei Ihm? Falls ja, wer könnte es sein?

Ihr schossen viele Fragen um den Kopf, die sie alle nicht sinnvoll beantworten konnte. Sie blieb noch wenige Minuten nachdenklich im Wohnzimmer stehen und beschloss einen letzten Anruf zu versuchen. Vielleicht würde ja Clemens jetzt endlich abnehmen. Und sein Handy läutete wieder und ein weiteres Mal und noch einmal. Doch wieder meldete er sich nicht. Das war alles so seltsam.

Nun beschloss sie, sich auf den Weg zu diesem Hörndlwald zu machen, den ihr Handy ihr auf dem Display angezeigt hatte.

Schnell zog sie sich um, ließ alles liegen und stehen, packte ihre kleine Handtasche, die sie sich um ihren Hals und ihre Schulter hängte und verließ die Wohnung, so schnell sie konnte. Sie wollte unbedingt erfahrenen, was da los war und was Clemens in diesem Wald zu suchen hatte. Sie hatte sich schon ein paar harte Worte für ihn überlegt, dafür, dass er ihr so viel Angst und Sorge bereitet hatte. Der hätte sich jetzt was von ihr anhören können.

Sabine ging mit schnellen Schritten, damit sie noch rechtzeitig die U-Bahn erwischen konnte. Es war nämlich die Nacht von Mittwoch auf Donnerstag und von daher würden die öffentlichen Verkehrsmittel nicht die ganze Nacht durchfahren. Sie wollte so wenig wie möglich zu Fuß gehen müssen. Erstens, weil sie so schnell wie möglich bei ihrem Freund sein wollte. Zweitens, weil sie so viele öffentliche Verkehrsmittel wie möglich erwischen wollte. Drittens, sie hatte Angst so spät in der Nacht alleine unterwegs zu sein, vor Allem zu einem ihr vollkommen fremden Ort. Kaum war sie auf der Straße, war sie schon zwei Betrunkenen Männern und einer Gruppe Jugendlicher, bestehend aus vier Personen, die sich sehr laut unterhielten und sich lachend hin und her schubsten, begegnet gewesen. Und hoffentlich würde es auch dabei bleiben, wünschte sie sich. Das waren, ihrer Meinung nach, mehr als genug Gründe um sich zu beeilen. So war Sabine also in die Nacht hinaus gebrochen und begab sich auf die Suche nach ihrem Freund. Und hoffentlich, wünschte sie sich, würde sie ihn sofort finden.

Nach genau eine Stunde war Sabine endlich am Ziel angekommen. Es war ein sehr weiter Weg. Sie war froh darüber endlich angekommen zu sein. Sie dachte, dass der Weg nie enden würde. Zu ihrem Bedauern, war sie in der U-Bahn weiteren Betrunkenen und ziemlich lauten Jugendlichen begegnet gewesen. Die letzten paar Meter, die sie zu Fuß überwältigen musste, konnten diese fremden Menschen aber nicht übertreffen. Es war ein vollkommen abgelegener Ort, wo sich kein anderer Mensch außer sie selbst befand. Sie hatte die ganze Zeit über Gänsehaut und das nicht nur weil sie Angst hatte, sondern auch recht frisch zu dieser Nacht gewesen war. Die ganze Zeit über starrte sie auf das Display ihres Handy's und verfolgte den restlichen Weg zum Hörndlwald. Als sie endlich angekommen war, verschnaufte sie erst einmal. Danach überlegte sie sich, wo sie jetzt am Besten mit ihrer Suche anfangen sollte. Es war ein großer weiter Wald gewesen, den sie niemals zuvor besucht hatte. Bis zu dem Tag, wusste sie nicht einmal, dass dieser Wald existierte. Zudem war es auch stockdunkel gewesen und sie wusste nicht, ob die Taschenlampe ihres Smartphone's genug Licht erzeugen würde, sodass sie sich auch darin zurecht finden konnte. Es gab auch noch das Problem mit der Batterie. Sie hatte ohnehin nicht mehr viel übrig, weil sie schon die Hälfte für den Weg zum Wald verbraucht hatte. Das war noch ein Grund mehr Clemens so schnell wie möglich zu finden.

Bevor sie sich in den ihr vollkommen fremden Wald stürzte, versuchte sie Clemens ein weiters Mal anzurufen. Und wieder läutete sein Handy und wieder hob er nicht ab. Sabine legte auf, schaltete die Taschenlampe ihres Handy's ein, fasste all ihren Mut zusammen, strich sich das Haar von ihren Augen, atmete tief ein und wagte sich in den kalten, stillen und dunklen Wald hinein.

Sie machte sich genau auf den Weg zu dem Standpunkt, der ihr auf ihrem Display angezeigt wurde. Sie dachte, sich, dass es das klügste wäre, anstatt in einem dunklen Wald umher zu irren.

190

Sie ging vorsichtig mit geducktem Kopf, machte langsame und leise Schritte und hielt ihren freien Arm, mit weit offener Hand, ständig ausgestreckt, so als würde sie irgendetwas unsichtbares vor sich her schieben. So ging sie Schritt für Schritt weiter voran und sah sich dabei regelmäßig links und rechts um. Hin und wieder rief sie mit nicht allzu lauter Stimme den Namen ihres Freundes. Doch weder ihr Freund noch sonst irgendwer antworteten ihr. Das sonst niemand ihr antwortete, war ihr sowieso lieber. Dann würde sie höchstwahrscheinlich vor Schreck einen Herzinfarkt kriegen. Sie hörte nur das Knirschen, der abgefallenen Blätter und Äste unter ihren Füßen, das Zirpen der Zikaden und den Wind, der durch den Wald blies. Weit und breit war von Clemens weder etwas zu sehen noch zu hören. Etwas später hörte sie hinter sich ein etwas lauteres Geräusch, weswegen sie sich reflexartig und mit großem Schreck umdrehte und sofort das Licht ihres Handy's in die Richtung hielt, aus der das Geräusch gekommen war. Doch zu ihrem Glück, war es nur ein Eichhörnchen, das auf einen Baum hinauf geklettert und hinter den Blättern verschwunden war. Sie war sehr erleichtert darüber und hörte auf ihren Atem fest zu halten. Sie atmete einmal kräftig aus und griff sich, vor Erleichterung, mit ihrer Hand auf die, sehr stark auf und ab bebende, Brust.

Nach ein paar guten Metern und schreckhaften Minuten, kam sie endlich an dem Punkt an, zudem sie ihr Handy geführt hatte. Doch es befand sich niemand dort. Weder Clemens selbst noch sein Handy waren zu sehen. Nichts als Bäume. Sabine wurde noch nervöser und auch ein wenig wütend. Sie war kurz davor in Tränen auszubrechen. Sie dachte sich, was das bloß sollte. Was wollte Clemens damit bezwecken? Sie verstand es einfach nicht. Sie zitterte bereits am ganzen Körper. Die frische des Waldes in der Nacht und auch die

Nervosität kurbelten ihr Adrenalin an. Sie war richtig beunruhigt gewesen. Sie hüpfte ganz sanft auf und ab, schloss ihre Augen für einen Moment und versuchte ruhig zu bleiben. Sie atmete einmal ganz stark aus und entschloss sich ihren verschollenen Freund erneut anzurufen. Sie sah vorher noch einmal auf ihr Handy um sich zu vergewissern, dass sie auch tatsächlich am richtigen Punkt steht. Ja, der Punkt wurde immer noch an der selben Stelle angezeigt. Also rief sie Clemens erneut an. Sie war gespannt darauf, was jetzt geschehen würde. Das Handy von Clemens läutete und läutete. Sabine legte nicht auf, sie ließ weiter läuten. Immer und immer wieder. Sie ging dabei herum und sah sich um. Mit ihrem freien Ohr versuchte sie das Klingeln von Clemens' Handy ausfindig zu machen. Doch es war vergebens. Clemens meldete sich nicht und obwohl sein Handy klingelte, konnte sie es vor Ort nicht hören. Sabine legte und dachte sich, was hier wohl gespielt werden würde. Ihr fiel nichts dazu ein. Sie wollte schon abbrechen und wieder nach Hause zurück gehen, doch dann fiel ihr ein, dass es viel besser wäre, die Polizei zu verständigen.

Also war sie wieder vom Wald heraus gekommen und befand sich wieder auf der ruhigen Straße. Ihr Handy hatte nur noch sehr wenig Akku, aber für einen Anruf bei der Polizei würde es schon genügen.

Sie wählte den Notruf und schilderte der Dame am Telefon, was passiert war. Sie klang dabei ganz besorgt und hysterisch. Während sie telefonierte ging sie auf und ab um sich warm zu halten >>*Ja, hallo! Mein Name ist Sabine Brandstätter und ich befinde mich jetzt im Moment vor dem Hörndlwald im dreizehnten Bezirk. Ich war auf der Suche nach meinem Freund Clemens Neumann. Er hat sich seit mehr als vierundzwanzig Stunden nicht gemeldet und als ich sein Standort zurück-*

verfolgt hatte, wurde mir der Hörndlwald angezeigt, aber hier ist er nicht. Sein Handy auch nicht, aber es wird hier angezeigt. Ich mache mir da echt große Sorgen.<<
Die weibliche Stimme am anderen Ende des Telefon's sagte zu ihr >>*Verstehe. Bleiben Sie bitte ganz ruhig! Ich werde einen Streifenwagen zu Ihnen schicken und sie können dann denn Kollegen alles weitere erläutern.*<< Sabine nahm das zur Kenntnis, bedankte sich und legte auf. Nun hieß es für sie auf die Polizeistreife zu warten.

Es dauerte nicht lange bis eine Polizeistreife bei Sabine eingetroffen war. Als Sabine den Polizeiwagen sah, ging sie auf den Wagen zu. Zwei Polizeibeamte, eine Frau und ein Mann, stiegen aus. Die beiden Polizeibeamten begrüßten Sabine und sie grüßte zurück. Der Polizist wollte von ihr wissen, worum es ging, woraufhin Sabine sofort anfing alles von Anfang an zu erzählen. Die ganze Zeit über klang sie dabei sehr besorgt. Die Polizistin legte eine Hand um Sabine's Schulter und versuchte sie zu beruhigen und tröstete sie mit den Worten >>*Wir werden ihren Freund schon finden. Machen Sie sich keine Sorgen!*<< Sabine sagte nichts darauf und sah nur in die freundlichen Augen der Polizistin und nickte ihr zu. Der Polizist schlug vor, dass Sabine sie zu dem Standpunkt führt, der auf ihrem Handydisplay angezeigt wurde, woraufhin Sabine die beiden Polizeibeamten auf direktem Wege sofort hin führte.
>>*Hier, das ist die Stelle die angezeigt wird, aber hier ist nichts.*<< Die beiden Polizeibeamten fanden das ebenso wie Sabine sehr merkwürdig und sahen etwas mehr herum. Sie richteten ihre, bereits eingeschalteten, Taschenlampen auf die Bäume, hinter die Bäume und in alle möglichen Richtungen. Doch sie konnten nichts finden. Keine einzige Spur.

Doch plötzlich, während sie schon fast am Abbrechen waren, konnte der Polizist eine seltsam geformte Wölbung auf dem Waldboden erkennen. Er ging, mit der Taschenlampe darauf gerichtet, zu und wollte sich das genauer ansehen. Seine Kollegin und Sabine blieben zurück und beobachteten ihn. Er kniete sich hin und konnte erkennen, dass an der Erde frisch gegraben wurde. Also schaufelte er mit seiner Hand etwas Erde von der Wölbung auf die Seite und griff anschließend in die Erde hinein. Für einen Moment verharrte er, ohne auch nur zu atmen, in seiner Position. Seine Kollegin und Sabine sahen für einen kurzen Moment an, so als würden sie telepathisch miteinander kommunizieren und sich gegenseitig fragen, was das solle. Gleich danach fing der Polizist schneller zu graben an und schreckte sofort auf und sprang einen Schritt nach hinten. Er konnte nicht glauben, was er da unter der Erde gesehen hatte. Seine Kollegin verlangte von Sabine, dass sie an ihrer Stelle bleiben solle und ging zu ihrem Kollegen hinüber. Noch bevor sie ihn fragen konnte, was los gewesen war, musste sie sich bei dem grauenhaften Anblick fast schon übergeben. Denn was die beiden Polizeibeamten zu sehen bekamen, war ein abgetrennter männlicher Arm, der so aussah, als würde er erst seit Kurzem dort liegen. Sabine wusste immer noch nicht was die beiden Polizeibeamten dort gesehen hatten und rief ihnen von hinten zu >>*Ist alles ok? Was haben sie da gefunden?*<< Die Polizistin ging sofort zu ihr, packte sie am Arm und zerrte sie von der Stelle davon. Ihr Kollege alarmierte sofort die Zentrale, die daraufhin den Inspektor Stadler verständigten. Dieser machte sich sofort auf den Weg und hatte keine Vorstellungen davon, was noch alles unter der Erde vergraben lag.

KAPITEL 14

AUF DER FLUCHT

Inspektor Stadler befand sich bereits in seinem grauen VW Jetta und fuhr auf direktem Weg zum Hörndlwald. Er ließ sich noch einmal alles was die Kollegin ihm am Telefon gesagt hatte durch den Kopf gehen. Er war immer noch fassungslos darüber, was seine Ohren zu hören bekamen.
So einen Fall hatte er nie zuvor. So etwas gab es in ganz Österreich, geschweige denn in Wien noch nie zuvor. Es würde das erste Mal sein. Es würde ein landesweiter, ja sogar weltweit ein Skandal werden. Es würde sich überall sprechen. Dieser Fall würde für eine sehr lange Zeit das Top Thema der Medien werden und es könnte sogar sein, dass dieser Fall niemals in Vergessenheit geraten könnte. Inspektor Stadler war, während der ganzen Fahrt über, in seinen Gedanken versunken. Er war ganz gespannt darauf und konnte es nicht erwarten das alles endlich mit eigenen Augen zu sehen. Er fuhr mit achtzig Kilometern pro Stunde und ließ dabei jede rote Ampel aus. Zu seinem Glück waren die Straßen so spät in der Nacht fast vollkommen leer. Nur sehr wenige Fahrzeuge waren noch unterwegs gewesen. Also nutzte er das und fuhr so schnell er konnte zum Waldgebiet. So viel Adrenalin hatte er schon lange nicht mehr erlebt. Er fühlte sich wie ein junger Sportathlet. Nichts hätte ihn aufhalten können. Nichts hätte ihn davon abbringen können, diesen Fall genauer zu untersuchen. Selbst wenn die Welt in diesem Moment untergehen würde, es würde ihm egal sein. Er musste einfach diesen Fall verfolgen und aufklären. Denn das würde das ultimative Highlight seiner ganzen Polizeikarriere werden. Wenn er diesen Fall aufklären würde, würde er der absolute Held werden. Doch die Anerkennung

der anderen war ihm egal gewesen. So etwas interessierte ihn nie. Er wollte es vielmehr für sich schaffen. Für sein Ego. Als erfolgreicher und professioneller Polizist war er sich das selbst schuldig. Wenn er diesen Fall nicht lösen oder ihn an einen Kollegen verlieren würde, würde es ihn nicht mehr in Ruhe lassen. Er würde nicht mehr schlafen können. Er würde nicht mehr mit seiner Familie harmonieren können. Er würde sich nicht mehr an seine Arbeit konzentrieren können. Er würde nicht mehr aufhören können daran zu denken. Das alles motivierte ihn stets um seine Fälle immer zu lösen. Er wusste ganz genau wie er sich selbst vorantreiben konnte. Er wusste immer was er tat. Und auch in diesem Fall würde er schon wissen was er zu tun hatte.

So fuhr Inspektor Stadler also, voller Optimismus und Zuversicht, zum Tatort. Und, dass er den Fall in Kürze knacken würde, konnte man förmlich in seinen funkelnden Augen sehen.

Inspektor Stadler kam endlich im Hörndlwald an. Er parkte sein Auto und stieg aus. Es waren bereits viele Polizisten und auch ein Sonderkommando vor Ort gewesen. Sie hatten die Straße abgesperrt und führten ihre Untersuchungen durch. Die Presse war, zum Glück dachte er sich, noch nicht angetroffen, aber er wusste, dass sie schon in Kürze wie Haie, die Blut gerochen haben, und in diesem Fall würde es sogar zutreffen, angeschwommen kommen würden. Doch er wollte seine Gedanken nicht länger damit verschwenden und wollte sich voll und ganz diesem außergewöhnlichen Fall widmen.

Er ging zu einem der Polizeibeamten, der vor dem Hörndlwald auf der Straße stand und aufpasste, dass keine Unbefugten Personen durchkamen. >>*Wo genau ist die Stelle?*<< fragte Inspektor Stadler den Polizeibeamten, der daraufhin mit seinem

Finger in die Richtung deutete und sagte >>*Gleich dort drüben Herr Inspektor. Es sind bereits Kolleginnen und Kollegen dort.*<< Inspektor Stadler bedankte sich mit einem kurzen Kopfnicken und ging in die Richtung, in die der Polizist gezeigt hatte.

Als er angekommen war musste er erst einmal für Schock ein paar Sekunden an Ort und Stelle verharren. So etwas hatte er noch nie zuvor gesehen. Es konnte es sehen, es aber nicht glauben. Es sah aus wie in einer Szene aus einem Horrorfilm. Er legte zuerst seine Hand auf den Mund und danach strich er sich damit durch die Haare und flüsterte folgendes vor sich hin >>*Meine Güte!*<<

In diesem Moment, bei diesem Anblick bekam er nur diese beiden Worte aus seinem Mund heraus. Er regelrecht sprachlos gewesen. So viele Dienstjahre. So lange schon bei der Polizei. So viele unangenehme Fälle schon gehabt. Doch er hatte noch nie zuvor ein so dermaßen abscheuliches Verbrechen gesehen. Das sprengte alle seiner bisherigen Fälle. Das war noch schlimmer als er es sich vorgestellt hatte. Das war eine einziges Gemetzel. Schon allein der Anblick war nicht zu ertragen. Ganz zu schweigen vom üblen Geruch, der den gesamten Wald bereits eingewickelt hatte. Wer auch immer dafür verant-wortlich war, der- oder diejenige hatte keineswegs Erbarmen mit seinen Opfern. Diese Person war ein eiskalter und brutaler Mörder ohne jegliches Gefühl oder ein Funken an Respekt. Ihm waren seine Opfer vollkommen egal gewesen.

In einem Umfang von zweihundert Metern war der Waldboden an verschiedenen Stellen ausgegraben worden und an jeder Ausgrabung lagen, zum Teil bereits verweste, menschliche Körperteile herum. Manche von ihnen vollgestopft in große schwarze Plastiksäcke. Und die Kollegen von der Sonder-einheit gruben immer noch Leichenteile aus. Es war ein einziger Albtraum gewesen.

Inspektor Stadler riss sich zusammen um sich nicht zu übergeben. Er versuchte, trotz diesem unerträglichem Vorfall,
sich professionell zu verhalten.
Er sah die Leichenteile von der Nähe genauer an. Es lagen
sämtliche menschliche Körperteile direkt vor seinen Füßen.
Arme, Beine, Hände, Füße, Knochen, Organe und Köpfe.
Anhand der abgetrennten Köpfe, konnte er erkennen, dass es
sich um Todesopfer beider Geschlechter handelte. Es waren
sowohl männliche als auch weibliche Körperteile vorhanden.
Und wieder dachte er sich, wer wohl zu so etwas in der Lage
sein konnte. Inspektor Stadler hatte für's Erste genug gesehen.
Er ging zu einem weiteren Polizeibeamten um zu erfahren, wer
das der Polizei gemeldet hatte und der Polizist sagte zum ihm,
dass es eine junge Frau namens Sabine Brandstätter gewesen
war. Als Inspektor Stadler wissen wollte wo sie sich im
Moment befinden würde, sagte der Polizist >>*Ich bringe Sie zu
ihr Herr Inspektor.*<< Inspektor Stadler folgte ihm.
Als sie bei Sabine angekommen waren, sah er, dass Sabine eine
Decke um ihren Körper hatte und unaufhörlich weinte. Eine
Polizeibeamtin stand an ihrer Seite und versuchte sie zu beruhigen. Inspektor Stadler wollte von dem Polizisten wissen,
wieso sie so dermaßen weinte und fragte >>*Weint sie deshalb,
weil sie wegen den ganzen Leichenteilen unter Schock
steht?*<< Der Polizist antwortete ihm sofort >>*Naja, so
ungefähr. Die Leichenteile von ihrem Freund wurden dabei
auch ausgegraben.*<< Inspektor Stadler warf dem Polizisten
einen schockierten Blick hinüber, griff sich mit beiden Händen
an seinen Hüfte und sah anschließend mit gesenktem Kopf auf
den Boden. Nach einem Moment Stille, bedankte er sich bei
dem Polizisten und ging zu Sabine hinüber.

Er begrüßte die beiden Damen und die Polizistin grüßte zurück, doch Sabine starrte ihn nur, mit vor Tränen angeschwollenen Augen, an und sagte nichts. Alles was er von ihr zu hören bekam waren schluchzende und winselnde Geräusche. Er sagte zu seiner Kollegin, dass er gerne mit Sabine alleine sprechen möchte, woraufhin die Polizisten die Beiden unter vier Augen ließ.

Inspektor Stadler sprach Sabine sein Beileid aus und stellte sich vor >>*Hallo nochmals Frau Brandstätter! Ich bin Inspektor Stadler und der leitende Ermittler von diesem Vorfall hier. Ich weiß bereits was Sie durchmachen müssen und wie schwierig das alles hier für Sie ist, aber ich muss Ihnen leider dennoch ein paar Fragen stellen. Ich bitte Sie dabei vielmals um Ihr Verständnis!*<< Sabine antwortete nichts darauf. Sie weinte weiterhin auf den Boden starrend und würdigte dabei dem Inspektor Stadler keines Blickes. Inspektor Stadler gab nicht nach und versuchte es weiter >>*Hören Sie Frau Brandstä...*<< noch bevor er seinen Satz zu Ende sprechen konnte, wurde er von Sabine unterbrochen >>*Ich habe bereits meine Aussage bei ihren Kollegen gemacht.*<< Inspektor Stadler zeigte sein Verständnis dafür und sagte >>*Ja, das weiß ich Frau Brandstätter...*<< er holte ihre vor Kurzem aufgenommene Aussage hervor, blätterte herum und machte weiter >>*...Danke Ihnen auch dafür, aber ich hätte noch ein paar andere Fragen an Sie, wenn Sie nichts dagegen hätten?*<< Sabine sagte für einen Moment nichts und beschloss sich am Ende doch noch die Fragen vom Inspektor Stadler zu beantworten >>*Gut, was möchten Sie wissen?*<< >>*Vielen Dank für Ihre Hilfsbereitschaft Frau Brandstätter! Das weiß ich zu schätzen.*<< sagte er und fing mit seiner Befragung an. Es war bereits halb drei Uhr am Morgen und es begann leicht zu regnen an. >>*Frau Brandstätter, Sie sagten* *den Kolleginnen und Kollegen, dass ihr Freund Clemens...<<* als sie den Namen ihres Freundes zu hören bekommen hatte, fing sie an etwas mehr zu winseln, doch Inspektor Stadler ließ sich davon nicht unterbrechen und machte weiter *>>...sich seit vierundzwanzig Stunden nicht bei Ihnen gemeldet hatte und Sie sich auf die Suche nach ihm gemacht haben, nachdem sie ihn telefonisch nicht erreicht hatten. Und anhand der Überprüfung Ihrer Anrufe, konnten meine Kollegen dies bestätigen. Sie sagten außerdem auch aus, dass Sie seinen Standort, obwohl er bereits verstorben war, anhand der Suchfunktion ihres Handy's ausfindig machen konnten, weil sein Handy immer noch eingeschaltet gewesen war, ist das richtig?<<* Sabine nickte langsam und sagte *>>Ja, das ist richtig. Er dürfte sein Handy auf lautlos gestellt haben, weswegen der Mörder nicht auf sein Handy aufmerksam werden konnte.<<* Inspektor Stadler machte weiter *>>Gut, haben Sie eventuell auch nach-gesehen, wo er sich zuvor befunden hatte?<<* Jetzt hörte Sabine für einen Moment auf zu schluchzen, hob ihren Kopf sah in die Augen des Inspektor's und sagte ganz verwundert, *>>Nein, das habe ich nicht. Wieso sollte ich auch. Ich weiß doch, dass er auf der Uni gewesen war.<<* Jetzt schaltete sich ein Licht im Kopf vom Inspektor Stadler an, woraufhin er sofort fragte *>>Sagten Sie so eben Uni?<<* *>>Ja, das sagte ich. Clemens ging noch auf die Universität für angewandte Kunst und war gerade dabei seine Abschlussarbeit fertig-zustellen.<<* Jetzt schossen in Inspektor Stadler's Kopf ganze Feuerwerke, woraufhin er Sabine mit großen Augen ansah, sodass sie fast Angst vor ihm bekam und mit hysterischer Stimme fragte *>>Die Universität für angewandte Kunst? Frau Brandstätter wie hieß sein leitender Professor?<<* Sabine dachte für einen Moment nach und versuchte sich an den Namen des Professor's zu erinnern. Sie sagte *>>Ich weiß nicht* *mehr so recht, kein deutscher Name, aber hört sich an wie Kajak.<<* Nun wurde Inspektor Stadler noch hysterischer und wollte ihr nachhelfen *>>Meinen Sie vielleicht Kaya? Kenan Kaya? Ist das sein Name?<<* Jetzt fiel es Sabine wieder ein, weswegen sie dem Inspektor den genannten Namen bestätigen konnte *>>Ja genau, so heißt. Kaya war's.<<* Noch bevor der Inspektor voreilige Schlüsse ziehen wollte, bat er Sabine darum, den letzten Standort von ihrem ermordeten Freund Clemens abzurufen, bevor das Handy den Hörndlwald als seinen letzten Standpunkt angezeigt hatte.

Sabine holte ihr Handy heraus und fing an den verlangten Standort abzufragen. Sie sah sich die gespeicherten Orte an und konnte sehen, dass eine Adresse, ebenfalls im dreizehnten Bezirk, angezeigt wurde. Sie reichte ihr Handy an Inspektor Stadler und sagte *>>Hier bitte sehr! Es zeigt eine Adresse hier im dreizehnten Bezirk an. Sie ist nicht einmal so weit weg von hier.<<* Inspektor Stadler nahm das Handy und sah sich das genauer an. Als er auf dem Display die angezeigte Adresse gesehen hatte, war sein Verdacht bestätigt worden. Denn er kannte diese Adresse bereits. Genau dort wohnte Kenan Kaya, den er erst ein paar Stunden zuvor, wegen des Falls von Bernhard Schneider, besucht hatte. Jetzt ergab all das für ihn einen Sinn. Die Tatsache, dass sowohl Bernhard Schneider als auch Clemens einen Bezug zu Kenan Kaya hatten und, dass seine Wohnung nicht allzu weit vom Hörndlwald entfernt gelegen war, engte seinen Verdacht, dass möglicherweise Kenan Kaya der Täter sein konnte. Schon im Bernhard Schneider's Fall schöpfte er bei Kenan Kaya verdacht und jetzt auch noch dieser Fall hier. Das konnte alles auf keinen Fall ein Zufall sein. Da hätte er viel mehr Glück bei einem Sechser im Lotto. Nein, er war sich sicher, dass Kenan Kaya hinter all den grausamen Morden stecken würde und er konnte es kaum erwarten ihn dafür fest zu nehmen.

Inspektor Stadler gab Sabine ihr Handy zurück und bedankte sich bei ihr für ihre große Hilfe. Sofort danach lief er zu seinen Kollegen hinüber und erklärte ihnen seine neueste Entdeckung. Der Regen hatte auch bereits zugenommen. Er verlangte, dass zwei Polizeistreifen mit jeweils vier Kollegen und eine Streife vom Sonderkommando mit fünf Kollegen ihn begleiten sollen. Er stieg ihn sein Fahrzeug ein und fuhr, seinen Kolleginnen und Kollegen voran, zur Wohnung von Kenan Kaya.

Es bildete sich eine Kolonne von Polizeifahrzeugen, die mit Blaulichtern und Sirenen die verregneten Straßen des dreizehnten Bezirkes für eine Zeit lang in eine Straßenparade verwandelten.

Während Inspektor Stadler in seinem VW Jetta mit Vollgas voran zur Wohnung von Kenan fuhr, bekam er einen unerwarteten Anruf. Als er auf den Display seines Handy's gesehen hatte, konnte er den Namen Dr. Schuster lesen.

Dr. Schuster war der Rechtsmediziner, der, auf großer Bitte vom Inspektor Stadler, die Autopsie an dem Leichnam von Bernhard Schneider genauestens durchführen sollte.

Inspektor Stadler ging ran und sagte >>*Dr. Schuster, das ist gerade nicht der passende Augenblick. Darf ich Sie bitte später zurück rufen?*<< Dr. Schuster antwortete ihm am anderen Ender der Leitung >>*Verzeihen Sie mir bitte Herr Inspektor! Natürlich dürfen Sie das. Doch lassen Sie mich Ihnen ganz schnell sagen, dass Sie im Recht lagen. Bernhard Schneider hat sich nicht selbst umgebracht. Es wurde ermordet.*<< An dieser Stelle riss Inspektor Stadler ganz weit auf und hörte Dr. Schuster doch noch aufmerksam zu. >>*Ich wusste es doch. Erzählen Sie mir bitte, wie Sie darauf gekommen sind.*<< Dr. Schuster klärte Inspektor Stadler auf, der immer noch mit

Vollgas sein Fahrzeug lenkte. >>*Nun ja, das Opfer weist an seinen Handgelenken Spuren auf, die darauf hindeuten, dass irgendjemand, also der Täter, ihn daran festgehalten hatte. Es sind deutliche ringförmige und rote Abdrücke rund um seine Handgelenke zu sehen. Herr Schneider scheint sich zwar mit all seiner Kraft dagegen gewehrt zu haben, war jedoch seinem Kontrahenten gegenüber eindeutig im Nachteil. Näheres kann ich Ihnen später berichten, sobald sie mich in meiner Abteilung besuchen kommen.*<< Inspektor Stadler schwieg für wenige Sekunden und antwortete anschließend >>*Geht in Ordnung Herr Doktor. Wir sehen uns dann! Vielen Dank!*<< Gleich danach legte Inspektor Stadler auf und fluchte laut in seinem Auto, während er auf das Lenkrad schlug >>*So ein verfluchter Mistkerl!*<< Für Inspektor Stadler war es nun endgültig. So viel Zufall hätte nicht sein können. Kenan Kaya war der Mörder, der Bernhard Schneider, Clemens und all die anderen zerstückelten Opfer getötet hatte. Inspektor Stadler war wütender denn je. Er konnte kaum erwarten Kenan Handschellen anzulegen, ihn abzuführen und ihn bezüglich seiner grausamen Morde befragen und ihn anschließend für den Rest seines Lebens hinter Gitter zu bringen. Kenan Kaya war ein gefährliches, listiges und unberechenbares Monster, der nicht länger frei herum laufen durfte. Er musste so schnell wie möglich gefasst werden, bevor er noch andere, womöglich noch schlimmere, Morde begehen konnte.
Als Inspektor Stadler daran dachte, dass Kenan Kaya es fast geschafft hatte ihm kürzlich vorzutäuschen, dass er kein Kontakt mit Bernhard Schneider hatte und wie überzeugend er dabei geklungen hatte, wurde er umso wütender. Wie konnte ein so erfahrener und ein noch so besserer Polizist sich von so einem Typen irritieren lassen? Das machte ihn fertig. Ihm wurde dabei klar, dass auch Kenan Kaya, in dem was er tat, ein

Profi gewesen war. Er kannte sich genau aus. Er wusste was er tat und wie er es tat. Er wusste, wie er die Menschen manipulieren musste. Er war ein verdammter, eiskalter Profikiller. Doch jetzt sollte es vorbei sein. Jetzt würde Inspektor Stadler ihm das Handwerk legen.
Jetzt würde er sich ihn schnappen.

Als der Regen immer stärker wurde, konnte Kenan nicht mehr so ruhig schlafen. Die Feuchtigkeit und auch die Kälte störten ihn dabei. Deswegen war er gezwungen aufzuwachen. Er nahm die verdreckte und stinkende Jacke vom Obdachlosen, dem er vor ein paar Stunden, die Kehle aufgeschnitten und ihn einfach liegen gelassen hatte, von seinem Oberkörper ab und setzte sich auf. Er sah sich den Regen an und dachte sich, dass er sich zum weiter Schlafen einen anderen Ort suchen musste. Er richtete seine Blicke zu der Puppe Molly hinunter und sagte >>*Aufstehen liebe Molly! Zeit weiter zu ziehen.*<< Dann nahm er Molly in seine Hand, gab ihr ein Küsschen auf die Wange und steckte sie anschließend in seine Sporttasche. Er stand auf, nahm seine Sporttasche in die eine Hand und die Jacke vom Obdachlosen Mann in seine andere Hand. Er hielt die Jacke über sein Kopf um sich so vor dem Regen zu schützen und zog mit schnellen Schritten davon.
Kenan wusste nicht wohin er gehen sollte. Er hatte nicht den kleinsten Plan. Ihm blieb nichts übrig als im Regen wie ein Verrückter durch die Straßen zu irren.
Nachdem er bereits zwanzig Minuten dem Regen ausgesetzt gewesen war, wurde er am Ende doch noch fündig. Er sah ein kleines Haus mit einem noch kleineren Vorgarten und konnte erkennen, dass die Lichter abgedreht waren. Entweder war niemand zu Hause oder die Hausbesitzer schliefen in diesem Moment. Ohne lange zu überlegen lief er über die Straße sofort

zu dem Haus zu und sah sich am Eingangsbereich ein wenig um. Nachdem er sich vergewissert hatte, dass alles verschlossen und niemand zu sehen war, warf er die Jacke weg, nahm aus seiner Sporttasche einige Werkzeuge heraus und versuchte damit die Tür aufzusperren. Nach nur wenigen Sekunden gelang es Kenan die Tür auf zu bekommen. Für jemanden, der schon ein paar mal einbrechen musste, war das keine Herausforderung. Er packte seine Werkzeuge wieder zurück in die Sporttasche und schlich sich ganz langsam und leise in das Haus hinein. Er machte die Tür ganz vorsichtig wieder zu und stand nun, vollkommen nass, in einem dunklen Raum. Er drehte das Licht auf und konnte sehen, dass er sich direkt im Wohnzimmer befunden hatte. Kenan legte seine nasse Sporttasche auf den Boden, holte Molly heraus und sagte zu ihr mit einer leisen Stimme >> *Willkommen in unserem neuen zu Hause meine liebe Molly!*<< Danach lag er sich einfach so auf die Couch im Wohnzimmer und schlief, mit Molly im Arm, ein und ließ das Licht dabei an.

Währenddessen waren Inspektor Stadler und die restlichen Polizistinnen und Polizisten in der Wohnung von Kenan angekommen. Inspektor Stadler lief, so schnell er konnte, die Stufen bis in den dritten Stock hinauf. Seine Kolleginnen und Kollegen folgten ihm. An der Tür angekommen zog Inspektor Stadler seine Glock 17 hervor und klopfte wie wild an die Wohnungstür von Kenan Kaya und rief dabei >> *Kenan Kaya, hier ist Inspektor Stadler. Machen Sie sofort die Tür auf. Ich weiß, dass Sie da drinnen sind. Machen Sie bitte sofort die Tür auf. Sonst muss ich sie aufbrechen.* << Als sich niemand meldete, gab Inspektor Stadler einem Kollegen von der Sondereinheit mit einem Zeichen zu verstehen, dass er die Tür aufbrechen soll. Der Polizist von der Sondereinheit brach daraufhin mit einem einzigen Anlauf die Tür auf und allesamt stürmten sofort in die Wohnung hinein. Inspektor Stadler sah sich das Wohnzimmer, das Schlafzimmer und das Badezimmer gründlich an, doch er musste mit Bedauern feststellen, dass von Kenan Kaya jede Spur fehlte. Daraufhin wurde Inspektor Stadler richtig wütend und trat mit dem Fuß gegen eine Kommode. In dem Moment rief einer seiner Kollegen zu ihm hinüber, woraufhin er sofort zu ihm ging.

>> *Sehen Sie sich mal den Raum hier an Herr Inspektor!* << Inspektor Stadler sah sich den Raum, auf deren Tür ein Schild angebracht war, auf dem stand „ERLÖSUNG" stand, an. Der Raum war vollkommen mit Plastikfolien überzogen gewesen. Das Fenster war ebenfalls mit Plastikfolie bedeckt gewesen. Sonst war der Raum vollkommen leer gewesen. Zuerst dachte sich Inspektor Stadler, wozu dieser Raum gedient hatte. Ob es vielleicht gerade in Renovierungsarbeiten steckte. Doch dann wurde ihm klar, dass Kenan Kaya seine Morde hier drinnen vollbracht haben muss. Er hatte seine Opfer zu sich nach Hause gelockt, so wie er es bei seinem Studenten Clemens gemacht hatte, brachte sie anschließend in diesen Raum hinein und tötete sie darin. Deswegen waren überall Folien übersät gewesen. Sie sollten verhindern, dass der Raum mit Blut beschmiert wird. Ein echt cleverer Bastard dieser Kenan, dachte sich Inspektor Stadler. Er wollte gar nicht wissen, wieviel ihm schon hier in diesem Raum zum Opfer gefallen waren. Wieviele er hier schon abgestochen, erwürgt und zerstückelt hatte.

Während er mit angeekeltem Gesichtsausdruck über all das nachdachte, wurden seine Gedanken von einem weiteren Kollegen unterbrochen. >> *Herr Inspektor! Wir haben hier sein Handy und seine Autoschlüssel gefunden. Er wusste wohl, dass wir kommen werden und ist geflüchtet.* << Inspektor

Stadler nahm die Gegenstände an sich und sah sie sich schweigend an. Er dachte sich, wird wohl doch nicht so leicht werden, wie er es sich vorgestellt hatte. Kenan Kaya war gerissener als er dachte. Und auch wieder wurde er von dem selben Kollegen unterbrochen, während er in Gedanken versunken war >> *Wir haben auch dieses schwarze Buch hier gefunden.* << Der Polizist reichte ihm das kleine schwarze Buch und Inspektor Stadler nahm es erstaunt entgegen. Als er es aufgeschlagen hatte und darin herum blätterte, konnte er sehen, dass Namen und neben diesen Namen kurze Notizen angeführt worden waren. Inspektor Stadler sah sich die Namen genauer an.

„Sinem Kaya – Leidende Mutter
  Ilhan Kaya – Verdammt beschissener Vater
  Tobias Klein – Waisentrottel
  Hermann – Obdachlos
  Markus – Obdachlos
  Lydia – Junkie
  Willfried – Junkie
  Johanna – Obdachlos"

Und viele weitere Namen konnte Inspektor Stadler lesen. Als er weiter unten die letzten Zeilen gesehen und die Namen gelesen hatte, kamen ihm zwei dieser Namen bekannt vor.

„Bernhard Schneider – Sündenbock
  Clemens Neumann – Unfähiger Student
  Eva Kranz – Neugierige Nachbarin"

Für Inspektor war es eindeutig gewesen. Das waren alles die Namen seiner Opfer gewesen. Er hatte sie alle in dieses kleine schwarze Buch notiert. Ihm fielen auch die ersten zwei Namen auf. Sinem Kaya und Ilhan Kaya. Er wusste, dass das die verstorbenen Eltern von Kenan waren und jetzt wusste er auch, dass Kenan Kaya seine beiden Eltern getötet und Bernhard Schneider die Schuld daran gegeben hatte. Deswegen stand neben seinem Namen auch „Sündenbock" drauf. Und deswegen sagte Bernhard Schneider immer und immer wieder, dass er unschuldig sei. Jetzt leuchtete dem Inspektor Stadler alles ein. Jetzt machte es einen Sinn. Ihm wurde auch klar, dass die kleinen Notizen neben den Namen, die Gründe waren weswegen sie sterben mussten. Und in diesem Moment erinnerte er sich auch an das Schild mit der Aufschrift „ERLÖSUNG" drauf. Dieser Raum diente nicht nur für Morde, sondern war der Raum, in dem Kenan Kaya seine Opfer, seiner kranken Meinung nach, erlöste. Deswegen musste auch Clemens sterben, weil er für ihn viel zu unfähig gewesen war. Er wurde zum Erlöser all dieser Menschen. Was für ein kranker Mensch das doch ist, dachte sich Inspektor Stadler.

Doch wer sollte diese Eva Kranz sein, die als seine Nachbarin angeführt worden war, dachte Inspektor Stadler weiter. Ohne lange zu überlegen nahm er zwei von den Kollegen mit und ging mit ihnen zur gegenüberliegenden Wohnung. Auch hier klopfte er an und sagte >> *Frau Kranz! Hier ist die Polizei. Bitte machen Sie die Tür auf.* << Auch hier meldete sich niemand und auch diesmal musste ein Kollege von der Sondereinheit die Tür aufbrechen. Inspektor Stadler ging mit seiner Glock 17 in der Hand voran und sah sich vorsichtig in der Wohnung von Frau Kranz um. Im Schlafzimmer wurde er schließlich fündig. Frau Kranz lag in ihrem Bett, aber sie bewegte sich nicht. Sie reagierte auch nicht auf die Rufe vom Inspektor Stadler. Als er sich die alte Dame von der Nähe ansah und nach ihrem Puls fühlte, stellte er ihren Tod fest. Er war nur glücklich über diesen Tod, weil sie nicht zerstückelt vor ihm gelegen hatte.

Nachdem Kenan Kaya die Leichenteile von Clemens begraben hatte, war er in die Wohnung von Frau Kranz eingebrochen und hatte sie im Schlaf mit einem ihrer Polster erstickt. Genauso, wie er es schon zuvor bei Tobias im Waisenhaus gemacht hatte. Danach wollte er sich auch an Frau Kranz heran machen und sie ebenfalls zerstückeln, hatte es sich jedoch anders überlegt, weil er bereits viel zu müde gewesen war. Er verschob das auf die nächste Nacht. Da jedoch seine Pläne durch Inspektor Stadler vereitelt wurden, blieb der Leichnam von Frau Kranz, vom zerstückelt werden, verschont.

Inspektor Stadler verlanget von einem seiner Kollegen einen Krankenwagen zu rufen um die Leiche abzutransportieren. Er verließ die Wohnung und zündete sich im Stiegenhaus eine Zigarette an. Gleich danach ging er zu einer seiner Kolleginnen und wollte, dass sie eine Suchtruppe organisieren solle, weil der gesuchte Mörder auf der Flucht sei. Er wollte, dass die gesamte Stadt nach ihm gesucht wird.

Denn Inspektor Stadler wusste ganz genau, früher oder später, würde er Kenan Kaya erwischen.

KAPITEL 15

DIE ERLÖSUNG

Es war bereits sieben Uhr in der Früh als Kenan aufgewacht war. Er streckte sich, mit weit offenem Mund gähnend, auf der Couch. Er sah sich, noch während er lag, mit halb geöffneten Augen um. Er blickte auf seine Brust und merkte, dass Molly nicht bei ihm gewesen war. Sofort richtete er sich auf und sah sich panisch auf der Couch um, um sich zu vergewissern, ob er vielleicht auf ihr gelegen hatte. Doch dann sah er, dass Molly am Boden gelegen hatte. Die Panik verschwand wieder und er war erleichtert darüber gewesen, dass er sie doch noch gefunden hatte. Er hob sie auf, setzte sie auf die Couch und ging anschließend auf die Toilette von dem Haus in das er in der Nacht eingebrochen war. Kenan kümmerte es nicht, ob die eigentlichen Hausbesitzer sich auch im Haus befanden oder nicht. Er tat so, als ob das Haus ihm gehören würde. Er war weder nervös noch hatte er Angst davor erwischt zu werden. Er spazierte seelenruhig zur Toilette und verrichtete sein morgendliches Geschäft.

Als er die Spülung betätigte, wurden die Hausbesitzer, die sich im oberen Stockwerk in ihrem Schlafzimmer befanden, darauf aufmerksam und wurden von dem lauten Wassergeräusch aufgeweckt. Sie waren ein recht älteres Ehepaar gewesen, die bereits seit Jahren pensioniert waren.

Das alte Ehepaar namens Ursula und Richard Bruckner öffnete ihre Augen und dachte sich zuerst, dass sie sich vielleicht, aufgrund ihres fortgeschrittenen Alters, verhört hatten. Doch dann stellten sie beide fest, dass das Geräusch keine Einbildung gewesen war und, dass beide es gehört hatten. Frau Bruckner machte sich große Sorgen und richtete sich an ihren Ehemann

>> Richard, war das unsere Klospülung? Wer könnte das sein? Oh, bitte sieh doch noch, aber sei bitte vorsichtig! << Herr Bruckner beruhigte sie mit folgenden Worten *>> Mache ich! Bleib du liegen und ich sehe mal nach was los ist.* << Er stand auf, setzte sich seine Brille auf, zog sich sein Morgenmantel an, nahm sich, zur Sicherheit, sein hölzernes Gehstock mit und machte sich langsam auf den Weg in den Erdgeschoss. Noch bevor er durch die Schlafzimmertür verschwinden konnte, rief Frau Bruckner ihm hinterher *>> Sei bitte vorsichtig Richard!* << Herr Bruckner warf einen letzten Blick auf seine besorgte Ehefrau, nickt mit seinem Kopf und verließ das Schlafzimmer. Als er unten angekommen war, bewegte sich Herr Bruckner mit langsamen Schritten, den Gehstock über seinem Kopf haltend, Richtung Toilette. Vorsichtig öffnete er die Tür und warf einen kurzen Blick hinein. Ihm fiel ein Stein vom Herzen als er feststellte, dass sich niemand drinnen befunden hatte. Er zog die Tür wieder zu und ging weiter in das Wohnzimmer um ganz sicher zu gehen, ob sich nun jemand in der Wohnung unerlaubt aufhielt oder nicht. Sofort als er das Wohnzimmer betrat, fiel ihm die kleine Stoffpuppe auf, die seiner Meinung nach, einem Mädchen gehören könnte. Er ging näher zu der Puppe um sie besser sehen zu können. Herr Bruckner wollte die Puppe in die Hand nehmen, doch bevor es soweit gekommen war, sprach eine fremde, männliche Stimme ihn von hinten an *>> So, Sie haben also Molly kennen gelernt.* << Als Herr Bruckner die fremde Stimme gehört hatte, fing sein Herz, vor Schreck, rasend zu klopfen an. Sofort drehte er sich, mit erhobenem Gehstock um und starrte direkt in die Augen des ungebetenen Gastes. Ohne länger darüber nachzudenken, wollte Herr Bruckner von dem fremden Mann wissen, wer er sei und was er in seinem Haus zu suchen habe. *>> Wer sind Sie bitte? Und was haben Sie hier in meinem Haus verloren? Wie*

sind Sie denn überhaupt herein gekommen? << Als Kenan dem besorgten alten Mann zuhörte, musste er dabei grinsen. Herr Bruckner machte weiter. >> *Ich weiß nicht was dabei so lustig ist junger Mann, aber Sie verlassen am Besten sofort mein Haus oder ich bin gezwungen Sie bei der Polizei wegen Einbruchs anzuzeigen.* << Die Drohungen vom Herrn Bruckner schüchterten Kenan kein Bisschen. Anstatt seine fragen zu beantworten, wollte Kenan, dass Herr Bruckner sich auf die Couch, neben Molly, hinsetzen und still sein soll. >> *Hören Sie auf zu reden und setzten Sie sich bitte auf die Couch zu Molly, die Sie ja bereits kennen gelernt haben.* << Herr Bruckner sah zuerst ganz verblüfft die Puppe und danach wieder Kenan an und sagte >> *Den Teufel werde ich tun. Haben Sie nicht verstanden was ich Ihnen gerade eben gesagt habe? Verlassen Sie umgehend mein Haus! Aber sofort!* << Kenan konnte deutlich die Wut in Herr Bruckners Stimme hören. Daraufhin wurde er böse, machte ein paar Schritte näher zu Herrn Bruckner und stieß ihn mit beiden Händen auf die Couch. Herr Bruckner war nicht schnell genug um mit sich mit seinem Gehstock wehren zu können. Erschrocken ließ er sich auf die Couch fallen und verlor dabei sein Gehstock aus der Hand. Kenan hob den Gehstock auf, sah ihn sich ein wenig an und gab ihn Herrn Bruckner wieder zurück. Er sah ihm dabei ganz finster in die Augen und sagte, >> *Bleiben Sie hier bei Molly sitzen, während ich uns das Frühstück zubereite.Haben Sie mich verstanden?* << Herr Bruckner sah erneut zu Molly neben sich und dann wieder zu Kenan, nickte und sagte mit erschrockener Stimme, >> *Ja, ja, das habe ich.* << Kenan lächelte ihn an und machte sich auf den Weg zur Küche. Auf dem Weg dorthin hörte er eine Frauenstimme vom oberen Stockwerk zurufen, >> *Richard! Was ist los? Ist da nun jemand unten oder nicht?* << Kenan blieb sofort stehen und bewegte sich nicht. Herr Bruckner machte einen kräftigen Schluck, begann zu schwitzen an und flehte Kenan an, >> *Bitte, das ist meine Frau Ursula. Tun Sie ihr bitte nichts!* << Ohne dem alten Mann zu antworten oder sich zu ihm zu drehen, ging Kenan langsam die Stufen hoch und machte sich auf den Weg in das Schlafzimmer. Herr Bruckner rief ihm hinterher >> *Bitte! Tun Sie ihr nichts!* <<

Als Kenan im Schlafzimmer ankam sah er die ängstliche Frau Bruckner, die ihren gesamten Körper bis auf ihren Kopf, vor lauter Angst zugedeckt hatte. Sie sah den fremden Mann vor sich stehen und sprach mit zittriger Stimme zu ihm, >> *Ach du meine Güte! Wer sind denn Sie? Und wo ist Richard? Haben Sie ihm etwas angetan?* << Kenan antwortete ihr, >> *Keine Sorge! Ihrem Mann geht es gut. Er sitzt unten bei Molly und wartet auf das Frühstück.* << Frau Bruckner hatte keine Ahnung, wovon Kenan gesprochen hatte und noch bevor sie sich etwas dabei zusammen reimen konnte, zerrte sie Kenan aus dem Bett heraus und schleppte sie hinunter in das Wohnzimmer. Als Herr Bruckner gesehen hatte, dass Kenan seine geliebte Ursula, die vor Angst und Schmerzen winselte, fest am Arm hinter sich her schleifte, wurde er wütend, stand auf und rief ihm zu, >>*Sie gemeiner Kerl! Lassen Sie sofort meine Frau los! Sie tun ihr doch weh.*<< Kenan warf Frau Bruckner in die Arme ihres Ehemannes und befahl ihnen, mit ernster Stimme, sich hinzusetzen, >>*Setzen Sie sich beide hin und seien Sie still. Ich werde uns allen jetzt ein gutes Frühstück zubereiten. Ich bin eine recht angenehme Person, also sorgen Sie dafür, dass das so bleibt. Sie können so lange Fern sehen. Und versuchen Sie nicht weg zu laufen. Ich habe den Haus-schlüssel hier bei mir.*<< Er holte den Hausschlüssel aus seiner hinteren Gesäßtasche und hielt ihn hoch, sodass die Bruckners ihn deutlich sehen konnten. Herr und Frau Bruckner hatten sich ganz fest umarmt und saßen, still vor sich hin winselnd, auf der Couch. Kenan steckte den Hausschlüssel wieder in seine hintere linke Gesäßtasche, schaltete den Fernseher ein und verschwand danach in die Küche um das Frühstück vorzubereiten.

Während Kenan das Frühstück vorbereitete, kamen die Nachrichten im Fernsehen. Es wurde von einem ungeheurem Fund in einem Wald berichtet. In den Nachrichten hieß es, „Vergangene Nacht wurden im Hörndlwald im dreizehnten Bezirk Leichenteile von mehreren Todesopfern entdeckt. Die Polizei konnte die mit einem Plastiksack vergrabenen Leichenteile, die zum Teil noch nicht identifizierten Opfern gehören, ausgraben. Laut dem Ermittler Inspektor Helmut Stadler handelt es sich bei dem Täter um einen Professor der Universität der angewandten Kunst namens Kenan Kaya,..." Zur selben Zeit wurde ein Bild von Kenan Kaya angezeigt und als die Bruckner's ihn erkennen konnten und wussten, dass der Serienmörder sich in diesem Moment in ihrem Haus, in ihrer Küche befand, erstarrten sie beide vor Schreck und rührten sich kein Bisschen. Die Nachrichten liefen weiter, „...der sich momentan auf der Flucht befindet. Die Polizei warnt alle Bürgerinnen und Bürger der Stadt Wien in ihren Häusern zu bleiben und sich sofort bei der Polizei zu melden, sofern sie Hinweise haben, die zum flüchtigen und gefährlichen Serienmörder Kenan Kaya führen könnten." Die Bruckner's verfolgten die Nachrichten mit voller Konzentration und waren so sehr darin vertieft, dass sie gar nicht bemerkt hatten, dass Kenan mit einem Küchenmesser in seiner Hand, direkt vor ihnen stand und den Fernseher abdrehte. Erst als das Bildschirm des Fernsehgerätes schwarz wurde, konnten sie Kenan sehen und ihre verschreckten Blicke zu ihm richten. Frau Bruckner zitterte mehr als ihr Ehemann, der mit ängstlicher

Stimme versuchte mit dem Mann, der ein Küchenmesser in seiner Hand hielt und direkt vor ihnen beiden stand, zu reden. >>*Hören Sie junger Mann! Wenn Sie meine Frau und mich in Ruhe lassen und weg gehen, verspreche ich Ihnen, dass wir der Polizei nichts sagen werden. Sie haben mein Wort. Sie müssen sich keine Sorgen machen, aber bitte tun uns nichts. Wir sind doch bloß zwei alte Menschen.*<< Kenan hob das Küchenmesser bis zu seiner Brust hoch und sagte dem verängstigtem alten Paar vor ihm, >>*Ich habe all diese Menschen nicht getötet. Ich habe sie alle erlöst. Genau so, wie ich meine Eltern erlöst hatte, als ich noch ein kleiner Junge gewesen war. Molly ist meine Zeugin. Sie kann dass bestätigen....*<< Die Bruckner's richteten ganz langsam ihre Blicke zu Molly und danach richteten sie ihre Aufmerksamkeit erneut Kenan zu, >>*...Ich habe ihnen allen einen Gefallen getan. All diesen Obdachlosen, Junkies und Menschen, die keine Ziele in ihrem Leben hatten. Die alte neugierige Schachtel, die nicht einmal in der Lage war ihren faltigen und verrunzelten Hintern selber zu putzen. Ich habe ihnen allen die Sorgen und Schmerzen abgenommen. Ich weiß ganz genau, dass sie mir alle dafür sehr dankbar gewesen wären. Das weiß ich ganz genau. Hätte ich sie nicht erlöst, würden Sie heute mit Problem und Sorgen leben. Ich, ich bin der Erlöser. Ich tue Gutes und nicht Schlechtes, wie es die Polizei behauptet. Die kapieren das einfach nicht. Und weil sie es nicht kapieren, muss ich vor ihnen weg laufen. Denn sie wollen mich für etwas bestrafen, wofür man mich eigentlich belohnen sollte. Ich tue das Richtige und soll aber dafür bestraft werden. Wo ist hier die Gerechtigkeit? Wieso können die das nicht verstehen? Wieso können die mein Handeln nicht verstehen? Wieso sind die hinter mir her?*<< Er legt eine kurze Pause ein und macht ein paar Schritte näher zu den Bruckner's, die sich immer noch fest umklammert, reflexartig zurück lehnen. Kenan bleibt stehen und redet weiter, >>*Wohin sollen Molly und ich jetzt gehen? Wo sollen wir jetzt nur Ruhe finden? Die haben alles kaputt gemacht. Die haben alles zerstört. Die haben mein Leben ruiniert. Ich kann auch nicht mehr arbeiten gehen. Was soll ich jetzt bloß tun? Zum ersten Mal in meinem Leben, weiß ich nicht was ich tun soll. Noch nie zuvor war ich so dermaßen ratlos gewesen. Ich weiß einfach nicht mehr weiter.*<< Die Bruckner's hörten ihm weiterhin zu und wagten es nicht ein Wort über ihre Lippen zu bringen. Das war eindeutig der schlechteste Morgen, den sie je gehabt hatten. Einen derart schrecklichen Start in den Tag, hatten sie noch nie zuvor erlebt. Da stand ein Geistesgestörter fremder Mann vor ihnen, der den Nachrichten zufolge, ein Serienmörder gewesen war und ein großes Küchenmesser in seiner Hand hielt und damit vor ihnen herum fuchtelte. Herrn Bruckner kamen dabei die verschiedensten Horrorszenarien in den Sinn und Frau Bruckner betete, die ganze Zeit über, innerlich und hoffte, dass sie den Tag lebend überstehen können. Und dann wurden beide, für einen Moment, von ihren Gedanken abgelenkt, als Kenan wieder zu reden anfing. >>*Sie beide...*<< er zeigte mit dem Küchenmesser auf das alte Ehepaar >>*...werden dafür sorgen, dass es Molly gut geht!*<< Kenan nahm Molly in seine Hand und fing an mit ihr zu reden >>*Meine liebe Molly! Meine beste Freundin. Wir hatten in all den Jahren viel erlebt. Wir hatten eine sehr gute Zeit miteinander. Ich danke dir, dass du stets zu mir gehalten hattest. Danke dir, dass du mich immer aufgemuntert hast. Ich danke dir, dass du eine gute Freundin warst. Die beste, die man sich nur wünschen konnte. Danke dir für die gemeinsame Zeit!*<< Er gab ihr einen sinnlichen Kuss auf ihre Wange und sagte >>*Ich werde dich immer lieben meine kleine Molly!*<< Danach übergab er Molly Freu Bruckner, die ganz vorsichtig und mit zitternder Hand Molly entgegennahm und dabei Kenan anstarrte. Kenan lächelte sie an und stach im selben Moment das Küchenmesser in seinen Bauch. Die Bruckner's konnten zuerst nicht glauben, was sie gesehen hatten. Sie waren aus der Fassung geraten. So etwas hatten sie noch nie zuvor erlebt. Kenan ging vor den Bruckner's, mit dem Küchenmesser in seinem Bauch, auf die Knie. Blut kam ihm aus seinem Mund heraus und warf einen letzten Blick zu Molly, bevor er umfiel und starb. Frau Bruckner legte sofort Molly bei Seite, bedeckte sich mit beiden Händen das Gesicht und schrie >>*Oh Gott Richard! Wieso hat er das getan? Was tun wir denn jetzt?*<< Herr Bruckner versuchte seine Frau zu beruhigen, stand auf und lief zum Telefon hinüber. Er rief die Polizei an und schilderte, zusammen gefasst, was seine Frau und er erlebt hatten. Während er hektisch am Telefon mit der Polizei sprach, saß Frau Bruckner immer noch laut winselnd auf der Couch und konnte nicht aufhören, den toten Mann vor ihren Füßen anzustarren. Es war ein traumatisches Erlebnis für sie und ihren Mann gewesen. So ein tragisches Ereignis würden sie niemals verarbeiten können. Es traf sie wie ein Meteoriteneinschlag. Sie würden sich nie wieder davon erholen können.

Inspektor Stadler und die Polizei waren bereits bei den Bruckner's angetroffen. Die Polizei versorgte und kümmerte sich um die Bruckner's, während Schaulustige auf der Straße das Geschehen beobachteten. Die Leiche von Kenan war in ein Leichensack eingepackt und abgeführt gewesen. Im Gegensatz zu seinen Opfern, war er darin nicht zerstückelt gewesen. Inspektor Helmut Stadler rauchte eine Chesterfield Blue, während er einerseits froh war, dass das alles vorüber gewesen war und andererseits wütend darüber, dass er Kenan Kaya nicht lebend gekriegt hatte. Er hätte ihn nur zu gern verhaftet, verhört und anschließend lebenslänglich im Gefängnis gesehen. Dass er sich einfach so wie ein fieser, dreckiger Feigling umgebracht hatte, machte ihn sehr wütend. Doch es blieb ihm nun nichts anderes übrig als diese Tatsache zu akzeptieren.

Die Presse war auch bereits vor Ort gewesen um über diesen Fall, der bestimmt für eine sehr lange Zeit für Schlagzeilen sorgen würde, zu berichten. Es sprach ohnehin bereits die ganze Welt darüber, als der Fall vom „Erlöser" zum ersten Mal bekannt geworden war. In nur wenigen Stunden, gingen die Nachrichten um die ganze Welt. In den Sozialen Netzwerken wurde dieser Fall zur absoluten Diskussionsthema. Man sprach über nichts anderes. Und man sprach auch von dem Ermittler, der diesem Serienmörder auf die Schliche kam und somit viele mit ihm verbundene Todesfälle entdeckt und gelöst hatte. Er wurde überall auf der Welt gefeiert und man erklärte ihn zum Helden. Die englischen Medien nannten ihn „The Austrian Hero." Im Internet schrieb man, „Columbo und Sherlock Holmes könnten etwas von ihm lernen."

Für jeden war er ein Held gewesen.

Für jeden, bloß für sich selbst nicht.

Obwohl er Kenan Kaya als langjährigen Serienmörder enttarnt hatte, konnte er sich selbst nicht als Helden sehen. Denn für ihn war das ganz einfach nur sein Job. Es gehörte zu seinem Beruf Mörder und sonstige Täter ausfindig zu machen, ihnen das Handwerk zu legen, sie zu verhaften und dafür zu sorgen, dass sie hinter Gitter kommen. Er sah sich nicht als ein Held. Er war ein gewöhnlicher Polizist, der nur sein Job machte. Das ganze Jubel und all der ganze Lob interessierten ihn nicht. Er war nur froh darüber, dass Kenan dem alten Ehepaar nichts getan hatte. Er dachte sich, dass Kenan der Meinung gewesen sein muss, dass die Beiden nicht erlöst werden müssen. Stattdessen hatte er sich selbst erlöst. Mit seinem Tod auch die Welt. Jetzt hatte die Welt einen weniger von seiner Sorte. Für Inspektor Stadler war Kenan mit Abstand der gefährlichste Mörder gewesen, die er je gesehen hatte. Zudem war er auch noch intelligent gewesen. Er wusste was er tat. Doch, egal wie intelligent er auch gewesen sein mochte, am Ende hatte er sich selbst verraten. Da kam Inspektor Stadler der Spruch, „Jeder Verbrecher verrät sich am Ende selbst", in den Sinn. Ein kleiner Fehler und das war es mit dem perfekten Verbrechen. Auch der Obdachlose auf der Baustelle, der Kenan's letztes Opfer gewesen war, wurde entdeckt und die dreckige und zerrissene Jacke, die in dem kleinen Garten von den Bruckner's gefunden wurde, konnte ihm zugeteilt werden. Als die Bauarbeiter, sehr früh am Morgen, auf die Baustelle kamen, hatten sie die Leiche des obdachlosen Mannes, dem die Kehle aufgeschnitten gewesen war, entdeckt und es umgehend bei der Polizei gemeldet.

Inspektor Stadler hatte schon fast fertig geraucht als ein Polizeibeamter zu ihm kam und seine Gedanken unterbrach. >>*Verzeihen Sie bitte Herr Inspektor, aber was sollen wir damit machen?*<< Er hielt dem Inspektor Stadler die Puppe, die den Namen Molly trug, vor das Gesicht. Inspektor Stadler griff nach der Puppe, starrte sie lange an und sagte anschließend, >>*Bringen Sie sie zum Krematorium und sehen sie zu, dass sie mit ihm verbrennt.*<< Der Polizeibeamter nahm Molly wieder entgegen und sagte >>*Mache ich.*<< Danach ging er mit ihr weg.
Da die Bürgerinnen und Bürger nicht wollten, dass so ein Monster und kaltbrünstiger Serienmörder wie Kenan Kaya nicht begraben werden sollte, weil er schlicht und einfach kein Grab verdiente, er sonst keine lebenden Verwandte und nichts mit seiner Religion zu tun hatte, hatte man beschlossen sein Leichnam zu verbrennen und seine Asche im Wiener

Kriminalmuseum aufzubewahren. Daher wollte Inspektor Stadler, dass die Puppe Molly, mit ihm verbrannt werden sollte. Sie war ihm ohnehin sehr unheimlich gewesen.

Auf der Universität für angewandte Kunst fand eine Gedenkfeier für Clemens statt. All seine Freunde, Studienkolleginnen und Studienkollegen, Professoren, seine Eltern, die aus Deutschland gekommen waren um daran teilnehmen zu können und auch seine Freundin Sabine waren alle anwesend gewesen. Vor dem Hauptgebäude, direkt neben der Oskar-Kokoschka-Büste, hatte die Universitätsleitung eine schwarze Fahne hissen lassen, die aufgrund des Windes Wellen schlug. Es war eine sehr traurige und tragische Zeit für alle gewesen. Sie waren alle davon betroffen gewesen. Niemand hätte sich je erdenken können, dass Kenan Kaya zu so etwas in der Lage gewesen wäre. Dass er so ein Mensch sein konnte. Er hatte sie alle getäuscht und in die Irre geführt. Sie waren alle froh darüber, dass er nun nicht mehr am Leben gewesen war.
Inspektor Stadler nahm nur ganz kurz, etwas weiter entfernt von der Masse, die Clemens gedachten, daran teil und konnte die Enttäuschungen und die Trauer in den Gesichtern, der einzelnen Menschen beobachten. Er hielt sich nur zwei Minuten dort auf bevor er sich eine Auszeit nehmen wollte. Der Fall des Erlöser's hatte ihn sehr zu schaffen gemacht. Er hatte ein Urlaub nötig. Er wollte so schnell wie möglich nach Hause zu seiner Familie und mit ihnen gemeinsam in den wohlverdienten Urlaub fahren. Er wollte mit ihnen nach Venedig. Also setzte er sich in sein VW Jetta, drehte das Radio auf und fuhr nach Hause. Aus dem Radio erklang die Musik „Helden von heute" von Falco und Inspektor Stadler konnte sich dabei ein Lächeln nicht verkneifen.

ZUM AUTOR

1987 in Wien geboren, wuchs ich, Akif Turan, als das zweite von insgesamt drei Kindern auf. Meine Mutter war Alleinerzieherin und musste sowohl sich als auch ihre Kinder, mit kaum Deutschkenntnissen, versorgen. Meine Eltern ließen sich scheiden, als meine beiden Schwestern und ich noch Kinder waren. Als der einzige Mann im Haus, musste ich schon sehr früh lernen Verantwortung zu übernehmen und meine Mutter unterstützen. Nachdem ich die Medien-Hauptschule in Wien abgeschlossen hatte, besuchte ich das Prayner-Konservatorium Wien und ging nach drei Jahren als Absolvent mit einem Diplom hervor. Seit dem konnte ich viele Erfahrungen in der Medienbranche als Redakteur, Journalist und als Moderator bei einem türkischen Radiosender, aber auch auf der Theaterbühne und in der Filmbranche, sowohl hinter als auch vor der Kamera sammeln. Später begann ich mit dem Schreiben von Drehbüchern in sowohl türkischer als auch in deutscher Sprache. Meistens dienten die Drehbücher für meine eigens produzierten Kurzfilme. Doch aufgrund Budgetproblemen, war ich nicht mehr in der Lage, meine Kurzfilme zu produzieren, weswegen ich beschlossen hatte, meine Drehbücher als Bücher zu veröffentlichen. „DER ERLÖSER" zu Anfang noch „Sick Head" genannt, war eines dieser Drehbücher.

Weitere Details zum Autor;

- Habe DIS – Dissoziative Identitätsstörung
- Habe SPS – Schizoide Persönlichkeitsstörung
- Habe Misophonie
- Habe Cinephilie
- Habe Selenophile
- Habe Nyktophilie
- Habe Bibliophilie
- Bin Misanthrop (Ausnahmen sind intelligente und gutmütige Menschen und Kinder). Die Unterhaltungen und sozialen Aktivitäten mit diesen Menschen bereiten mir Freude.
- Bin Tier- und Naturliebhaber
- Der Wolf ist mein Lieblingstier. Wir haben viel gemeinsam.
- Das Wasser beruhigt und entspannt mich, sodass ich mich darin sehr wohl fühle.
- Bin nachtaktiv.
- Bin vergesslich.
- Ich denke viel zu oft und auch viel zu schnell. Die Gedanken strömen nur so durch meinen Verstand.
- Ich führe oft Selbstgespräche.
- Ich schreibe sehr schnell, weswegen ich eine schlampige Handschrift habe.
- Ich rede und gehe viel zu schnell.
- Meine Lieblingsfarben sind Rot und Schwarz.
- Bin veganer.
- Ich lese und schreibe sehr gerne.
- Bin sehr kreativ und habe fast immer sehr gute Ideen. Doch leider scheitern sie oft an der Umsetzung.
- Ich bevorzuge es stets alleine zu sein.

- Bin ein Zigarren Aficionado und zudem mag ich es ebenso eine Pfeife zu rauchen.
- Ich trinke sehr oft schwarzen Kaffee. Mehr als Leitungswasser.
- Habe kalten Humor und bin oft sarkastisch. Viele tun sich schwer mich bzw. meine Witze zu verstehen.
- Ich mag die Genres Horror und Psychothriller.
- Bin introvertiert. Ich öffne mich nur ganz besonderen Menschen.
- Bevorzuge es of alleine zu sein und zu arbeiten. Ich ziehe das Alleinsein der Gesellschaft vor.
- Kann mich dennoch immer und überall anpassen, sofern ich es auch wirklich möchte. Kann somit durchaus ein Teamplayer auch sein, wenn es unbedingt nötig sein sollte.
- Bin ein guter Menschenkenner.
- Bin theatralisch.
- Bin eloquent.
- Ich achte auf Details.
- Bin akribisch. (Ständiges Händewaschen und das Zurechtrücken und Geradestellen von Gegenständen)
- Bin organisiert. Unordnung kann ich nicht ausstehen.
- Bin Bindung vermeidend.
- Mein Lieblingswort, in welcher Sprache auch immer, ist „Gerechtigkeit".

Weitere Bücher;

- *TOTE NACHT GESCHICHTEN*
- *DER SCHWARZE WOLF UND DAS ROTHAARIGE MÄDCHEN*

Ich weiß nicht, was das Universum gegen mich hat. Wieso möchte es mich so sehr fertig machen und mich ständig am Boden sehen?
Da ich jedoch immer noch auf meinen Beinen stehe, ist es entweder nicht stark genug oder es strengt sich einfach nicht genug an um mich endgültig auszuschalten.
Oder spielt es einfach nur mit mir, um mir dann, wenn ich gerade nicht aufpasse oder einfach nur müde geworden bin, den K.O.-Schlag zu verpassen?

So viel Böses und Unrecht auf der Welt. So viel
Ungerechtigkeit.
Und ich kann absolut nichts dagegen machen.
Das zerfrisst mich innerlich.